그 길
끝에
다시

그 길 끝에 다시

초판 1쇄 발행 2014년 4월 21일
초판 2쇄 발행 2014년 11월 3일

지은이.. 함정임 외
펴낸이.. 오유리
펴낸곳.. 바람
편집자.. 정명효, 김태정
마케팅.. 변창욱, 신은혜, 김소영
출판등록.. 2013년 9월 3일 제2013-000101호
주소.. 서울특별시 영등포구 도림동 819 대우미래사랑 102동 1803호
전화.. 070-8843-4809
팩스.. 02-569-9509
전자우편.. yuriege@hotmail.com, maenglee@hanmail.net, imgmkr@gmail.com
블로그.. blog.naver.com/baramtravel
페이스북.. www.facebook.com/baram.publishing.house

ISBN 979-11-951635-1-9 03810

소설로
만나는
낯선
여행

그 길
끝에
다시

백영옥..

손홍규..

이기호..

윤고은..

함정임..

한창훈..

김미월..

바람

차례

백영옥.. 결혼기념일.. 7

손홍규.. 정읍에서 울다.. 43

이기호.. 말과 말 사이-원주통신2.. 71

윤고은.. 오두막.. 105

함정임.. 꿈꾸는 소녀.. 135

한창훈.. 여수 친구.. 157

김미월.. 만 보 걷기.. 183

작가 인터뷰.. 고향에서 길을 잃었다.. 211

결혼기념일

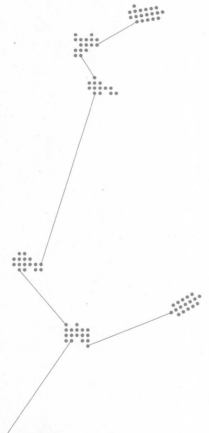

백영옥 ..
2006년 단편 '고양이 샨티'로 문학동네 신인상을 수상하고 2008년 첫 장편소설 〈스타일〉로 제4회 세계문학상을 수상했다. 소설집 〈아주 보통의 연애〉, 장편소설 〈다이어트의 여왕〉, 〈실연당한 사람들을 위한 일곱 시 조찬 모임〉, 산문집으로 〈마놀로 블라닉 신고 산책하기〉, 〈곧, 어른의 시간이 시작된다〉 등이 있다.

1

　　남편이 죽었다고 시동생에게서 연락이 온 건 겨울이었다.

　바람이 많이 불던 날이었다. 나는 멀리 한남대교가 내려다보이는 이태원의 사무실에 앉아 광고 카피를 가다듬고 있었다. 판교에 세워지는 초고층 주상복합 아파트의 헤드카피였다. 스물네 시간 불이 꺼질 일 없는 사무실 안에서 어떤 형용사를 끼워 넣을 것인지 고민하다가, 행복이란 명사 앞에 멈춰서 내가 기억하는 그의 마지막 모습을 떠올렸다.

　그는 웃고 있었던가.

　아마, 울고 있었던 것 같다.

이혼한 후 더러 그의 소식을 풍문처럼 듣긴 했다. 하지만 그마저 몇 년이 지나자 점점 드문드문해졌고, 우리를 소개시켜준 친구가 시카고로 이민을 간 후에는 소식이 영 끊어졌다. 그가 궁금하면 가끔 인터넷으로 이름을 검색하기도 했다. 그때마다 '당좌수표 부도, 채무 불이행, 출연료 체납, 연기자협회 제작자 L 고소' 같은 시효가 훌쩍 지난 옛 기사들만 검색될 뿐이었다.

한 사람의 인생을 검색했을 때, 가장 먼저 등장하는 단어로 '부도', '체납', '고소'만큼 격정적인 건 없다. 나는 오랜 시간 그의 삶을 공격했을 단어들을 멀어져가는 어둠 속에서 바라보곤 했다. 불구속이나 체납 같은 말이 주는 질감을, 그것이 맹독처럼 번져 혈관에 스미고 끝내 모든 것을 녹여내는 광경을 말이다. 죽은 몸을 불살라 화장하고도 미처 추스르지 못한 뼈의 잔해를 들여다보는 기분이었다. 그것은 그의 실패가 아닌 우리의 실패였다. 그의 기사가 아닌 그와 나의 기사였다.

얼마 안 가서 파산을 알리는 신문 기사처럼 우리의 결혼 생활도 시효가 끝나버렸다.

2

속초는 몇 년 만에 처음이었다.

일요일 오전, 진부와 속초를 가리키는 표지판이 눈에 스쳤다. 속초 70킬로미터라고 써 있었다. 이 속도로 가면 한 시간 후 그곳에 도착할 것이다. 길가의 나무들이 바람에 심하게 부대껴 흔들리고 있었다. 창문을 열자 흐린 하늘 사이로 바람이 훅 얼굴로 밀려왔다. 진눈깨비 같은 것이 땅으로 떨어질 듯 공중을 부유했다. 여전히 강원도는 몸 좋은 사십대 사내의 등 근육 같은 산들을 품고 있었다. 구불거리는 산길을 따라 달리자 멀리 미시령 옛길과 속초로 가는 터널이 나타났다. 새로 산 내비게이션은 터널 쪽을 가리키며 터널 구간 운행 주의를 알리는 경고 메시지를 내보냈다.

터널 주의 구간입니다. 통행 요금 삼천 원입니다.

언제 생긴 지 모르는 생소한 터널이었다. 나는 본능적으로 몸에 익숙한 미시령 옛길로 핸들을 꺾었다. 속초에 빨리 갈 이유는 없었다. 날 기다리는 사람도, 딱히 보고 싶은 사람도 없었다. 대신 미시령휴게소에 들러 잠시 속초의 풍광을 내려다보며 산에서 불어오는 바람을 맞고 싶었다. 나는 미시령의 바람을, 쇠심줄처럼 질긴 바람의 뼈대가 만져질 듯한 거친 그 바람을 좋아했다. 그곳에 서서 바람을 맞고 싶었다. 그런 바람 앞에 서 있으면 풀리지 않을 것처럼 몇 달째 나를 괴롭히고 있던 일이 풀릴 것 같았다.

잘못된 길입니다.

내비게이션에서 경고음이 울렸다. 터널 앞에서 우회전하자마
자 작은 국도가 나타났고 급하게 꺾어진 언덕길이 이어졌다. 미시
령 꼭대기로 이어지는 급커브를 돌 때마다 '잘못된 길로 진입하셨
습니다'라는 경고음이 다시 울렸다. 언덕을 오르자 1995년식 재규
어 스포츠카가 갸르릉대며 격한 숨을 토해내기 시작했다. 늙은 짐
승 같은 소리였다. 말이 좋아 빈티지카지 이젠 부품을 구할 수 없
어 수리를 맡기기도 힘든 고물 재규어였다. 나는 속도를 조금 낮
추고 천천히 차를 몰았다. 통행량이 적긴 했지만 커브가 많은 위
험한 산길이라 도중에 차를 세워 내비게이션을 끄기가 애매했다.
멈추지 않고 산길을 내달렸다. 기어를 바꾸고 산 밑 풍경을 바라
보며 천천히 차를 몰았다. '잘못된 길로 진입하셨습니다!' 시간이
지나자 내비게이션의 경고음이 협박처럼 느껴졌다.
미시령휴게소는 이미 폐쇄되어 있었다.
영업 정지 상태인 휴게소 앞에는 두꺼운 빗장 걸쇠와 함께 사
람들의 통행을 막기 위한 낡은 표지판 하나가 서 있었다.

휴게소 영업을 잠시 종료합니다.

'잠시'란 말은 영원처럼 읽혔다. 그런 예감은 잔뜩 녹이 슨 채

걸려 있는 빗장 걸쇠와도 무관치 않았다. 한때 관광 명소처럼 여겨지기도 했던 휴게소는 세월이 흘러 한물간 스타처럼 낡아가고 있었다. 속초로 가는 터널이 생긴 후 통행량이 적어서 자연스럽게 폐쇄된 모양이었다. 길가엔 휴게소가 폐쇄된 줄 모르고 올라온 차들이 주차되어 있었다. 차에서 내린 사람들은 바람에 날리는 머리카락을 붙잡으며 폐쇄된 휴게소를 배경으로 연신 카메라 셔터를 눌러댔다. 며칠 후면 그렇게 찍힌 사진을 인터넷 어디선가 우연히 보게 될 것 같았다.

3

우리는 속초에서 결혼했다.

친정은 서울이었지만 시댁은 속초였다. 결혼 이야기가 한창 오갈 무렵부터 양가에서는 예식 장소를 두고 신경전이 팽팽했다. 결혼이 처음인(이혼도 양가 최초였지만) 두 집안의 어른들이 예의와 체면을 차리려 진땀을 빼던 모습이 아직도 기억 속에 잊히지 않는다. 우리의 스케줄이 아니라 누군가에게 좋은 날을 받아야 하고, 얼마를 주면 얼마를 돌려줘야 하고, 무엇을 내주면 무엇을 채워줘야 하는 그 복잡한 결혼의 셈법들을 우리는 묵묵히 지켜봤다. 우여곡절 끝에 결국 결혼은 속초에서 진행하기로 합의했다. 아버지는 하객들이 대폭 줄어들면 그간 뿌린 축의금 손해가 이만저만이 아니라고 흥분했지만, 결국 신부 측 청첩장에는 '일요일 오전 아홉 시 이마트 앞 속초행 전세버스 출발합니다'라는 문구가 추가되는 것으로 일을 마무리 지었다.

결혼식장은 속초의 S관광호텔이었다.

속초에서는 제일 좋다는 곳이었다. 서울에서 차를 몰고 올라온 하객들과 속초 토박이들이 섞인 결혼식은 정신없이 흘러갔다. 빈틈없이 반짝이는 하이힐과 갯벌 냄새가 채 빠지지 않은 고무장화들, '선장'이나 '이장' 같은 낯선 말들이 뒤섞인 예식장 풍경을 나는 조금의 누락도 없이 기억했다. 낯선 강원도 사투리가 뒤섞인 그곳에서 문득 외롭다고 느꼈다. 그에게 당신과 결혼하는 게 싫지 않지만, 결혼식만큼은 너무 하기 싫다고 울먹였다. 그는 위로해주는 대신 "나도 마찬가지!"라고 대꾸했다. 그때의 우리는 서로에게 기대 두려움을 나누는 법을 알지 못했다.

"주인공들은 그냥 가만히 있으세요. 절하라고 하면 절하고, 입장하라고 하면 입장하고, 사진 찍으라고 하면 사진 찍고 시키는 대로만 하시면 돼요. 아무 생각 말고, 잘하려고 하지도 마세요. 시키는 대로 하다 보면 어느새 끝나 있어요."

대기실 안에서 우리의 다툼을 엿들은 신부 도우미가 나를 바라보며 웃었다.

그녀의 말대로 그 순간부터 아무 생각도 하지 않았다. 대신

눈을 감고 예식장 풍경이 아니라 나 자신을 바라보기 위해 노력했
다. 빨리 이 상황에서 벗어나길 바라며 내가 지을 수 있는 최선의
표정을 지으면서.

그때까지 예민하게 파고들던 예식장 풍경들은 점점 뿌옇게 흐
려졌다. 나는 환하게 웃었고 그렇게 웃으면 딸을 낳을 거란 친구들
의 농담에 더 크게 웃었다. 그때마다 흔들리던 길고 빳빳한 인조
속눈썹과 허리와 복부를 옥죄는 단단한 코르셋의 느낌은 더 예민
하게 허기진 배를 파고들었다.

주례는 시아버지의 친구인 속초의 한 고등학교 교장이었다.

한 번도 본 적이 없는 주례는 우리를 앞에 두고 사랑의 맹세
를 요구했다. 기쁠 때나 슬플 때나 언제나 함께하겠다는 맹세였다.
그는 성경책 위에 평생 분필을 잡았을 자신의 오른쪽 손을 올려놓
았다. 우리는 처음 본 사람 앞에서 영원한 사랑을 맹세했다. 뻔뻔
한 요구와 뻔뻔한 맹세. 마침내 일면식 한 번 없던 그가 우리 결혼
의 증인이 되었다. 주례는 교장 선생님의 훈화 말씀처럼 이어지다
가 기승전결도 없이 갑자기 끝났다.

카메라 플래시가 터지고 사진들이 찍혀나갔다. 누군가 내 부
케를 받고 결혼식은 끝났다. 폐백을 마치고 옅은 핑크색 칵테일 드
레스를 입은 나는 연회장에 들러 처음 보는 양가의 하객들에게 인
사를 드렸다. 호텔 연회장에선 우리가 예약한 스테이크가 일사분
란하게 서빙되고 있었다. 새벽부터 신부 화장을 하느라 밥 먹을 시

간이 없었던 나는 배가 고팠고 다리가 휘청거렸다. 하지만 그걸 맛볼 시간은 남아 있지 않았다.

호텔 측에서는 우리에게 특별히 스위트룸을 내어주었다. 러브 호텔의 VIP특실 같은 곳이었다. 나는 그곳의 패브릭 소파에 앉아 시큰거리는 발목을 주무르며 천장에 달린 샹들리에를 바라봤다. 시설은 낡았지만 전용 거실과 전용 욕실이 딸려 있어 크기 하나만큼은 스위트룸이라고 해도 손색이 없었다. 나는 소리가 지워진 채 방송되는 아홉 시 뉴스를 멍하게 바라보았다.

우리는 첫날밤을 치를 새도 없이 피곤에 지쳐 곯아떨어졌다.

4

미시령에서 내려오는 길에 휴대전화가 울렸다. 최 국장의 전화번호가 찍혀 있었다.

"김 차장 어디야? 휴가 중에 미안한데 빨리 좀 올라와야겠어. 큰일 났다, 진짜!"

"무슨 일이시죠?"

"J금융그룹 프레젠테이션, 기업 이미지 광고 우리가 먹었어! 당신 특기잖아. 이미지 광고!"

최근 들어 내가 속한 CR1팀은 거의 수주가 없었다. 최 국장이 여러모로 압박받고 있다는 건 누구나 아는 사실이었다. 그의 목소리가 점점 더 커지고 있었다.

"언제 올라올 거야?"

"다음 주 수요일까지는 올라갈 겁니다."

"절대 안 돼! 이번 주부터는 주말도 없어. 내일 아침까지는 꼭 와. 괜찮다면 오늘 밤이라도 당장 올라오라고!"

최 국장은 내 대답을 듣기도 전에 일방적으로 전화를 끊었다.

– 김 차장. 좋은 풍경 바라보면서 아이디어 많이 챙겨 와! 내 몫까지 회 많이 먹고! ♥♥♥

전화를 끊자마자 메시지가 울렸다.

월차나 휴가 없이 몇 년 만에 얻은 첫 휴가였다. 하트 세 개. 어이없어 웃음이 나왔다. 결국 승진은 직급이 올라갈 때마다 휘발되는 죄책감과 반대급부처럼 축적되는 뻔뻔함의 양으로 결정되는 것이다. 그것에 동의하지 못하면 광고 회사에서 생존할 수 없다. 나는 최 국장에게 문자를 보냈다.

– 월요일 오전까지 회사 들어갑니다. 동명항 들러 회 떠서 갈게요. ♥♥♥♥

멀리 겨울 바다를 즐기러 온 커플과 사람들이 드문드문 보였다. 몰아치는 바람 때문인지 바짝 붙어 있던 커플이 고개를 돌려 서로의 입술에 키스하고 있었다. 오랜만에 겨울 바다가 보고 싶어 그곳에 약속 장소를 정했지만 겨울 바다보다 인상적인 건 바다를 보러 온 사람들의 뒷모습이었다.

한 남자가 모래밭에 앉아 등을 바짝 구부린 채 바다를 바라보고 있었다. 그가 보고 있는 것이 파도든, 갈매기든, 멀리 떠 있는 바위섬이든 간에, 나는 어느 겨울 경주의 대릉원에서 본 무덤처럼 둥근 그의 등을 바라보았다. 해변가에는 그런 무덤 같은 등이 겨울 바닷가에 띄엄띄엄 앉아 일제히 바다 쪽을 바라보고 있었다. 그들이 사정없이 몰아치는 바람 때문에 등을 바짝 구부릴 때마다 패딩 점퍼를 입은 두툼한 등은 더 높게 둥글어지고 있었다. 그때의 속초 바다는 마치 신라의 천 년 무덤을 호위하는 깐깐한 소나무들 같았다. 나는 우리가 영원한 사랑을 맹세하던 그 시간, 낡은 성경책 위에 손을 올려놓던 주례의 두툼하고 둥근 손등을 떠올렸다. 주머니 속에 손을 넣고 휴대전화를 꺼내 바라보았다. 코트 깃을 여미고 추위로 단단해진 모래사장 위를 나는 빠르게 걸었다. 약속 시간까지 얼마 남아 있지 않았다.

시동생을 만나기로 한 곳은 속초 바다가 보이는 한적한 커피

숍이었다.

갑작스런 내 전화에 그는 많이 놀란 목소리였다. 교사를 꿈꾸던 앳된 얼굴의 사범대 학생도 이제 나이가 제법 들어 보였다. 쇼팽의 왈츠가 흐르던 그곳에서 우리는 안부를 물었고, 어색한 인사를 나누었다. 붙임성이 좋았던 사람이지만 이혼한 형수와의 만남이 편할 리 없었다.

"사십구재 지냈어요, 일주일 전에."

"어떻게 된 거예요?"

나는 차마 묻지 못했던 말을 내뱉고 말았다.

"교통사고였어요. 응급실에 실려갔는데…….."

그는 감정을 추스르듯 잠시 말을 멈추었다. 그의 목소리는 깊게 잠겨 거의 들리지 않았다. 남편은 새벽에 친구들과 술을 마시고 택시를 잡다가 사망했다고 했다. 그의 죽음에 대해 더 이상 묻는 건 가혹한 일이었다.

"납골당에 모실까 하다가 화장했어요. 자식도, 부인도 없잖아요."

시동생이 침묵을 깨고 다시 입을 열었다.

"원래 속초에 뿌리려고 했는데, 아버지가 아직 속초 앞바다에서 뱃일 하시니까…….."

콘택트렌즈를 낀 눈이 뻑뻑했다. 하지만 눈물이 나진 않았다. 나는 그를 바라보다가 바다 쪽으로 고개를 돌리며 말없이 고개를 끄덕였다.

"추암 아시죠? 삼척 앞바다요. 거기에 제 손으로 뿌렸어요."

시동생은 아무도 부르지 않았다고 했다. 고향 친구 몇 명과 어떻게 알았는지 서울에서 채권자 몇 명이 장례식장에 왔다고 했다. 채권자들도 그냥 조용히 돌아갔다고 했다. 시아버지는 바쁜 내게 연락할 필요 없다고 잘라 말했다고 했다. 그것이 예전 며느리에 대한 미안함 때문인지 원망 때문인지 알 수 없지만 그래도 부음은 알려야 할 것 같아서 사십구재를 끝내고 내게 연락을 했다고 했다. 사실 그는 내가 여기까지 내려올 줄 몰랐다고 말했다. 마지막으로 그는 가방 안에서 무언가 주섬주섬 꺼냈다.

"제가 처리할까 하다가 형수 연락 받고 전해야겠다고 생각했어요."

그가 내민 것은 우리의 웨딩 앨범과 남편의 결혼반지였다. 창밖엔 간간이 눈이 내리고 있었다.

6

남편은 A방송국 드라마 PD였다.

그가 만드는 드라마가 시청률 기록을 갱신하며 기사들을 만들어내고 있을 때, 그에게 거액을 제시하며 스카우트를 제안하는 수많은 유혹이 있었다. 하지만 그는 연예기획사와 제작사들의 제안을 거절했다. 방송사와의 의리 때문은 아니었다. 그에겐 직접 드라마 제작사를 차리겠다는 오래된 꿈이 있었다. 휘둘리지 않고 자신이 만들고 싶은 드라마를 만들겠다는 목표. 결혼을 하고 얼마 안 되어 그는 독립을 선언했다. 독립 후 첫 번째로 연출한 작품도 작품성과 만족할 만한 시청률이 나왔다. 그가 받는 제안과 계약서들이 구체적인 성공을 의미하지 않는데도 그는 자신이 이루어낸 것들을 바라보며 꿈에 부풀어 있었다.

큰 성공이 큰 행복을 의미하진 않는다.

돈을 많이 벌면, 집을 넓히면, 좋은 가구를 들여놓으면 행복해질 것이라 막연히 생각했던 그때의 우리가 알 리 없는 진실이었다. 그가 늦게 들어와 일찍 집을 나설 때마다, 집에 들어오는 날이 줄어들 때마다, 통장의 잔고는 쌓여갔다. 나는 경제적인 궁핍함 때문이 아니라 끔찍한 권태감 때문에 직장 생활을 이어나갔다. 그가 바빠질수록 일에 더 집착했고 경력에 도움이 될 만한 프로젝트를 따기 위해 고군분투했다.

바쁜 출장 일정에도 공항 면세점에 들러 가격표를 보지 않고 마음에 드는 가방과 옷 몇 가지쯤은 쉽게 살 수 있었다. 불현듯 죄책감이 들 때면 엄마에게 나와 똑같은 스카프와 가방을 사드렸다. 돈을 펑펑 쓰는 일이 자신이 겪는 불행에 대한 적절한 보상이라 믿는 사람이라면 만족할 수도 있는 삶이었다.

그러나 그것은 내가 생각한 결혼 생활이 아니었다. 우리는 결혼 후 몇 년간 남들처럼 마트에 가서 장을 본 일도 없었고, 밤에 마실 맥주를 고르거나 와인의 종류를 고른 적이 없었다. 내가 차린 밥상 앞에 앉아 함께 밥을 먹은 기억도 거의 없었다. 시댁과 친정에서 보내주는 한약을 그렇게 먹고도 아이는 생기지 않았다. 사랑 없이도 아이는 잘만 생기더라는 친구의 농담을 나는 웃으며 들어줘야 했다. 우리는 같은 공간에 살았지만 시차가 전혀 다른 도시에 사는 외국인들 같았다. 나는 이 재미없고 지루한 결혼 생활의 인질이었다. 오래 연애하고, 오래 살다 보니 어떤 관성이 생겼고, 그 관성에서 벗어나는 방법조차 쉽게 떠오르지 않았다. 우리는 서로의 인질범이 되어가고 있었다.

지금 돌이켜보면 행복은 무료함 그 자체, 아무 일도 없음에 있을지도 모른단 생각이 든다. 바쁘다는 게 꼭 나쁘기만 한 일도 아니었다. 그러나 그때의 나는 남편을 이해하지 않았다. 결혼 정보 회사의 카피를 만들기 위해 결혼 사례를 모으고, 그럴 듯한 문장을 늘어놓으면서도 나는 그를 이해하려 들지 않았다. 그 시절이 내 삶의 '화양연화'일 수도 있음을 본능적으로 알고 있었지만 나는 발악하듯 그의 성공을 증오하고 깎아내리는 데 남아 있는 내 에너지를 소모했다.

그런데 거기까지였다.

두 편의 드라마가 끝난 후, 남편은 더 이상 바쁘지 않았다. 더 이상의 제안은 없었다. 대신 돈을 요구하는 사람들이 그의 주변을 채워가기 시작했다. 한동안 명동의 사채업자까지 만나고 다니던 남편은 마침 불어닥친 세계적인 경제위기와 함께 무너져 내려갔다. 출연료 체납과 스태프들의 인건비, 은행 대출 상환 독촉, 채권 추심 회사 사람들만 바쁘게 남편을 찾았다. 우편물엔 늘 수북이 압류장과 최고장들이 쌓여갔다.

그는 집에만 있었다. 한때 그토록 내가 원하던 일이었다. 그는 하루 종일 소파에 앉아 방송국에 있었더라면 자신이 맡았을지도 모를 드라마들을 보았다. 그는 알타미라 동굴의 원시인처럼 점점 더 깊은 곳으로 침잠해 들어갔다. 동굴 속에서 웅크린 채 고요히 때로는 격렬하게 야위어갔다. 그는 울증과 조증을 반복했다. 어떤 날은 꿈쩍도 않고 누워 텔레비전을 보기도 했지만, 어떤 날은 미래의 거창한 사업 계획을 끝도 없이 이야기했다. 아무도 그에게 투자할 것 같지 않은 프로젝트를 머릿속에서 제작하고, 연출하고, 방송했다. 남편의 근거 없는 희망은 점점 자학의 형태를 갖추었다.

스스로의 아름다움에 도취된 이십대 연인들은 건강에 대해 말하지 않고, 자연의 아름다움을 말하지 않듯이 어떤 것이 자주 말해질 즈음의 전조는 그것이 증발되고 결핍되었을 때다. 격렬히 건강을 이야기할 때는 건강을 잃었을 때다. 자연이 아름답다고 느낄 땐, 이미 스스로의 아름다움이 빛을 잃어 사그라질 때인 것처럼 말이다. 그는 자신이 가지고 있지 않은 것들에 대해 이야기하기 시작했다. 더 많은 돈과 더 많은 기획과 자신이 한 번도 캐스팅하지 못한 배우에 대해 말했다. 그 거창한 말의 무게에 짓눌려 나는 조금씩 지쳐가고 있었다. 그즈음 우리의 결혼 생활은 끊임없는 마찰의 연속이었고, 우리는 그 마찰력으로 달려가는 고장난 자동차였다.

7

"이혼해줄게."

추암 해변의 낡은 재규어 앞에서 먼저 이혼을 말한 건 그였다.

"이혼당하는 게 아니고?"

나는 그를 바라보다가 낮은 숨을 토해냈다.

"그래. 그럼 당해주는 걸로 해······."

그의 얼굴은 이상할 정도로 일그러져 있었다. 미간 사이 깊게 팬 자국은 끝이 보이지 않는 어두운 구덩이처럼 보였다.

"다른 건 다 네가 가져. 나한텐 차만 줘."

경멸을 가장한 무표정이라든가, 조소를 숨기기 위한 미소는 필요하지 않았다. 내 얼굴이 어느 정도까지 일그러졌는지는 나도 알 수 없다. 다만 그것이 아주 짧은 탄식과 함께 폭소처럼 터져나왔다는 건 안다. 집은 이미 은행에 압류된 상태였다. 우리를 지탱

하던 마이너스 통장은 바닥을 친 지 오래였고, 사방 일 킬로미터 안에 있는 주위 어떤 사람에게도 더 이상 돈을 꿀 수 없었다. 그가 내게 줄 수 있는 유일한 물건은 우리의 화려한 과거를 상징하듯 남아 있는 유물 같은 짙은 초록색 재규어 스포츠카 한 대밖에 없었다.

"그게 말이 된다고 생각해?"

"차가 꼭 필요해. 돈 벌면 하나 사줄게."

"나중에 돈 벌면? 당신 때문에 내 인생이 이렇게 망가졌는데 나한테 차도 못 줘?"

"내가 샀잖아."

"내가 골랐어! 마지막 육 개월 할부금도 내가 냈어!"

"이러지 말자, 제발."

"차라리 팔아버려. 반으로 갈라서 나누자고. 톱이라도 갖다 줘? 당신이 자를래? 내가 해치워버릴까?"

"차가 진짜 필요해!"

"나도 필요해."

"선영아!"

"내 이름 부르지 마. 개자식!"

기암괴석이 솟아 있는 추암의 절벽을 바라보며 내 삶 역시 저 절벽 밖으로 내던져져버렸다는 걸 깨달았다. 자동차라면 액셀을 힘껏 밟고 한동안 공중부양하듯 날아갈 수도 있지 않을까. 하지만 빈 몸뚱이로 저 절벽 아래 몸을 날린다면, 바위에 머리가 박살 나 파도에 씻겨 흔적도 없이 사라질 것 같았다.

나는 차를 가지고 내가 갈 수 있는 가장 먼 곳까지 달려가고 싶었다. 그의 한숨과 탄식으로부터 그렇게 작별하고 싶었다. 그 역시 차를 타고 지긋지긋한 서울을 떠나고 싶었을지 모른다. 나는 해변에 세워놓은 차를 바라봤다. 가난한 우리가 가지기엔 터무니없이 호사스러운 것이었지만 그때 우리가 동시에 원하던 유일한 것이었다.

이혼을 하게 되면 어쩔 수 없이 알게 되는 것들이 있다. 가령 결혼이 조금씩 쌓여가는 적분이라면, 이혼은 가장 작은 것까지 나누어야 하는 미분이라는 것. 공정해지기 위해 서로의 물건을 나누다 보면, 결국 모든 게 나누어진다는 사실을. 함께 공유하던 시간이나 추억, 영혼까지도 말이다.

이혼의 핵심은 공정한 분배이다.
평등한 분배가 아니라
공정한 분배여야 했다.

하지만 우리가 나눌 수 있는 건 빚뿐이었다.

이혼할 즈음, 호탕하던 그의 성격도, 웃음도, 그에게선 점점 사라져버렸다. 남편은 해파리처럼 투명한 인간으로 변해갔다. 위선도 위악도 없는 투명한 인간, 겉과 속이 똑같아 있는 그대로를 보여주는 인간. 보호색도, 어떤 색깔도 가지지 않은 무색 무취의 인간. 그는 그저 본능에 충실한 인간으로 변해가고 있었다. 경제적 궁핍이 정신적 파탄으로 이어지는 메커니즘을 그때의 우리는 한번도 경험한 적 없었으므로 이혼을 확정받고 법원 앞에서 헤어지며 그가 했던 말을 나는 아직도 잊지 못한다.

"네 월급 통장 압류 곧 풀릴 거야. 빨리 못 헤어져줘서 미안하다."

8

커피숍을 나서자 아까보다 제법 굵은 눈발이 흩날리고 있었다. 눈을 감고 고개를 올리자 눈꺼풀 사이로 차가운 눈송이가 바로 녹아 물처럼 흘러내렸다. 거리의 사람들도, 차들도, 조금씩 속도를 줄여가고 있었다. 옷깃을 여미고 차 쪽으로 빠르게 걸어갔다. 자동차 안에 앉아 나는 키를 찾기 위해 주머니에 손을 넣었다. 주머니에서 자동차 키 대신 작고 단단한 무엇인가가 느껴졌다. 나는 그것을 꺼내 들었다.

시동생이 건네준 남편의 반지였다.

나는 반지를 가만히 바라보았다. 종로의 금은방에서 나누어졌던 우리의 결혼반지. 그가 결혼반지를 지금까지 가지고 있을 거라고 생각하지 않았다. 마지막에는 돈이 없어서 쓰고 있던 노트북까지 인터넷 중고 사이트에 팔아버린 그였다. 나는 가만히 반지를 쥐고 있다가, 충동적으로 왼쪽 약지에 끼어보았다. 묵직하고 헐거웠지만 빠질 정도는 아니었다. 헤어질 즈음, 급격히 말라가던 그의 모습을 떠올리며 나는 손에 낀 반지를 천천히 돌렸다. 같은 디자인의 반지를 나누어 끼고 있던 시절의 내가 떠올랐다. 우리가 서로를 힘주어 꽉 끌어안고 있던 때, 계절이, 거리의 모든 풍경과 사람들의 눈동자가 우리 편으로 온통 기울어져 있던 그 시간들이 반지 안에서 천천히 돌아가고 있었다. 시동생에게 '교통사고'라는 말을 들은 순간, 사라졌던 기억의 일부는 놀라운 속도로 재생되고 있었다. 그러나 내가 생각한 죽음은 막연해서 그것은 언제나 미래의 모습으로만 나타났다. 죽음이 지금처럼 현재가 되어 내 곁에 놓인 적은 없었다. 나는 계속 반지를 돌렸다. 멈출 수가 없었다. 어쩐지 그것을 끼고 있던 시절의 남편 얼굴이 잘 떠오르지 않았다.

– 김 차장 속초 앞바다는 좋아? 아이디어 생각하고 있지?

휴대전화가 계속해서 징징 진동음을 울려댔다.

– 김 차장 '진심과 긍정이 미래를 만든다 – J그룹' 이건 어때?

휴대전화를 주머니에 넣고, 약지에 끼워진 그의 반지를 다시 한 번 바라보았다. 손을 조금만 아래로 기울여도 반지는 금세 떨어질 듯 아슬아슬하게 걸려 있었다. 나는 반지를 손에 낀 채 파란색 벨벳으로 덧씌워진 웨딩 앨범을 바라보았다.

"웨딩 앨범 같은 건 이사 몇 번 하면 그냥 사라져버려."

동창 경애가 지나가는 말처럼 이렇게 말한 적이 있었다.

"그러니까 일부러 뭘 버릴 필요가 없어. 어차피 전부 사라지니까."

나는 내 결혼반지를 떠올렸다. 반지 케이스째 서랍 어딘가에 넣어둔 것 같았는데 어느 날 사라져버린 반지였다. 결국 집 안 전체를 다 뒤지고도 반지를 찾지 못했다. 나는 손가락을 들어 내 반지와 똑같은 그의 반지를 바라봤다. 사라진 반지가 내게 이런 식으로 찾아온 건 아닐까란 의심을 가득 품은 채.

웨딩 앨범을 펼쳤다. 웨딩 사진 속에서 우리는 웃고 있었다. 너무 환하게 웃고 있어서 사진 속 내 얼굴에 손을 갖다 대면 그때의 미소가 손가락 사이로 전해질 것 같았다. 사진 속 웨딩 커플은 몇 년 만의 속초만큼이나 낯설었다. 나는 앨범을 한 장 넘겼다. 가족사진이 있었다. 앨범을 한 장 더 넘기자 그때의 친구들이 웃고 있었다. 한 명 한 명 기억을 더듬었다. 그들 중엔 더 이상 이름이 기억나지 않거나 소식이 끊겨 연락 두절인 사람들도 있었다. 오랜 시간이 지나 먼지 쌓인 웨딩 앨범을 바라보는 것만큼 허망한 일이 또 있을까. 이젠 기억조차 희미한 일들이었다. 나는 앨범을 덮었다. 푸른색 벨벳 표지 위에는 반짝이는 금박 글씨로 2003년 12월 17일이라고 써 있었다.

하필.
오늘이었다.

화끈거리는 얼굴을 식히기 위해 자동차 창문을 열었다. 창문 밖으로 눈이 달려들듯 몰아쳤다. 나는 창문을 닫고 앨범을 열어 다시 한 장 한 장 넘겼다. 모든 게 사라지고 난 뒤 남은 또렷한 감각이 내 머릿속에 각인되어 있었다.

가령 허기 같은 것.

그것은 내가 누구도 아닌 내 결혼식장에서 느꼈던 어마어마한 배고픔과 허기였다.

그날, 검은색 나비넥타이를 맨 직원들은 연회장을 돌며 하얀 접시 위의 스테이크를 서빙하고 있었다. 갈색 소스가 흐르는 두툼한 스테이크를 나는 눈으로만 지켜보았다. 서라면 서고, 앉으라면 앉고, 사진을 찍으라면 찍고, 찍힐 동안은 말없이 웃으며 어딘가를 바라보았다. 정신없이 예식은 돌아가고 있었다. 새벽부터 이어진 신부 화장과 예식, 사진 촬영, 폐백, 커다란 연회장을 돌며 이어진 하객 인사 시간에 나는 허기를 느꼈고 몇 번 휘청거렸다. 그날 결혼식의 주인공은 나였지만 정작 나를 위해 마련된 음식은 먹지 못했다.

여전히 속초의 그 호텔에선 결혼식이 열리는 걸까.

나는 앨범을 덮고 손끝으로 우리의 결혼기념일이 새겨진 양각된 숫자들을 만졌다. 핸드백이 놓인 조수석을 바라보다가 나는 충동적으로 S호텔로 내비게이션을 맞추었다. 눈보라는 조금 더 강해지고 있었다.

9

S호텔은 그때보다 조금 더 낡았다.

나는 봉투를 빌려 아무 연고 없는 신부 측에 축의금을 내밀었다. 그리고 단체로 곱게 한복을 맞춰 입은 할머니들 옆을 지나 하객이 없는 구석 자리에 앉았다. 예식장은 곧 빈틈없이 사람들로 채워졌다. 사회자가 신랑 신부에게 키스를 시키고, 큰 목소리로 '사랑한다'를 만세삼창 시키는 평범한 결혼식이었다. 예식이 끝난 후 사진 촬영이 이어졌다. 검정색 넥타이를 맨 연회장 직원들이 스테이크를 서빙하기 시작했고, 하객들은 허기진 듯 그것들을 먹어치우고 있었다. 내 앞에도 하얀색 접시에 담긴 스테이크가 놓였다. 가니시로 구운 아스파라거스와 감자를 곁들인 스테이크였다. 급하게 옮기느라 갈색 소스가 하얀색 접시 가장자리에 번져 있었다.

　나는 접시를 바라보다가 고기를 썰었다. 무딘 칼날 때문인지 잘 썰리지 않았다. 그래도 손목에 다시 힘을 주고, 스테이크를 썰었다. 썰어낸 스테이크 한 조각을 입안에 넣고 나는 천천히 그것을 씹었다. 식어버린 붉은 고기 특유의 누린 냄새가 혀끝까지 밀려왔다. 내가 겪은 예식장 음식의 맛은 언제나 이런 식이었다. 마땅히 뜨거워야 할 수프는 뜨겁지 않고, 차가워야 할 샐러드는 차갑지 않고, 부드러워야 할 것은 부드럽지 않고, 달콤해야 할 것은 너무 달아 단맛을 감상할 사이 없이 혀끝에 불쾌하게 들러붙는다.

　나는 힘줄 때문에 썰어지지 않는 스테이크를 씹다가 친구들이 장난스럽게 쏜 폭죽의 잔해를 뒤집어쓴 신랑을 바라보았다. 어린 신랑은 사진사를 향해 어색한 듯 웃고 있었다. 그때의 우리도 저런 얼굴로 만세를 부르고, 사진을 찍고, 찍혔을 것이다. 운전을 오래 한 탓인지 손목이 아팠다. 칼을 쥔 손가락에 낀 그의 반지가 자꾸만 흘러내릴 것 같아서, 나는 몇 번이고 손을 곧추세우고 멍하게 스테이크를 바라보았다.

　남편은 자신의 고향 속초에서 수재로 소문난 사람이었다.

　시부모는 수재 아들의 엄마나 아버지로 불리는 것을 언제나 기꺼워했고, 시동생 역시 그의 동생으로 불리는 자신의 운명을 받아들였다. 하지만 공부 잘하는 사람은 의당 법대나 의대에 갈 것이란 그들의 믿음이 어그러진 순간, 그는 가족들과 멀어졌다. 남들

보다 빨리 결정한 결혼은 그런 그가 선택한 마지막 효도였을 것이다. 그가 끝내 속초에서의 결혼을 고집할 수밖에 없었던 것도 부모에 대한 죄책감 때문이었을 것이다.

웨이터가 테이블 위에 커피를 놓고 빠르게 사라졌다.

정체불명의 기름이 커피 잔 위에 둥둥 떠 있었다. 메인 메뉴를 먹기도 전에 미리 서빙된 커피는 식어 있었다. 나는 커피를 마셨다. 한때 뜨거웠던 것이 식어버렸을 때, 더 이상 식어버린 그 온도에 놀라지 않게 되었을 때, 살아 있는 줄 알았던 거리의 가로수가 이미 오래전에 죽어 그 자리에 꽂혀 있었다는 걸 알게 되었을 때, 누군가 눈물 흘릴 때, 누군가 웃었을 때, 어딘가에 있을 거라 생각했던 사람이 이미 죽어 바다 어딘가에 뿌려졌을 때…… 반쯤 먹다 남긴 스테이크를 바라보며 나는 어린 신랑과 신부에게 해주어야 할 말을 떠올렸다. 결혼은 고상한 예식용 스테이크를 먹는 것이 아니라고, 소의 탄생과 함께 그것이 성장해 마침내 차가운 도살장에 끌려온 소의 내장과 뼈, 너덜대는 부산물들의 처리 과정을 끝까지 참관하는 일이라고 말이다.

커피 잔을 바라보다가 나는 남아 있는 커피를 남김없이 마셨다. 반지를 빼 왼쪽 손 안에 넣고 주먹을 꽉 쥐었다. 저쪽에서 친구들과 함께한 신랑 신부가 환하게 웃고 있었다. 나는 공범자처럼 웃고 있는 신랑 신부를 향해 환하게 미소 지었다. 저들에게는 지금 내가 먹는 이 음식을 다시 먹을 기회가 아마도 영원히 오지 않을 것이다.

창문 너머 눈발이 서서히 가늘어지고 있었다.

가늘어진 눈발이 어느새 비가 되려는 듯 보였다. 마지막까지 간신히 매달려 있던 나뭇잎이 이내 공중으로 떠올라 저편으로 떨어졌다. 한 시간 간격으로 휴대전화가 울렸다. 당장 서울로 돌아와야 한다는 경고가 엄중하게 휴대전화를 울렸다. 자동차를 몰고 익숙한 길을 달리자 어떤 기억들이 차를 가로막듯 불쑥 밀려왔다.

속도를 줄이고 천천히 차를 몰았다. 예정에 없이 속초에 들렀던 것처럼 예정에 없던 곳에 가야 할지 모른단 생각이 든 건 그때였다. 한때 우리가 가지고 있었지만 잃어버린 것들에 대해, 영원한 맹세가 얼마나 허망한 것인지 끝내 확인하고 싶었던 건지도 모른다. 그때 도로 저편에 희미하게 무엇인가가 보였다. 바람이 심하게 몰아쳐 나무 위에 분진처럼 가라앉아 있던 눈을 쓸어버리고 있었다. 나는 잠시 숨을 멈추고 누구도 지나가지 않는 빈 길가에 차를 세웠다.

창문 사이로 흰색 스프레이로 그린 사람 모양의 형태가 보였다. 자동차 시동을 껐다. 소음이 완벽히 사라진 좁은 공간 안으로

뚜벅뚜벅 눈을 뒤집어쓴 한 사람이 기어 들어왔다. 다시 눈이 내리기 시작했다. 나는 눈을 털어내며 저 너머를 바라봤다. 흰색 스프레이로 그린 흰 사람은 태아처럼 웅크린 채 검은 도로 위에 고요히 눈을 맞으며 누워 있었다. 그 위로 빠르게 자동차 한 대가 눈보라를 일으키며 달리고 있었다.

차에서 내려 나는 천천히 그곳을 따라 걸어갔다. 시동생이 말한 남편의 사망 장소가 어쩌면 저곳일지 모른다는 생각이 들었다. 눈발이 조금씩 굵어지고 있었다. 두 손을 모으고 나는 도로 위에 누워 있는 흰 사람 쪽으로 아주 천천히 걸어갔다. 나는 가만히 그곳에 서서 사람의 모양대로 그려진 흰 선을 따라 잊고 있던 그의 모습을 그렸다. 숱이 많던 빳빳한 머리카락과 뼈가 느껴지지 않던 둥근 어깨, 보통 사람들보다 길고 듬직했던 팔과 다리, 실팍한 가슴의 근육들…… 웃으면 그믐달처럼 구부러지던 순한 눈매와 시월의 달빛을 닮았던, 내가 그토록 좋아하던 그의 눈동자가 아득하게 만져졌다. 차가운 눈이 와락 얼굴 사이로 와 닿아 녹기 시작했다.

그는,
로드 킬,
흰 스프레이맨이 되어 내 앞에 누워 있었다.

무릎이 꺾인 사람처럼 주저앉아 차가운 아스팔트 위 흰 사람을 만져보았다. 손끝에 혀가 달린 것처럼 아스팔트 위 흰 사람의 맛이 느껴졌다. 눈물인지 눈(雪) 물인지 알 수 없는 맛이었다. 고개를 들었다. 하늘의 눈이 포근한 이불처럼 도로 위 흰 사람을, 그의 죽음을, 하나씩 지워나가고 있었다. 나는 눈을 감고 그 눈을 온몸으로 맞았다. 차가운 눈바람이 뺨 어딘가에 칼끝처럼 아프게 달라붙었다.

　　그의 죽음이 시작된 곳에 주저앉아 나는 그의 죽음이 끝난 곳을 생각했다.

　　시동생은 추암에 그의 시신을 뿌렸다고 말했다. 그곳에서 우리는 처음 이혼을 내뱉었다. 그와의 관계가 끝장난 곳도 그곳이었다. 영원히 잊고 싶었던 곳, 영원히 가지 않을 거라 다짐했던 곳이었다. 후회란 수없는 '하필'의 연쇄 반응은 아닐까. 하필 그곳에서, 홀로 가루가 되어 뿌려졌을 추암의 바다에서, 나는 확인해야 할 것이 있었다. 다시 휴대전화가 울렸다.

　　- 당장 서울로!

　　주어와 동사가 사라진 문장은 냉정한 투로 나의 복귀를 명령하고 있었다.

　　컴퓨터의 모든 창이 동시에 열린 것처럼 많은 상념들이 밀려왔다. 나는 내비게이션에 추암해수욕장을 입력했다.

흐린 하늘이 점점 어두워져가고 있었다. 바람이 붕대를 풀고 달려드는 것처럼 길가의 깃발들이 세차게 날렸다. 가끔씩 자동차가 심하게 흔들렸다. 내비게이션이 추암 오 킬로미터를 가리키고 있었다. 추암으로 들어가는 길은 좁은 일차로와 이차로가 번갈아가며 곡선으로 휘어져 있었다. 차가 많이 다니지 않아 곳곳이 얼어 있었고, 재규어는 자꾸만 헛발질을 하듯 길 위에서 미끄러졌다. 속도를 최대한 줄여서 운전했지만 핸들이 심하게 흔들렸고 브레이크를 밟을 때마다 제동이 쉽지 않았다.

자동차는 점점 미로 같은 바다를 찾아 미끄러지며 들어가고 있었다. 조금 전보다 더 많은 눈이 내렸다. 오랜만에 보는 함박눈이었다. 이제 사방에 어둠이 완전히 내려앉았다. 자동차 유리창에 쌓이는 눈을 와이퍼가 헉헉거리며 지워대고 있었다. 저 멀리 오징어잡이 배의 집어등이 보였다가 사라졌다. 바다가 멀지 않았다. 그도 멀리 있지 않았다.

이제 이 좁은 길만 지나면 바다였다. 왼쪽으로 조심스레 핸들을 꺾자 맞은편에서 승용차 한 대가 미끄러지듯 내려오고 있었다. 두 차의 헤드라이트는 외나무다리에서 만난 원수처럼 서로를 노려보았다. 교차하면서 가기에는 길이 좁아 보였다. 나는 차에서 내렸다. 눈이 금세 얼굴에 달라붙었다. 늙은 재규어는 흰 눈에 덮인 북극곰 같았다. 맞은편 운전자도 내려서 길을 가늠해보았다. 마티

즈와는 어울리지 않는 몸집의 후덕하게 생긴 중년 여자였다.

"제 차가 소형차니까 이쪽으로 조금 붙여서 나갈게요. 조금만 후진해주세요. 미안해요.'"

나는 조금씩 차를 후진했다. 맞은편 차도 조금씩 다가왔다. 나는 아주 조금씩 후진했고, 맞은편 차는 조금씩 다가왔다.

"백미러가 닿을 것 같아요. 조금만 더 왼쪽으로 붙여주세요."

여자의 목소리는 아까보다는 덜 미안해 보였다. 다시 조금 더 후진했다. 핸들을 조심스레 꺾었다. 뒷바퀴가 미끄러지는 소리가 들렸다. 겨우 맞은편 차가 지나간다. 한숨이 절로 나왔다. 그때였다. 늙은 재규어가 흔들리더니 무언가 쿵 하고 차체에 부딪히는 소리가 들렸다. 내려 보니 뒷바퀴 한쪽이 농로로 내려앉았다. 눈은 점점 더 퍼붓고 있었다.

"젠장!"

핸들을 틀면서 다시 천천히 액셀을 밟았다. 웅……웅……웅…… 소리만 내고 바퀴는 계속 미끄러졌다. 옅은 매연 냄새가 올라왔다. 다시 계속 시도해보았지만 여전히 재규어는 꿈쩍도 하지 않았다. 그저 추암에 가야겠다는 생각뿐이었다. 점점 당혹감이 밀려왔다. 자동차에는 스노 체인이 없었다. 설령 있다고 해도 장착법을 몰랐다. 이제 눈은 내리는 것이 아니라 퍼붓듯 쏟아지고 있었다. 부재중 전화가 떠 있는 휴대전화에 다시 한 번 벨이 울렸다. 눈이 너무 많이 내려서 와이퍼를 작동하는 게 무의미하게 느껴졌다. 나는 휴대전화를 열어 전화를 받았다. "야! 왜 전화 안 받아! 당장 서울 올라와! 우리 팀 난리 났……." 국장의 다급한 목소리가 수화기를 타고 빗발치듯 흘러내렸다.

11

보험 회사에 비상 견인을 요청했다. 보험사는 폭설이 내리고 있어 이곳에 오기가 힘들지도 모른다고 설명했다. 오늘 눈이 올해 강원도에 발령된 첫 대설주의보가 될 것이며, 영동 지역의 모든 견인차들이 폭설 때문에 일어난 사고로 비상사태라고도 했다. 한 시간 이상 기다려야 한다는 말을 듣고 나서 나는 전화를 끊었다. 내 앞에 펼쳐진 믿기지 않는 눈을 바라보며 기다리는 수밖에 다른 방법은 없었다. 라디오에선 영동 지역의 대설주의보를 계속해서 긴급히 설명하고 있었다. 지루한 시간이 눈처럼 쌓였다. 시간을 느낄 수 있는 어떠한 지점도 없는 풍경이었다. 나는 눈이 지워내는 풍경을 그저 바라보기만 했다. 눈이 내렸다. 바람이 불었고, 눈발이 창문 앞을 내리치고 있었다. 그때 아주 멀리서 견인차의 불빛이 보이기 시작했다. 견인차가 조금씩, 아주 조금씩 내 쪽으로 다가오고 있었다.

"재규어네요? 이 동네에서 재규어 처음 보는데?"

견인차에서 내리자마자 기사는 차를 꼼꼼히 훑어보더니 끌끌
대며 혀를 찼다.

"후륜 구동에다가 스포츠카! 대박이네. 견인 못 해요, 이 차."

"뭐라구요?"

"스포츠카는 견인하면 밑이 끌릴 수 있어요. 모르셨어요?"

"눈 오는데 밑이 끌릴 리가 있어요?"

"눈 오는데 왜 여기까지 기어오셨어요?"

"아저씨, 말싸움하려는 게 아니잖아요!"

나는 애써 목소리를 억누르며 그를 바라보았다.

"일단 견인해주세요. 급한 일 때문에 그래요."

"이봐요, 이거 후륜 구동이라 어차피 견인 자체가 안 돼요. 이
건 신형 견인차가 와야 돼요. 오늘은 힘들어요."

"아저씨!"

"자동차를 머리에 이고 뛰어가면 모를까. 이 차로는 견인 못
한다니까! 나도 아줌마 땜에 허탕 쳤잖아요! 한 번 출동하면 기름
값이 얼만데, 씨발!"

"그럼 저보고 어떡하란 거예요?"

"그걸 왜 저한테 물어요? 거야 아줌마가 알아서 할 일이죠.
더 있다간 눈 때문에 오도 가도 못 해요. 이 동네가 어떤 곳인데
여길 체인도 없이 옵니까?"

그가 나와 재규어를 번갈아가며 노려보았다.

몇 분 사이 이미 그의 머리 위로는 몇 센티미터는 될 법한 눈이 쌓여 있었다. 멀리서 보면 두툼한 흰색 패딩을 입은 그의 모습은 여지없이 눈 속에 파묻힌 설인처럼 보일 것이다. 눈이 계속 쏟아졌다. 나는 휴대전화를 열어 메모해둔 렌터카 회사로 급히 전화를 걸기 시작했다. 통화 중이었다. 추암에 가기도 전에 눈발 속에 갇힌 늙은 재규어 한 마리와 내가 할 수 있는 건 아무것도 없었다. 나는 눈보라 속에서 견인차가 멀어져가는 모습을 바라봤다.

"개자식!"

멀어져가는 견인차를 향해 소리 질렀다.

너무 추워서 코끝을 칼로 베는 것 같았다. 갑자기 눈물이 흘러내렸다. 이제 조금만 가면 터널 밖일 거라고, 어둡고 답답한 이 터널만 넘어서면 다른 세상이 보일 거라고 되뇌며 견딘 결혼이 끝나버렸을 때, 내 앞에는 칠천팔백만 원의 빚과 남편이 애지중지하던 이 자동차 한 대가 남아 있었다. 눈이 쏟아지는 강원도 산길 위에서 나는 한 치 앞도 보이지 않는 뿌연 창밖을 바라보았다. 보험 회사도, 렌터카 회사도 내 전화를 받지 않은 채 통화 중이었다. 대신 원치 않는 부재중 전화와 서울로 돌아올 것을 종용하는 경고성 메시지만 계속해서 쌓여갔다. 나는 기름을 넣으라는 재규어의 마지막 경고를 외면했다. 붉은색 경고등은 한때 온 힘을 다해 반짝이더니 점멸하며 피시식 사라졌다.

숨을 멈추듯 시동이 꺼진 자동차 안에 앉아 사방을 둘러보았다. 눈이 그 모든 풍경과 소음들을 집어삼키고 있었다. 어마어마한 눈이 강원도 하늘 위에 매장된 것이 틀림없었다. 그 많은 눈을 하늘이 쉽게 다 탕진할 것 같지 않았다. 이런 폭설이라면 늙어빠진 재규어도, 나도, 곧 눈에 덮여 사라질 것이었다. 이런 눈을 보고 나면 눈을 감는 생애 마지막 날까지 그 어떤 눈을 보아도 그것은 다만 눈의 그림자로, 눈의 과거로만 보이게 될 것이다. 나는 숨을 내쉬며 눈을 감았다. 이제 눈이 오는 풍경이 아니라, 눈이 내리는 소리가 들리기 시작했다.

그가 죽던 날에도 눈이 내렸다고 했다. 그가 느꼈을 마지막 눈은 서울의 눈과는 달랐을 것이다. 그는 이 소리를, 나붓거리며 쏟아지는 이 눈 소리를 들었을까. 시동을 끈 차 안으로 바깥의 맹렬한 추위가 스며들어왔다. 이제 차 밖과 차 안 사이의 온도는 점점 줄어들고 있었다. 나는 조수석에 있던 숄을 두르고 어두운 차 안에 우두커니 앉아 있었다. 전화벨이 울렸다. 국장이었다. 나는 울음을 삼키며 핸들을 잡고 있던 손가락에 끼워진 그의 반지를 바라보았다.

"개자식! 이 개자식!"

계속해서 전화벨이 울리고 있었다.

정읍에서 울다

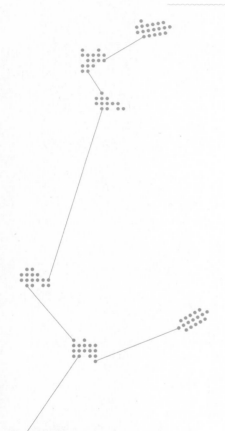

손홍규 ..
1975년 전북 정읍에서 태어나 동국대학교 국문학과를 졸업했다. 2001년 〈작가
세계〉 신인상으로 문단에 이름을 알렸으며, 2005년 첫 소설집 〈사람의 신화〉를
출간했다. 이후 소설집 〈봉섭이 가라사대〉, 〈톰은 톰과 잤다〉와 장편 〈귀신의 시
대〉, 〈이슬람 정육점〉 등을 발표했다. 대산창작기금, 제비꽃서민소설상, 백신애문
학상, 오영수문학상을 수상했다.

혹시 정읍댁이라고 기억하는가?

잘 모르겠어요.

나도 그러네.

몇 해 전에 돌아가신 감나무집 할머니 아닐까요?

자네 어머니가 그분은 아니라고 해서.

어머니는 괜찮으세요?

……똑같네.

지난번에 말씀드린 건…….

기다려보게.

그는 전화를 끊었다. 아들이 정말 알고 있으리라 여긴 건 아니었지만 더는 물어볼 곳도 없다는 생각에 허탈해졌다. 아내가 앓는 소리를 냈다. 아내는 이 여름에도 얇은 이불을 머리끝까지 끌어당겨 덮고 그 안에서 뒤척거렸다. 이불 아래쪽으로 맨발이 삐죽 빠져나왔고 덮은 몸의 굴곡이 선명히 드러났다. 그가 일어서며 기척을 내자 아내는 이불을 덮어쓴 채 말했다. 정읍댁, 정읍댁을 불러줘요. 목소리는 가느다랗고 떨렸지만 지그시 분노를 참는 사람이 간신히 내뱉는 말이라 해도 좋을 정도로 단호했다. 비록 아내의 정신이 온전하지 못하다 해도 그 목소리만은 주인의 살아왔던 날을 기억하는 것 같았다.

아내는 성정이 드세고 거칠어서 젊은 시절부터 악바리로 통했고 마을 대소사에 사사건건 개입하여 분란을 일으켰다. 농활을 왔던 대학생들 사이에서는 욕쟁이 할머니로 알려져 대학 신문사에서 취재를 온 적도 있었다. 그러나 아내는 함께 있는 사람들을 눈앞에서 면박은 줄망정 뒤에서 딴소리는 하지 않아 고약한 성품이라고 할 수는 없었다. 호탕하고 손이 큰 아내는 스무 해 남짓 마을 부녀회장직을 도맡아 일했고 시에서 주최하는 체육대회나 자선바자회 같은 큰 행사만이 아니라 면 단위로 열리는 작은 행사에도 곧잘 불려가곤 했다. 마을잔치가 열리면 으레 그의 집 부엌과 마당에 부녀회 회원들이 모여 깔깔대며 음식 장만으로 분주했다. 그는 아내가 하는 일에 참례한 적이 없었다. 그러려니 내버려두고 한 바퀴 휙 나갔다 오면 언제 그랬냐는 듯 아내의 야무진 손끝에 얌전해진 집 안은 다시 정갈한 모습으로 돌아와 있었다.

아내가 파킨슨병을 앓은 뒤로 그의 집은 소슬해졌다. 아내의 병세를 확인하러 오는 사람들은 부러 발소리조차 내지 않으려 애썼다. 아내는 기어이 마당 끝까지 배웅을 나가곤 했다. 굽은 허리로 부들부들 떨면서 마당을 가로질러 문 앞에 선 다음 손까지 흔들어주어야 직성이 풀리는 듯했다. 선암 양반 계시오? ……마침 계셨구려. 마루로 나선 그는 몸이 반쪽으로 접힌 것처럼 허리가 얄궂게 굽은 노인을 보았다. 그보다 스무 해 가량 윗길인 노인은 누구에게도 하대를 하지 않았다. 어린 시절부터 사내라면 그것이 조무래기 사내아이든 염소수염이 난 늙은이든 공대를 하던 버릇이 몸에 밴 탓이었다.

아짐이 어쩐 일이시오?

마을회관서 얼른 오시라고 하우.

부녀회장들이 다 모이셨군요.

서울서 온 기자 양반들도 묵새기고 있어라.

날 더우니 쉬엄쉬엄 하시지요.

반으로 접힌 노인은 호미 쥔 손을 휘휘 내저으며 고샅을 따라가버렸다. 그는 방으로 들어가 말코지에 걸린 새마을 모자를 썼다.

어디 가시우.

마을회관에.

무슨 일로요.

서울서 온다던 기자들.

정읍댁은요.

난 모르겠네.

정읍댁은요.

자네가 말을 해줘야 알지.

그는 한여름 뙤약볕에 그을린 길을 따라 걸었다. 마을회관에서는 낯이 익은 부녀회장들과 서울에서 왔다는 두 명의 기자가 그를 맞았다. 취재기자는 삼십대 초반의 여자였다. 말끝을 늘이는 버릇이 있지만 서울내기인 듯했다. 사진기자는 인상이 후덕하고 넉살이 좋은 사십대 중반의 사내였는데 대놓고 야릇하게 수작을 거는 부녀회장들과 죽이 잘 맞았다. 그는 모자를 벗어 쥐고 부녀회장들을 향해 고개를 숙였다. 덕분에 매스컴도 타니 출세했다고 농을 던진 사람은 아내와 내남없이 지내던 단곡리 부녀회장이었다. 취재기자가 방바닥에 녹음기를 놓고 질문을 시작했다. 그는 방안을 채운 에어컨 바람 탓에 칼칼해진 목을 가다듬었다.

사내자식이 부녀회장 된 것이 뭐 그리 특별한 일이라고 여기까지 오셨는지 모르겠지만······.

인터뷰를 하는 동안 부녀회장들은 닭을 삶고 겉절이를 담았다. 그 전에 그는 회관 앞마당으로 불려나가 서너 마리의 닭 모가지를 비틀어주어야 했다. 지난봄에 열린 황토현 동학농민혁명 기념제에 자원봉사자로 참여했을 때 안면을 익힌 사람들이 대부분이었지만 단곡리 부녀회장을 비롯해 몇몇은 서로의 사정을 잘 아는 처지였다. 잘 안다고 해서 내외할 것도 아닌 데다 각 마을 부녀회장씩이나 하는 아낙들이라 그런지 말을 오이 분지르듯 뚝뚝 잘라 그와 취재기자 사이에 던지곤 했다. 그럴 때마다 사진기자가 부녀회장들을 향해 셔터를 눌러댔다. 닭 삶는 냄새와 고춧가루에 버무려진 푸성귀 냄새가 마을회관 사랑방을 시나브로 채웠다. 인터뷰가 거의 끝나갈 즈음에는 눈치 빠른 부녀회장들이 너스레를 떨었다. 아따 그놈의 인터뷰 고만해도 쓰겠네. 속창시가 비었다고 난리여라. 서울서 오신 기자님들 얼렁 끝내고 이리 오시오. 푹 삶은 달구 새끼가 냄비서 뛰어나와 날아가겠소. 부녀회장들은 위생장갑을 끼고 커다란 양은 쟁반에 살코기를 찢어 올려놓았다. 취재기자는 막걸리 두 사발에 나가떨어졌고 사진기자는 평암마을 부녀회장의 허리를 끌어안고 춤을 추었다. 옴마, 고향집에 두고 온 막내동생 같은 놈이 내 허리를 살살 꼬집네 그랴. 허리만 꼬집다가 날새겠다. 젖퉁이도 꼬집어달라 하시오. 어머님들! 누구 보고 어머니랴. 누님들! 전 여기가 우리 큰 누님 가슴팍인 줄 알았습니다. 참말로 허리에 살이 뒤룩뒤룩 쪄서 젖퉁이나 거기나 매한가지겠소. 그가 석 잔째 막걸리를 들이켤 때 누군가 그의 앞으로 닭다리를 슬쩍 밀어주었다. 고개를 들어보니 순자였다. 그와 한 마을 살던 순자는 진산마을로 시집을 갔다가 이십여 년 전부터는 대홍리에 살았다. 한 마을 출신인지라 순자의 택호도 선암댁이었다. 그는 고개를 푹 숙였다. 눈앞에 순자가 밀어놓은 닭다리가 있었다. 그는 닭다리를 쥐고 흐물거리는 살을 한입 베어 물었다. 그나저나 기자 양반, 부녀회장님 스캔들은 보도 안 하시우? 누군가 옛일을 들추며 깔깔댔다. 그와 순자는 눈을 마주쳤다.

아내가 병을 앓기 전 내장산 서래봉 아래 정읍천변에서 지금 열리는 것과 비슷한 모임이 있었다. 여러 마을 부녀회장들이 모여 몸보신이나 하겠다며 복날을 잡아 닭을 삶았다. 정읍 사람들이 바람벽이라 부르는 서래봉의 북쪽 사면 아래를 흐르는 정읍천은 내장저수지에 한 번 고였다가 다시 흘러 운암에서 흘러온 지류와 합수한 뒤 정읍 시내 남쪽을 끼고 지난 다음 입암에서 흘러온 천원천과 합수하면서 북으로 방향을 꺾었다. 고부에 이르면 동진강이되어 서해로 흘렀다.

십여 년 전만 해도 근방 사람이나 찾던 곳이었는데 그즈음부터는 타지 사람들이 많이 찾아와 여름철 내내 천변 주변 캠핑장은 말할 것도 없이 돗자리 깔 수 있는 곳이면 어디나 사람으로 북적였다. 부녀회장들은 천막을 치고 솥을 내걸어 닭을 삶고 돼지고기를 굽고 술과 음료를 마셨다. 아내는 마을회관에 맥주 한 상자를 두고 왔다며 갖다달라 했고 그는 일 톤 트럭에 그걸 싣고 갔다. 석산을 지나 송죽삼거리를 거쳐 부녀회장들의 야유회 장소에 도착했을 때 그는 순자를 보았다. 마침 그가 도착했을 때 부녀회장들

은 순자와 아내의 택호가 선암댁으로 같다는 걸 두고 농담을 하
는 중이었다. 선암 양반, 선암댁이 폴쎄부터 기다렸소. 아따 저 선
암 양반인지 그 선암 양반인지 누가 알겠소. 맥주만 내려놓고 돌
아가려던 그는 부녀회장들이 하나만 더 부탁하겠다며 졸라대는
통에 내장사 진입로에 있는 슈퍼에 다녀와야 했다. 순자가 조수석
에 올랐다. 순자가 슈퍼에서 필요한 물품들을 사는 동안 그는 슈
퍼 앞 파라솔 아래 앉아 기다렸다. 조금 뒤 순자가 차가운 캔 커
피를 그에게 내밀었다.

오빠…… 잘 지내요?

응, 자네도 잘 지내는가?

여기 많이 변했지라?

난 모르겠네.

처녀 총각 때 왔잖아요.

그랬던가.

국립공원도 되기 전인게 오래전이긴 하죠.

순자가 불러일으킨 추억은 쓸쓸했다. 너무 오래전 일이기도
했고 그때의 감정이 어떠했는지를 떠올릴 수 없어 막막하기도 해
서였다. 그렇다 해도 환갑을 지난 지도 까마득한 나이에 듣는 오
빠 소리는 살가웠다. 순자는 북면의 정읍농공단지에 십 년 가까이
일을 다녔는데 그해 봄에 그만두었다고 했다. 오토바이를 타고 오
갔던 터라 피부가 고비늙었다며 제 볼을 손으로 꼬집어 보일 때에

는 젊은 시절의 순자가 언뜻 비치기도 했다. 그들은 고개를 돌려 말발굽 모양으로 병풍이라도 치듯 둘러선 내장산을 올려다보았다. 그날 이후 그와 순자는 종종 만났다. 순자는 그의 트럭 조수석에 오르면 소녀처럼 쾌활해졌고 세무서 근처 다선찻집에 앉아 쌍화탕을 마시며 거죽만 남은 손등을 쓸어주면 고개를 푹 숙이고도 손을 빼지는 않았다. 추령으로 향하는 구불구불한 비탈길을 올라 단풍으로 물든 내장산을 내려다보았다. 단풍이 쇳물처럼 흘렀고 딴 세상에서 불어온 듯한 청량한 바람이 이제는 늙어버린 두 사람의 얼굴을 훑고 지나갔다. 침묵이 불편해서 무슨 말이라도 해야 한다는 생각이 들었는지 순자는 내장산 케이블카를 타보고 싶다고 했다. 그는 단풍객들의 발길이 뜸해지면 가자고 말했다. 돌아보니 순자가 눈가의 눈물을 손수건으로 찍어내고 있었다.

　　누군가 금오탕 근처의 정금식당에 앉아 백반을 먹는 그들을 보았던 모양인지 얼마 뒤 아내가 그에게 순자와 연애하느냐고 따져 물었다. 그는 아니라고 발뺌을 했고 부녀회장 모임에서 아내는 순자와 한 판 드잡이를 했다. 아내에게 시달린 그는 다시는 순자 얼굴을 볼 엄두도 내지 않았다. 비겁한 짓이었다. 어찌됐든 순자와 만나 사정을 설명해야 했고 이야기를 나누어야 했다. 순자에게 걸려온 전화를 몇 번 모르쇠 하자 순자도 더는 연락을 하지 않았다. 가슴 한구석에서 무언가가 서서히 붕괴되는 것만 같았으나 그처럼 부서지는 중인 감정이 그에게 소중한 것인지 혹은 쓸모없는 것인지를 따져보는 일조차 하지 않았다.

　　스캔들이랄 것도 없었다. 그의 아내가 순자와 드잡이를 할 때 순자도 끝까지 아닌 척했다. 두 사람의 다툼이 험악해지자 이러다 누구 하나 죽겠다 싶어 더럭 겁이 났는지 그와 순자가 정금식당에 마주 앉아 밥 먹는 꼴을 보았다던 부녀회장이 잘못 보았노라고, 다시 생각해보니 순자는 맞는데 함께 있던 사람은 우유 공장 공장장인 것 같노라며 싸움을 말렸다. 무슨 생각으로 그랬는지 알 수 없으나 순자 역시 함께 밥 먹은 사람은 우유 공장 공장장이라고 맞장구를 쳤고 유일한 목격자마저 고개를 갸웃하며 순자의 역성을 들어주는 바람에 자칫 무슨 사단이 날 뻔했던 드잡이는 그쯤에서 아퀴가 났다. 그가 아는 건 거기까지였다. 순자가 정말로 우유 공장 공장장이라는 작자와 사귀기라도 하는 것처럼 여기저기 어울려 다녔다는 이야기는 방금 들어 알게 되었다. 부녀회장들은 순자의 남자 친구 이야기가 나온 김에 우유 공장 공장장에 대한 품평을 시작했고 그는 달아오른 얼굴을 감추기 위해 연거푸 막걸리만 들이켰다. 등천리 부녀회장이 서울에서 온 기자 두 명을 마티즈 뒷좌석에 짐짝처럼 싣고 정읍역으로 가고 난 뒤 부녀회장 모임은 자연스럽게 파했다. 단곡리 부녀회장이 그에게 아내의 안부를 물었다. 부녀회장들은 여기까지 와서 문병을 하지 않을 수 없다고 의논이 분분했지만 단곡리 부녀회장을 비롯해 사정을 잘 아는 이들이 날이 선선해지면 오겠노라며 물렸다. 그가 마을회관 문을 잠그고 돌아서니 홀로 남은 순자가 저 멀리 입암산 꼭대기를 올려다보고 있었다. 두 사람은 오랫동안 말이 없었다. 그들의 침묵을 조롱이라도 하듯 매미가 왕왕 울었고 여름날 늦은 오후의 한 풀 기세 꺾인 햇살이 두 늙은이의 야윈 어깨 위로 내려앉았다. 순자는 핸드백을 뒤져 청첩장을 꺼내 그에게 건네주었다.

자네 아들이 올해로 몇인가?

서른여섯이요.

늦장가는 아니네.

며느리 될 아이가 서른아홉이라서.

서로 좋으면 그만이지.

……그렇지요.

내가 실수했네.

실수는요.

서로 좋으면 그만이라고 했던 말 진심이네.

진심이든 아니든 무슨 소용이에요.

소용없지.

부질없어요.

나 때문이었는가?

…….

우유 공장 공장장 말일세.

괜찮아요.

순자가 그에게 정희 언니 먹이라며 홍삼 박스를 건넸다. 그는 아내의 병은 보통 치매와 달라 별 쓸모가 없을 거라며 사양했다. 순자는 그럼 오빠나 먹으라며 한사코 그의 품에 안겨주었다. 막걸리 한 잔에 얼굴이 달아오른 순자의 달콤한 숨이 그의 코밑을 간질였다. 가슴 깊은 곳에 만약 영혼이라 부를 수 있는 게 있다면 바로 그 영혼을 부드럽게 쓰다듬는 손길 같았다. 순자와 함께 있으면 언제나 그랬다. 그것이 불러일으키는 추억은 순자라는 한 여자와의 추억이 아니었다. 그의 유년 시절과 소년 시절이 혹은 그가 잃어버린 열망과 꿈이 담긴 과거 전체였으며 그가 결코 되돌아갈 수 없고 재현할 수 없는 인생의 어느 시기였다. 그가 아름다웠던 시절, 그가 선량했던 시절, 타락이 무언지 몰랐던 시절. 그래서 순자와 헤어질 때면 자신의 과거가 등을 돌리는 듯한 기분이 들었고 이 결별이 타인에 의해 강제로 이루어진 듯한 억울함을 느꼈다. 그의 가슴속 깊은 곳에 정말 영혼이 있는지는 알 수 없으나 아내에 대한 원망이 있는 것만은 사실이었다. 그가 아내와 결혼하여 일가의 가장으로 삶을 꾸리게 된 순간부터 그가 꿈꾸었던 모든 것들과 이별해야 했고 그토록 비장하게 그가 바라던 세계에서 떨어져 나왔음에도 결국 초라한 늙은이밖에 되지 못했다는 서러움만은 확실히 그의 가슴속에 자리 잡고 있었다.

순자 자네, 혹시 정읍댁이라고 기억하는가?

잘 모르겠어요.

나도 그러네.

누군데요?

노망이 난 뒤로 정읍댁만 찾아.

…….

허튼소리라 모른 척하기엔 그 사람이 너무 안됐어.

오빠, 정읍댁이라는 택호는 여기에서는 쓰지 않아요.

타향이 아니니까 그렇겠지.

군대 계실 때 언니랑 함께 살았죠? 거기 살 때 정읍에서 시집
온 누군가와 알고 지냈겠죠.

순자는 오토바이를 타고 떠났다. 그는 입속으로 젊은 시절 하
사관으로 군에 복무하며 전출 다녔던 지역들을 되뇌었다. 포천,
파주, 수색, 김해……. 그 지명들이 낯설고도 낯익었다. 군에 남
은 그 시절의 친구들은 벌써 원사나 준위로 퇴직을 했고 연락처를
아는 이는 겨우 한둘이었다. 그들 가운데 누군가 정읍댁이라는 사
람을 기억할지도 모르지만 그러기 위해 풀어놓아야 할 지난 사연
들이 버거웠다. 그날 저녁 그는 해마다 수첩에 옮겨 적기만 할 뿐
전화를 걸어본 적이 없는 번호를 한참이나 들여다보았다. 용기를
내서 번호를 눌렀으나 결번이었다.

며칠 동안 그는 눈코 뜰 새 없이 바빴다. 깨를 베어 말린 뒤

털어냈다. 두어 차례 소나기가 지나갔다. 고추를 따서 말리는 동안 몸살을 앓았다. 아내는 까무룩 정신을 잃기 일쑤였고 건강보험공단에서 조사관이 나와 살펴보고 돌아갔다. 요양보호사를 파견해줄 수 있다는 답을 들었다. 주말에 정읍 시내 예식장에서 순자의 아들 결혼식이 열렸다. 그는 몸살에 시달려 핼쑥해진 얼굴로 찾아가 인사만 한 뒤 돌아왔다. 순자는 하나뿐인 아들의 혼사를 기뻐하는 건지 슬퍼하는 건지 알 수 없는 얼굴이었다. 짙은 화장 탓이었는지도 모른다. 주말 내내 그는 아내 곁에 드러누워 있었다. 그처럼 아내 곁에 누우니 나란히 매장된 듯한 기분이 들었다. 열이 올라 두통이 났고 근육통 탓에 온몸이 욱신거렸다. 월요일 오전에 그는 입암보건소에 찾아갔다. 보건소에 도착한 그는 어디가 아프냐는 질문에 하마터면 정읍댁을 찾으러 왔다고 대답할 뻔했다. 주사를 맞고 돌아와 처방받은 약을 먹었다. 돌아오는 길에 내장산 나들목 근처에서 땅을 보러 나온 듯한 양복쟁이 두엇을 보았다. 그는 트럭을 세우고 그들 곁으로 가 한참을 기다렸다가 말을 트고 시세를 물었다. 집에 돌아와 깜박 잠든 차에 아들에게 전화가 왔다.

지난번에 말씀드린 건요?

매매가가 이만 오천 원이라고 하네.

십만 원이 아니고요?

부동산 업자들도 떠난 지 오래야.

아버지…… 정말 급해요.

서낭당 밭 팔아봐야 천만 원이네. 그거라도 가져갈 텐가?

원자력 연구소 토지 수용은요?

정해진 시한이 끝났다네.

언제 수용될지 모른다는 말씀이군요.

자네 그리 급하면 애태우지 말게.

죄송해요 아버지…… 고맙습니다.

다음 날 그는 관리기를 끌고 가 서낭당 밭가에 세워두고 보기에도 썩 괜찮은 감나무 한 그루를 캐려고 삽을 쥐었다. 자전거를 타고 신작로를 지나던 이장이 끼익 소리를 내며 관리기 옆에 섰다.

아재, 감나무는 왜 팝니까?

마당에 옮겨 심으려고.

번거롭게 감나무 따위를.

밭을 내놓았어.

참말로요?

참말로.

십 년만 묵히면 돈 좀 될 건데.

벌써 오십 년 묵혔네.

이장은 자전거 페달을 밟고 콧노래를 흥얼거리며 마을 쪽으로 슬슬 달려갔다. 그는 삽을 놓고 모자를 벗었다. 눈앞이 아찔했다. 식은땀이라도 흘리면 좋으련만 몸은 펄펄 끓고 늦여름 해는 소리

없이 이글거리는데 손바닥은 버석거리기만 했다. 아내가 방문을 열었을 때 눈에 보이는 것이 휑한 마당이 아니라 감나무 한 그루면 좋을 거라는 생각도 아쉽지만 내려놓았다. 오후에 다시 보건소를 찾은 그는 쯔쯔가무시가 의심된다는 이야기를 들었다. 그 길로 정읍 시내로 나가 사랑병원에 외래 진료를 갔다. 채혈 검사를 하더니 쯔쯔가무시가 맞다고 했다. 의사는 웃통을 벗게 하더니 진드기에 물린 자리 세 군데를 금방 찾아냈다. 아내 혼자 두고 온 터라 곧장 입원할 수가 없었다. 그는 한참을 망설이다 순자에게 전화를 걸었다.

하루에 한 번씩만 들여다봐 줄 수 있겠는가?

그래요, 오빠. 이참에 정희 언니랑 할 얘기 못 할 얘기 나눠보고도 싶고요.

병원에 입원해 있는 동안 딱히 할 일은 없었다. 항생제를 투여하고도 이틀 동안은 증상이 호전되지 않았으나 사흘째부터 열이 내렸다. 고열에 시달리다 눈을 뜨면 눈앞에 사람들이 어른거렸다. 다른 환자의 보호자들이었지만 거기에 꼭 아내가 있는 것만 같았다. 아내와 함께 산 뒤로 병원에 입원한 횟수는 손으로 꼽을 정도였지만 그때마다 아내는 늘 그의 곁에 있었다. 보온통이나 속옷 가방을 든 아내가 손에 잡힐 듯 그려졌다. 그가 전화를 걸기 전에 순자가 먼저 연락을 해왔다. 정희 언니는 걱정하지 말라고 듣기 좋은 목소리로 달랬다. 나흘째 되는 날에는 순자가 문병을 왔다. 열도 가시고 입맛도 되살아나 외출 허가를 받고 함께 병원 밖으로 나갔다. 밥을 먹고 차를 마시니 예전에 이처럼 함께 다니던 때가 떠올랐다.

퇴원하면 약속이나 지키세요.

무슨 약속?

내장산 케이블카.

그러세.

그날 저녁 며느리에게 전화가 왔다. 그가 무슨 말을 하기도 전에 며느리는 펑펑 울면서 죄송하다고 했다. 그제야 그는 아들이 급전이 필요한 이유를 알게 되었다. 합의이혼이라니. 전화를 끊고 보니 며느리는 그가 쯔쯔가무시로 입원해 있다는 사실조차 모르리라는 생각이 들었다. 약속이라도 한 듯 두 딸에게서 전화가 연달아 걸려왔다. 김제에 사는 큰딸과 부안에 사는 작은딸은 입을 맞추기라도 한 듯 올케를 욕했다. 귀가 멍멍할 지경이었다. 그는 딸들이 야속하지 않았다. 두 딸은 모두 가난했다. 가난해서 입만 살았다. 동생네에 찾아가 올케의 머리를 붙잡고 늘어지거나 조카를 빼돌리거나 드라마에서 볼 법한 일들을 감행할 만큼 모질지가 못했다. 어쨌든 아내와는 달랐다. 아내가 저렇게 쓰러져 노망이 들지 않았다면 아마도 냉큼 서울로 올라가 마을 사람 누구와 그러듯이 며느리와도 한 판 드잡이를 했을 거였다. 두 딸도 그가 병원에 입원한 사실은 몰랐다. 아무래도 상관없었다. 그는 두 딸의 이야기를 묵묵히 들어줬고 통화를 끝내기 전에 정읍댁이라는 사람을 아는지 물었다. 두 딸은 전화기에 대고 고개를 저었을 것이다. 아빠, 요즘 사람들은 택호를 안 써요. 그래, 알았다. 그는 한숨을 내쉬며 전화를 끊었다. 비록 여러 환자가 함께 쓰는 병실이었지만 그는 난생처음 혼자 남겨진 기분이 들었다. 보호자가 없어 적적해서일 수도 있었고, 수술을 앞둔 것도 심각한 질병인 것도 아닌지라 마음이 호젓해서일 수도 있었다. 밤이 깊으면 병실은 시험을 앞두고 밤새 공부하는 수험생들로 가득 찬 독서실 같았다. 모두 잠들었지만 아무도 잠들지 못했다. 가볍고 얕은 잠에서 헤엄을 치느라 끙끙거렸다. 병원 근처 도로에서 들려오는 자동차의 날카로운 배기음과 엔진음이 주기적으로 머릿속을 헤집었다.

파킨슨병을 앓은 뒤로 아내는 잠이 많아졌다. 그리 많이 움직이지 않아도 힘들어했고 잠을 자면서도 숨을 몰아쉬었다. 잠든 아내를 바라보면 거대한 벽 사이에 납작하게 눌린 듯 괴로워하는 표정을 읽을 수 있었다. 아내는 어디론가 가는 중이었고 그곳이 어디인지 알 수 없으나 그곳에 이르기를 완강하게 거부하는 중이었다. 아내는 아무 말도 하지 않았지만 아내 내면에서는 무수한 말들이 오가고 있을 터였다. 그러니까 그는 어쩌면 그의 인생에서 잠 못 이루는 밤에 난생처음 온전히 아내만을 생각하게 된 거였다. 살아오는 동안 그럴 기회가 많았음에도 불구하고 이처럼 쯔쯔가무시를 앓다 치료가 끝나갈 즈음 아들과 며느리와 딸들의 음성이 귓가에 윙윙대며 불면으로 이끄는 어느 낯선 밤에야 비로소.

까무룩 잠들었다가 누군가의 신음에 잠에서 깬 그는 어둠 속에서 눈 뜬 채 새벽이 다가오는 걸 지켜보았다. 신음을 낸 환자 곁에서 그림자가 부스스 일어나더니 팔을 뻗어 이마를 짚어보는 듯했다. 영감, 목이 타우? 곧이어 슬리퍼를 끌며 나간 그림자는 복도에 있는 정수기에서 냉수를 한 컵 받아와 환자의 윗몸을 일으켜 세운 뒤 먹여주었다. 그들은 서로를 사랑하는 것 같았다. 어쩌면 그들도 그와 아내처럼 서로를 의심하고 조롱하고 힐난하고 할퀴며 살아왔을지도 모른다. 하지만 그 먼 길을 돌고 돌아 결국 여기에 이르렀으니 그들은 잘 견뎌낸 셈이다. 무관심의 늪에 빠질 위험을 간신히 피해가며 여기까지 오기 위해 그들이 얼마나 주의를 기울이고 신경을 곤두세우며 고군분투했는지 알 것 같았다. 아침에 그 환자는 수술실로 들어갔다. 환자를 싣고 가는 침대를 따라가는 노부인은 환자와 꼭 닮았다. 의사는 그에게 퇴원해도 좋다고 했다. 병원을 나선 그는 주차장에 세워둔 일 톤 트럭에 올라 집으로 향했다. 여름의 끝이었고 한 뼘쯤 가을이 스며든 날이었다. 그는 정읍댁이 누구인지 알 것 같았다. 그와 아내가 젊었던 시절, 포천에서 파주에서 수색에서 그리고 저 멀리 남쪽 김해에서 아내는 최 중사의 아내이면서 한편으로는 군인 가족이 아닌 다른 이웃에게는 정읍댁이었으리라. 아내가 아내를 찾는다고 해서 이상할 건 없었다. 아내는 젊은 시절의 어느 한때에 기억이 고정된 것일 수도 있었고 혹은 바로 그 시절만이 기억에서 삭제된 것일 수도 있었다. 다정한 어느 이웃이 최 중사의 귀가가 늦어지는 어느 밤 살가운 목소리로 아내를 달랬을 수도 있었다. 정읍댁, 산다는 건 다 그런 거라네.

아내 곁을 지키던 그는 서낭당 밭을 사고 싶어 하는 사람이 나섰다는 연락을 받고 자리에서 일어섰다. 그가 외출하려는 기색이면 어김없이 그러듯이 아내가 말했다. 정읍댁, 정읍댁을 불러줘요. 그는 다시 앉아 이불을 슬쩍 들어올렸다. 아내의 주름진 얼굴이 보였다. 아무도 줍지 않아 낙엽들 사이에서 말라비틀어진 은행 같았다. 퀴퀴한 냄새가 났다.

정읍댁이 그리 보고 싶은가?

정읍댁을 불러줘요.

감나무집 어른도 아니라 했지.

그 사람 아니에요.

단곡리 부녀회장도 아니었지?

그 사람 아니에요.

그럼 대체 누군가.

정읍댁을 불러줘요.

자네가 자네를 찾는데 어디 가서 불러오나?

…….

여기 있지 않은가.

그는 아내의 손을 쥐고 아내의 가슴팍에 올려주었다. 아내는 조금 떨었다. 그는 세무서 근처 다방에서 중개인과 매매가를 두고 실랑이를 벌였다. 그는 평당 오만 원을 불렀고 중개인은 평당 이만 오천 원도 후한 편이라고 눙쳤다. 그가 좀 더 뻗대자 중개인이 평당 삼만 오천 원 선에서 합의를 보겠다고 약속했다. 집에 돌아와 보니 아내가 없었다. 그는 아내가 있을 법한 곳을 찾아다녔다. 창고에도 축사에도 아내는 없었다. 오래전 이사를 간 뒤 이장이 헛간으로 쓰는 고창댁의 흙집에도 없었다. 그는 고샅길을 따라 빈집들을 돌아다녔다. 언제부턴가 마을에는 하나둘 빈집이 늘어갔다. 수십 년 동안 몇 해 걸러 하나씩 늘어난 터라 의외롭지는 않았으나 깊은 밤 그런 빈집 가운데 한 곳에서 날카롭고 구슬픈 고양이 울음이라도 들려올라치면 오랫동안 이웃이었으나 이제는 어디에서 어떻게 사는지조차 알 수 없는 사람들의 얼굴이 구름을 벗어난 달처럼 떠오르곤 했다. 그는 마을에서 외따로 뚝 떨어진 과부댁의 헛간에서 아내를 찾아냈다. 거기에서 아내를 찾아내기는 처음이었다. 아내는 맨발로 절뚝이며 걸었다. 그는 아이처럼 잠든 아내 곁에 누워 아내가 알아듣지 못하리라는 걸 알면서도 아들과 며느리와 딸들에 대해 이야기했다. 서낭당 밭은 조만간 팔게 될 것이라고 말했을 때 아내가 흐느꼈다. 그는 깜짝 놀라 아내의 얼굴을 지그시 내려다보았다. 아내의 눈가에 눈물이 맺혔다. 그는 손수건으로 아내의 눈물을 닦아주었다. 그는 아내에게 변명이라도 하듯 말했다. 자네도 아는가 보네. 그 밭에서 자네가 욕 많이 봤소. 약 치다가 쓰러져서 구급차에 실려간 것도 거기였고 새참으로 막걸리 먹고 취해서 이장네 경운기 얻어 타고 온 것도 거기였지. 자식새끼들 오면 해질 무렵 배추 솎으러 가고 깻잎 따러 가고 물외 따러 가고 참 많이도 댕겼지. 내가 아네. 자네 맘이 어떨지. 원수 같은 자식 덕분에 그놈의 밭과 헤어지네. 시원하고 섭섭하고 애달프고 짠한 거 내가 다 아네. 어떻게 아냐고…… 내가 그러네. 그는 갓난아이 어르듯 아내에게 이런 말을 주절주절 늘어놓았으나 아내가 도리질을 치며 정읍댁을 불러달라고 말했다. 그러니까 시방 자네는 서낭당 밭 때문에 운 게 아니란 말인가. 그는 슬그머니 부아가 났다. 자네가 찾으려는 정읍댁은 자네 아닌가. 나는 노망이 들어도 그리 되지는 않으려네. 앞만 보고 가다가 개골창에 처박히듯 저세상으로 떨어지려네.

툭하면 사라지는 아내를 찾아 돌아다니는 일에 지쳐갈 즈음이었다. 가을도 무르익은 어느 날 요양보호사가 왔다. 단곡리 부녀회장이었다. 단곡리 부녀회장은 1급이 아닌 2급이라 집안일만 도울 수 있다고 했다. 건강보험공단에서 파견했다 해도 안면 있는 사람이 궂은일 하는 걸 맨눈으로 보기란 민망한 일이 아닐 수 없었다. 그는 트럭을 몰고 나갔다. 네 시간 동안 무얼 할까 생각하다가 순자에게 전화를 걸었다. 순자는 마침 시내에 있었다. 구시장 입구에서 순자를 태워 내장산으로 향했다. 단풍이 물들면 관광객으로 발 디딜 틈조차 없을 내장산 케이블카를 타보기로 했다. 케이블카는 운행 점검 중이었다. 단풍철이 되어야 운행이 재개된다는 안내문을 뒤로하고 발걸음을 돌렸다. 주차장으로 가는 길에 순자가 정읍댁이 누군지 알아냈냐고 물었다. 그는 아마도 그건 아내 자신인 것 같다고 말해주었다. 순자는 고개를 주억거리기는 했지만 별다른 말을 덧붙이지는 않았다. 늙는다는 건 그렇게 알 듯 모를 듯한 타인의 속내를 판단하지 않고 선선히 수긍할 수 있게 된다는 뜻인지도 모른다. 순자를 다시 구시장 입구에 내려주고 농협 은행에 들러 아들에게 돈을 부쳤다. 집으로 돌아가는 길에 아들의 전화를 받았다. 운전 중이다. 그는 전화를 끊고 마을 입구에서 한참을 기다렸다. 얼추 시간이 되었다 싶었을 즈음 집으로 들어갔다. 단곡리 부녀회장은 아내가 잠들었다고 했다. 요양원으로 보내는 게 좋겠다는 말도 넌지시 건넸다. 그는 긍정도 부정도 하지 않은 채 단곡리 부녀회장을 마을 들머리까지 배웅했다. 돌아와 보니 잠들었다는 아내는 온데간데없었다. 한 시간 동안 마을을 뒤졌으나 아내를 찾을 수 없었다. 해가 설핏 기울었다. 가을 해는 감쪽같아서 해가 지는가 보다 싶으면 금세 어둑어둑 땅거미가 깔렸

다. 그는 행여나 싶어 서낭당 밭에 가보았다. 그가 캐다 말아 한쪽
으로 기운 감나무 아래 아내가 김이라도 매듯 쭈그리고 앉아 있었
다. 땅벌에라도 쏘인 게 아닌가 싶어 더럭 겁이 났다. 조심스레 아
내를 불렀다. 아내가 고개를 들고 그를 보았다. 그는 아내를 일으
켜 세웠다. 여전히 아내는 맨발이었다. 아내는 거기까지 오느라 남
은 기력을 소진해버렸는지 한 발짝도 떼지 못했다. 그는 아내를 업
었다. 가볍고 차가웠다. 그가 신작로에 올라 마을 쪽으로 길을 잡
자 아내가 그의 머리카락을 움켜쥐었다. 그가 어디로 가고 싶은
거냐고 묻자 아내가 끙끙댔다. 날은 이제 저물었고 아내를 찾아
헤맨 탓에 그도 피로했다. 이대로 아내가 잠들기만을 바랄 수밖에
없었다. 그는 반대쪽으로 길을 잡았다. 그의 머리카락을 쥐었던 아
내의 손이 떨어져 나갔다. 하늘에 하나둘 별이 떠올랐다. 상처투
성이 맨발인 아내를 업고 그는 휘적휘적 신작로를 걸어갔다. 아내
가 고른 숨소리를 냈다. 잠이 들었나. 아내는 잠이 든 것도 그렇다
고 정신이 온전한 것도 아니었으나 어딘가 그가 알지 못하는 낯설
고도 낯익은 곳을 여행 중인 것만 같았다.

　이보게 선암댁 아니 정읍댁. 밤공기가 소삽하오. 이제 들어갑
시다.

　나 정읍댁 아니오.

　정신이 들었소?

　나 정읍댁 아니라고.

모처럼 정신이 들었구려.

정읍댁이 누군지 참말로 모르시오.

자네가 정읍댁이지.

나 아니오.

그럼 누구란 말이오.

우리 딸 말이오.

우리 딸?

첫 애기. 포천서 얻은 우리 첫딸.

…….

아내를 업고 걷는 탓인지 그의 이마에 식은땀이 맺혔다.

자네, 그 딸을 기억하는가.

기억하고말고.

폐렴으로 잃은 것도?

아무렴요.

내가 묻은 것도?

나 그게 포한이 되었소.

자네가 아무 말 없어서 난 몰랐네.

나도 가보고 싶었소.

시방이라도 갈 수 있네.

데려다주시오.

근데 왜 우리 딸이 정읍댁인가.

다 키워서 서울로 시집보낼 거였은게.

자네 혼자 큰딸을 키우고 있었네 그려.

데려다주시오.

그래, 가세.

그는 길가에 조심스레 아내를 내려놓았다. 아내는 그를 물끄러미 올려다보았다. 아내의 두 눈에 밤하늘의 별이 그득했다. 그는 솔밭으로 들어가 한참을 소리 죽여 울었다. 잊었던 일들, 잊었다고 믿었던 일들, 잊을 수 없는 일들이 한꺼번에 그에게 들이닥쳤다. 산 자식보다 죽은 자식이 그리워지는 날이 올 줄은 알았다. 그는 한 번도 아름다웠던 적이 없는 것 같았다. 선량했던 적도 순수했던 적도 없는 것 같았다. 그럼에도 불구하고 아내를 사랑했던 것만 같았다. 목숨이 하늘과 같이 가지런하다고 믿어도 좋을 만큼 고요하고 차갑고 가벼운 밤이었다. 솔밭을 빠져나온 그는 아내를 다시 업고 길을 걸었다.

이렇게 업어주니 좋은가.

언제 업어준 적 있소.

많지.

퍽도.

오래 살기나 하소.

오래 못 살면.

나도 못 살어.

퍽이나.

남정네 죽으면 여편네 스무 해라지만 여편네 죽으면 남정네 두 해라네.

당신 살자고 나 죽지 말란 말이오.

그렇게라도 산다면야.

그렇게라도 살아봅시다.

여보, 임자. ……말 안 해도 알지?

말 안 하면 모르오.

말 안 해도 아는 걸로 믿겠네.

맘대로 하시오.

말과 말 사이
-원주통신2

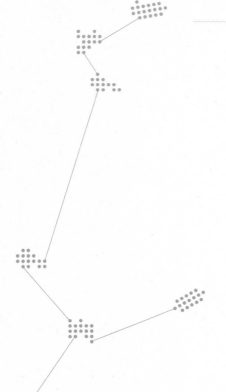

이기호 ..
1972년 강원도 원주에서 태어나 추계예대 문예창작과를 졸업하고, 명지대 대학원 문예창작 박사과정을 수료했다. 1999년 〈현대문학〉 신인추천공모에 단편 '버니'가 당선되어 등단했다. 소설집 〈최순덕 성령충만기〉, 〈갈팡질팡하다가 내 이럴 줄 알았지〉, 〈김박사는 누구인가〉와 장편소설 〈사과는 잘해요〉를 펴낸 바 있다. 이효석문학상과 김승옥문학상을 수상했으며, 현재 광주대학교 문예창작과 교수로 재직중이다.

우리가 태어나 자란 곳은 강원도 원주시다. 제1야전군 사령부와 군수지원 사령부, 제36사단 사령부, 제11통신여단 사령부와 주한미군 부대인 캠프 롱, 캠프 이글이 바글바글하게 모여 있는 곳. 그렇지 않아도 분지라서 더운데 시퍼렇게 팔팔한 청춘들마저 자신들의 얽매인 처지를 비관해 매일 시도 때도 없이 고함을 질러대는 통에, 그 열기마저 뒤섞여버려 더더욱 후텁지근한 곳. 우리는 그 도시에서 같은 초등학교를 다녔고, 또 아주 잠깐 동안이었지만 같은 교회 성가대에 앉아 주님께서 내려주신 실로암을 꽥꽥거리며 되돌려드린 적도 있었다. 우리는 모두 네 명이었다. 초등학교 때부터 같이 돌아다닌 남자 둘, 여자 둘. 나와 재덕이, 승희 그리고 형자.

스무 살 무렵, 수능 점수보다 당구 점수 높은 것이 더 남자답고 터프한 모습이라 여겼던 나와 재덕이는 결국 고등학교가 최종 학력인 백수가 되었고, 남들 하는 것만큼 공부했지만 성적이 영 시원치 않았던 형자와 승희 역시 고졸 실업자가 되어버렸다. 시간은 많았고 두 다리도 탄탄했지만, 우리는 원주라는 도시를 떠나지 않았다. 원주가 마음에 들어서 그랬던 것은 아니었다. 그냥 어찌하다 보니 그렇게 된 것일 뿐이었다. 그건 친구 관계도 마찬가지였다. 그들이 마음에 쏙 들어 어울렸다기보단 그냥 어느 날 옆에 보니 그들이 있었고, 굳이 다른 친구들을 찾아보기도 귀찮고 해서 만나는, 그런 사이였다. 요컨대 만나면 '무조건 즐겁기만 해야' 할 것 같은 친구들. 너무 오래된 친구들.

한번은 이런 일이 있었다. 우리 스물두 살의 여름이었다. 남들 다 하는 것처럼 6인용 텐트 하나 둘러메고 근교 개천으로 1박 2일 피서를 떠났다. 아마 봉평 근처 어디였을 것이다. 그해 첫 피서였기 때문에 우리는 제법 들떠 있었다. 서로서로 정겹게 담뱃불도 '땡겨'주었고, 형자의 떨어진 샌들 끈 하나를 보고도 강가를 떼굴떼굴 굴러다니며 웃어댔다.

밤이 되자, 우리는 피서 떠나면 만국의 모든 젊은이들이 으레 꼭 하는 짓-모닥불 피워놓고 개와 인간의 아슬아슬한 경계 지점까지 술 퍼마시기-을 했다. 별도 많았고, 개구리도 많았고, 우리의 술주정도 끊임없이 이어졌다. 그때 우리는 어떤 이야기를 나누었나? 우리가 고등학생일 적, 우리 사이가 그리 지리멸렬하지 않았을 때, 우리는 숨어 담배를 피우며 이런 이야기를 했었다.

　－ 우리 엄마 아빠 이혼할지도 몰라.

　－ 너희 학교 전교조 선생이 몇 명이야?

　－ 당구 치게 돈 좀 꿔달라니까.

　하지만 십대 때 나눈 대화를 스무 살 넘도록 연장할 순 없는 노릇이었다. 우리는, 남녀가 십 년 이상 친구 사이를 유지하려면 뭔가 특별한 게 있어야 한다고 믿었다. 그래야만 서로 지루해하지 않고 그나마 남아 있는 우정이라도 지킬 수 있다고. 특별한 무언가, 말하자면 그날 밤 승희의 입에서 흘러나온 해바라기 같은 것.

　－ 삼만 원이 아까워서 그런 거야……. 그냥은 오만 원이고, 해바라긴 팔만 원이거든.

　승희 말의 요점은 간단했다. 그즈음 사귀던 남자아이가 포경수술을 하게 되었는데 승희는 이왕 하는 거 돈 좀 보태서 표피를 그냥 잘라내지 말고 둘둘 말아 꿰매는 속칭 '해바라기'를 해라, 덕분에 나도 천당 좀 들락거려보자, 그러자 애인이 일주일째 연락을 끊었다는 것이다. 뭐, 그럴 수도. 일주일에 다섯 번 이상 얼굴 보는 우리로서는 그다지 새로울 것도 없는 고민이었다. 이런 게 우리의 특별한 무언가였으며, 우리 우정의 실체였다. 재덕의 표현을 빌리자면, 남녀가 차마 얼굴 맞대고 말할 수 없는 야시시한 거.

－ 해바라기를 하면 뭐가 좋은데?

형자가 승희 얼굴을 빤히 바라보며 물었다.

미안, 우리라는 말에서 형자는 빼자. 형자는 우리 중 유일하게 경험 없는 친구였으니. 형자가 경험 없는 이유는…… 글쎄, 여러 가지 이유가 있겠지만, 역시 얼굴 때문일 것이다. 형자는 박색이었다. 작은 눈과 개미 한 마리 집으로 쓰기에도 너무 비좁고 비틀이친다고 아우성칠 게 뻔한 콧구멍, 있으나 마나 한 콧대, 작고 지나치게 얇은 입술과 눈 밑의 자잘한 주근깨들까지……. 엉망으로 취한 남자이거나 눈이 지나치게 나쁜 남자가 아니고서야 그녀의 배 위에 올라타려면 적잖은 인내가 필요할 것이다. 그도 아니면 얼굴 가릴 신문지 한 장을 늘 상비하고 다니는 남자, 혹은 성직자의 품성을 지닌 사내이든지.

－ 너, 해바라기 씨 먹어봤지? 그게 고소하잖아. 그거랑 비슷한 거야.

우리는 언제나 형자에게 조금 부풀려 말하는 데 익숙해 있었다. 다른 이유는 없었다. 그녀가 이해 못 하는 부분이 우리에겐 또 다른 즐거움이었으니까. 그녀는 그런 우리의 기대를 저버리지 않고, 늘 그 작은 눈과 작은 입술을 한껏 벌려 놀란 표정을 짓다가 결국에는 혼자 쑥스러워 고개를 숙이곤 했다. 사실, 나는 그런 형자가 부담스러웠다. 함께 시내를 걸어 다닐 경우, 자연스럽게 내 팔짱을 끼는 그녀가 창피했고, 간만에 찾아간 나이트클럽에서 블

루스를 추자고 다짜고짜 내 손을 잡아끄는 그녀가 거북스러웠다. 그럼 그녀를 왜 만나냐고 묻겠지. 글쎄…… 그건 아마도 전적으로 형자의 노력 때문일 것이다. 우리 네 명이 모일 장소와 시간을 정해 일일이 전화해주는 것도 형자였고, 생일날 조금 낯간지러운 자필 엽서를 보내주며 축하해주는 것도 그녀였다(다른 친구들은…… 차라리 말을 말자). 심지어 그녀는, 우리가 까맣게 잊고 있던 부모님의 생일까지 기록해두었다가 일러주어 화를 모면케 해주기도 했다(그러나 정작 자신의 부모님이 이혼했을 땐, 아무런 내색 없이 우리 모두를 치킨호프집에 데려가 억병으로 취하게끔 만들기도 했다). 그런 그녀를 창피하다는 이유만으로 만나지 않을 순 없었다. 그건 누이동생이 못생겼다는 이유 하나만으로 다리 밑에 갖다 버리는 비정한 오라버니와 진배없는 행위였다. 좀 창피하지만 불편하지 않으면 그뿐. 대화에 끼지 못하면 또 어떤가. 나름대로 우리 모두 그런 대화에 익숙한 것을. 그녀가 어떠했는지에 대해선 정확히 장담할 순 없지만, 그래도.

그날 밤, 작은 사고가 일어난 곳은 6인용 텐트에서였다. 친구들 중 가장 술이 약한 내가 텐트 안에 누운 것은 새벽 두 시 무렵. 아이들은 여전히 개천 옆 모닥불 주위에서 술잔을 기울이고 있었다. 한 삼십 분이나 지났을까, 정체 모를 압박감에 나는 눈을 뜰 수밖에 없었다. 그리고 보았다, 내 바지를 벗겨내려 애쓰고 있는 술 취한 형자를. 눈도 작고, 코도 작고, 주근깨투성이인 형자를.

- 너, 너, 뭐, 뭐하는 거야?

나는 화들짝 놀라 상체를 일으키려 했지만, 형자가 재빠르게 내 배 위에 올라타는 바람에 다시 누울 수밖에 없었다. 내 혁대는 이미 풀어 헤쳐진 상태였고, 지퍼도 이미 반 넘게 내려와 있었다. 술이 확 깨버렸다. 잠도 다 달아났다. 형자는 히쭉히쭉 웃다가 고개를 수그리고, 다시 웃다가 수그리기를 반복했다. 그리고 내 눈을 보며 말했다.

- 나, 한 번만 줘…….

형자의 목소리는 꽤나 슬프게 들렸다. 그게 술기운 탓이었을까? 아무튼 중요한 것은, 그건 그저 장난만은 아니라는 것이었다. 나는 완력으로 형자를 내 배 위에서 간신히 밀어냈다. 형자가 몇 번인가 다시 올라타려 했지만 무리였다.

- 친구끼린 배 위에 올라타는 거 아니야.

나는 황급히 텐트 밖으로 나오며 그렇게 말했다. 그리고 모닥불 주위로 가서 아무렇지도 않게 좀 전의 상황에 대해 승희와 재덕이에게 말했다. 아무렇지 않은 듯 말해버려야, 그건 그저 장난이 되어버려야, 우리 사이가 변치 않을 것이라는 생각에……. 재덕이와 승희는 또 한 번 자갈밭을 떼굴떼굴 굴러다녔다. 형자가 급하긴 급했나 보다, 깜깜해서 보이지도 않을 텐데 그냥 한 번 주지 그랬냐, 그럼 지금이라도 늦지 않았으니까 네가 들어가서 육보시해라……. 정말, 말해버리니 장난이 되고 말았다. 내 마음도 한결 홀가분해졌다. 우리는 눈물까지 글썽거려가며 웃고 또 웃었다. 별로 심각하거나 안쓰러운 마음 없이. 우린 스물두 살이었으니까……. 형자는 그대로 잠들었는지 텐트 안은 잠잠하기만 했다.

그게 벌써 칠 년 전의 일이다.

칠 년이 지났지만 변한 건 별로 없었다. 결혼한 친구도 없었고, 실수로 애를 낳은 친구도 없었다. 스톡옵션을 받은 친구도 없었고, 구속된 친구도, 원주를 떠난 친구도 없었다. 우리는 다 고만고만한 직장에서 고만고만한 월급을 받으며 고만고만한 애인과 고만고만하게 부대끼며 살아갔다.

미안, 우리라는 말에서 또 한 번 형자를 제외시키자. 형자는 그 고만고만한 애인마저도 없었다. 단 한 번도. 스물아홉이나 먹었지만 여전히 '보건소 처녀'였다. 형자는 여전히 우리가 나누는 과장된 대화를 호기심 가득 찬 눈으로 들으며 감탄하고 쑥스러워했다. 그러다 때때로 자신의 허전한 옆구리를 의식하곤 엉엉 울기도 했다. 우리의 과장은 여전히 즐거웠으나, 가끔씩 그녀의 나이가 떠올라 안쓰러운 마음이 들기도 했다. 잠깐, 아주 잠깐씩 말이다.

그런 형자가 자신의 애인을 소개해주겠다고 했을 때, 우린 진정 제 일처럼 축하해주었다. 무엇보다 그가 어떻게 생긴 남자인지 궁금해했다. 우리는 약속 장소인 치킨호프집에 십 분이나 일찍 나와 서로서로 정겹게 담배를 물려주며 떠들어댔다. 지나치게 눈이 나쁜 친구일 수도 있어, 아니면 파계한 성직자이거나. 우리는 낄낄댔다. 승희가 잠시 걱정을 하기도 했다. 혹, 유부남이면 어쩌지……. 하지만 말 그대로 잠시였다. 그게 뭔 상관이람. 어쨌든 중요한 건 형자에게 애인이 생겼다는 것이었다. 얼마 전 재덕이가 형자에게 물었다. 너, 애인 생기면 제일 먼저 어딜 데려가고 싶어? 형자는 조금 주저하다가 슬쩍 미소를 띠며 말했다. 모텔. 우리는 얼굴이 무릎에 다다를 정도로 허리 꺾고 웃어댔다. 우리가 가르치긴 제대로 가르쳤네. 우리는 기분이 썩 괜찮았다. 저마다 형자의 애인에게 건넬 첫 인사말을 해보기도 했다. 나는 '복 많이 받으실 겁니다'로 정했다.

그러나 형자가 팔짱을 낀 채 데려온 남자를 본 순간, 우리는 그 어떤 인사말도 건넬 수 없었다. 당연했다. 우리는 모두 영어에 약했으니까. 형자가 데려온 남자는 놀랍게도 흑인이었다. 흑인처럼 생긴 사람이 아닌, 진짜 흑인. 갓 뽑아 올린 석유처럼 새까맣고 번들거리는 피부를 가진 흑인.

– 인사들 해. 윌이야, 윌 워렌 리키. 그냥 편하게 윌이라고 부르면 돼.

윌 워렌 리키. 미합중국 시민이자 주한미군 예하 캠프 이글 소속의 육군 중사 윌 워렌 리키. 그는 우리에게 '하이' 하며 정겹게

악수를 청했다. 우리도 엉겁결에 건전지 다 된 자명종처럼 작은 목소리로 '하이' 했다. 일 미터 팔십 센티미터는 족히 넘을 것 같은 키와 짧은 헤어스타일 때문에 더더욱 뾰족해 보이는 정수리, 어울리지도 않게 기른 콧수염, 그리고 검은 피부 탓에 더더욱 커 보이는 눈. 팬티 한 장 입혀놓고 창 한 자루 들려주면 곧바로 주변을 '동물의 왕국'으로 만들 것 같은 사나이. 그 사나이가 우리와 채 일 미터도 떨어지지 않은 곳에 앉아 있었다. 어디선가 낯설고 역한 냄새가 났다.

지나치게 눈이 나쁜 사람이거나 성직자의 품성이 아니라면……. 거기에 빠진 가정 하나, 한국 사람이 아니라면……. 우리는 그 가정을 빼먹은 것이다.

솔직히 나는 조금 놀랐다. 승희와 재덕이는 앞다투어 각자의 담배를 물어댔다. 나는 잘 마시지도 못하는 생맥주를 반 넘게 비워버렸다. 그러고도 목이 말라 다시 맥주잔을 들자 윌이 자신의 잔을 부딪치려 했다. 나는 잔을 그냥 내려놓았다. 윌은 어깨 한 번 들썩이는 제스처를 짓고는 머쓱하니 잔을 내려놓았다. 그의 팔뚝에는 독수리 같기도 하고 매 같기도 한 문신이 있었다. 그 문신을 본 재덕이가 귀엣말(그럴 필요 없다 했음에도)로 까마귀 아니냐고 물어왔다. 나 역시 귀엣말로 색깔은 분명 까마귀라고 대답했다.

형자만 혼자 신이 나 있었다.

- 왜 있잖아, 중앙동에 새로 생긴 무슨무슨 클럽 말이야. 난 거기가 외국인 전용인 줄도 모르고 친구랑 들어갔거든.

　형자는 그 안에서 처음 월을 만났단다. 월은 형자를 보자마자 (객관적으로 미모가 더 출중한 형자의 친구가 빤히 옆에 있었음에도 불구하고) '뷰티풀'을 연발, 형자를 말 그대로 '뻑'가게 만들었단다. 생애 처음 타인에게서 외모에 관한 찬사를 듣기도 들었거니와 '뷰티풀' 이외의 말은 알아듣고 싶어도 알아들을 수 없었기에, 형자에게 '뷰티풀'은 단순한 '뷰티풀'을 넘어선 '뷰티풀'이 되어버렸단다.

　- 좋아, 처음 만남은 그렇게 됐다고 쳐. 그 다음엔?

　승희가 묻는 건, 그 다음엔 만나서 무슨 말을 어떻게 했냐는 거다. 영어 실력이라는 게 처녀무당 신 내림 받듯 갑작스럽게 느는 게 아니라면.

　- 웬만한 건 몸으로 다 돼. 정 안 되면 이걸 쓰고.

　형자는 가방에서 한영사전을 꺼내 들었다. 월은 우리끼리의 이야기가 지루했는지 아니면 원래 그런 체질이었는지, 치킨호프집에 댄스 음악이 흘러나오자 허리를 앞뒤로 들썩거리며 보기에 따라선 아주 선정적일 수도 있는 춤을 추어대기 시작했다. 월의 그런 모습은 우리가 어디선가 많이 본 것이었다. 그게 포르노였지, 아마.

　아무려나 월과 형자는 행복해 보였다. 형자는 답답할 정도로 심하게 더듬더듬거리며, 또 때론 한영사전을 오랫동안 뒤적거리며 월에게 말을 건넸으나, 월은 인상 한 번 구기지 않고 그녀의 말에 귀를 기울였다. 형자의 몸짓을 자신의 몸짓으로 옮겨와 그녀가 무안해지는 경우가 없도록 배려하는 모습까지 보였다. 그러나 우리에게는 수긍하려 해도 수긍할 수 없는 그 무언가가 있었다. 그게 인종이든, 민족이든, 혹은 문신이든……. 나는 단지 조금 놀랐을 뿐인데, 재덕이와 승희는 그 이상이었나 보다. 승희가 물었다.

  ─ 어쩔 건데?

  시선이 온통 월에게 가 있던 형자가 목소리로만 되물었다.

  ─ 뭘?

  ─ 정말 재랑 사귈 거야?

  그제야 형자의 얼굴이 우리 쪽으로 향해졌다.

  ─ 그러면 안 돼?

  형자의 얼굴은 급속도로 냉각되었다. 근래 들어 형자의 그런 얼굴은 본 적이 없었다. 열여섯 번째 본 입사 면접에서 떨어진 날에도, 형자는 웃는 얼굴이었다.

  ─ 설마 너, 벌써 잔 건 아니겠지?

  형자는 대답하지 않았다. 재덕이도 승희를 거들고 나왔다.

  ─ 네가 걱정돼서 그런 거야. 너, 인순이 아줌마가 겪은 시련과 고통 알지?

  그리 적절한 비유는 아니었지만 재덕이 또한 나름대로 자신의 우정을 과시했다. 월 또한 우리가 꽤 심각한 말을 하고 있다는 것을 눈치챈 모양이었다. 그는 팔짱을 낀 채 형자와 우리의 얼굴을 번갈아가며 바라보았다.

나는 형자에게 아무런 말도 건네지 않았다. 나 또한 그녀가 흑인과 사귀는 게 그리 탐탁지는 않았다. 그러나 성질까지 내면서 말리고 싶은 마음은 없었다. 그냥 상황 자체가 짜증났을 뿐이었다. 말이 통하지 않으니, 원.

형자가 말했다.

- 잘 거야.

- 미쳤구나, 너.

- 연인과 자는 건 자연스러운 거라고 말한 게 누군데?

- 이건 상황이 달라.

- 어쨌든 내 상황이야.

형자는 단호했다. 윌이 형자에게 무어라고 빠르게 말했지만 아무도 알아들을 수 없었다. 재덕이 윌을 향해 작은 목소리로(그러나 표정은 웃으며) '넌, 새꺄, 입 다물어'라고 말했다. 윌은 또 한 번 어깨를 들썩이는 제스처를 취했다.

형자는 잠시 동안 침묵을 지키고 앉아 있다가 화난 표정으로 윌의 손을 이끌고 일어났다. 그러곤 한마디 인사 없이 자리를 떴다. 윌은 처음 만났을 때와 똑같이 밝은 목소리로 '바이' 하면서 치킨호프집을 나갔다. 우리 중 나 혼자만이 유일하게 손을 흔들어 주었다. 바이.

월과 형자가 나가자마자 승희는 거칠게 맥주잔을 움켜쥐었다.

— 미쳤어, 미쳤다구. 예쁘다는 말 한마디에 제정신을 잃은 거라구.

나는 승희를 이해할 수 있었다. 그녀는, 나나 재덕이보다 형자를 훨씬 더 이해하고 아끼는 친구였다. 하지만 형자의 말도 옳았다. 남자와 자는 건 아무것도 아니라고 말한 건 다름 아닌 우리였다. 설사 그것이 아무것도 아닌 게 아니라 하더라도……. 우리는 서로가 서로에게 그렇게 말해왔다. 재덕이가 그렇게 말하면 승희가 뒤따랐고, 승희가 침을 튀기면 나도 뒤질세라 혀를 놀렸다. 괜히 아이들에게 약한 모습을 보이긴 싫었다. 은밀한 것일수록 힘이 센 법이었다. 숨기고 싶은 자신의 상처나 치욕을 아무렇지도 않게 말하는 것이, 때론 상대방을 주눅 들게 만들 수 있다는 것을, 나는 알고 있었다. 승희와 재덕이도 나와 비슷하지 않았을까. 그래서 우리는 그렇게 많은 말을 서슴없이 내뱉은 게 아니었을까. 하지만 형자는 달랐다. 그녀는 왜 사람들이 자신의 상처를 일부러 키우는 지 잘 모르고 있었다. 우리가 아무렇지도 않게 내뱉는 우리의 상처와 치욕에, 우리보다 더 상처받는 사람……. 그게 바로 형자였다.

재덕이가 웅얼거렸다.

— 흑인 게 얼마나 큰데…….

그럴까? 월 것도 클까? 나는 골몰히 그것만 계속 생각하고 앉

아 있었다. 형자가 처한 상황에 대한 안쓰러움이나 근심 따위가
아닌.

나를 인정 없는 친구라 욕하지 마라. 나는 알고 있었다. 지금
은 승희와 재덕이가 저렇게 흥분하고 있지만, 결국 저들도 어쩔 수
없으리라는 것을. 그들은 너무 오랜 세월 형자를 보아왔기에 잠시
그녀가 서있는 위치와 바탕을 잊어버린 것이었다. 혹은 그녀에 대
한 예의였거나……. 그리고 한 가지 더. 스물아홉 살에 난생처음
'뷰티풀'이라는 찬사를 들은 여자의 마음을, 그 심중을 헤아릴 수
있는 사람이 우리 중 아무도 없다는 것 또한.

그건 그렇고, 흑인은 정말 그것도 그렇게 검을까? 나는 자꾸
그런 생각만 하고 앉아 있었다.

형자의 느닷없는 전화를 받은 것은 그로부터 사흘이 지난 후
였다. 졸린 눈으로 시계를 보니 새벽 한 시를 막 넘어서고 있었다.

– 잤어?

형자의 목소리는 전에 없이 우울했다. 술기운도 조금 묻어 있
었다. 나는 아니라고 말하려다 그냥 그렇다고 해버렸다. 상대가 우
울하면 통화 시간이 길어지기 십상이다. 암만 우스운 직장이지만
출근 시간은 정해져 있는 법이었다. 아무리 사업주가 어머니이고,
사업장이 이십 평 남짓한 식당이라도. 어머니는 아들 보기를 도마
위에 놓은 생선 대가리같이 아시는 분이었다. 새벽같이 셔터를 올

리려면 전화를 끊는 게 현명한 일이었다.

내가 몇 번 소리 나게, 일부러 하품을 해댔어도 형자는 전화를 끊지 않았다. 그리고 아무 말도 하지 않았다. 그렇게 얼마간의 시간이 흐르고 나서야, 나는 무언가 퍼뜩 떠오르는 게 있어 고함 지르듯 물었다.

— 너, 잤구나!

— 응…….

— 너, 너!

나는 이불 위에 허리를 곧추세우고 앉았다. 형자가 사고를 치고 말았다. 단지 승희와 재덕이에게 화가 나서 던진 말이려니 했던 것이, 정말 홧김에 서방질한다로 이어진 것이었다. 눈앞에 윌의 모습이 그려졌다. 웃통을 벗어버린 윌의 상체가, 그리고 두 눈을 감고 있는 형자의 얼굴이. 방 밖에서 발소리가 났다. 어머니일 것이다. 나는 목소리를 낮춰 다시 물었다.

— 정말 잔 거야?

형자의 대답은 변함없었다. 나는 좀 허탈했다. 내게 지난 수년 동안 익숙해져 있던 어떤 것이 갑자기 내려앉은 기분이었다. 그래서인지 잘 믿기지 않았다. 형자는, 늦은 밤 취해 혼자 집으로 걸어가도, 혹은 홀로 택시를 잡아도, 오히려 택시 기사가 걱정되던, 그런 아이로 내게 남아있었다. 물론 나 또한 그녀가 남들처럼 남자를 만나 연애도 하고, 결혼도 하기를 바랐다. 하지만 서운했다. 그냥, 내게 머물렀던 시간들이 아무 말 없이 떠나버린 느낌이었다. 나는 어쩌면 은연중에 형자가 계속 그 상태 그대로 남아있기를 바랐던 모양이다.

– 안 아팠어?

나는 그 말밖에 할 수 없었다. 그녀가 조금 애틋하게 여겨지기도 했다. 아니, 내 마음이 좀 그랬다. 상대가 한국 사람이 아닌, 흑인이기 때문에 그런 건 아니었다. 어머니가 다시 안방으로 들어가는 소리가 들렸다.

– 근데…… 나, 좀 이상해…….

당연히 이상하지. 첫 경험의 상대가 흑인이었으니. 승희가 윌과 잤어도 이상이 생길지 모를 마당에……. 나는 붉게 물든 침대보를 떠올렸다. 윌은 또 얼마나 흐뭇한 표정을 지었을까. 나는 무덤덤한 목소리로 위로해주었다.

– 처음엔 원래 다 그런 법이야.

– 아니…… 그게 아니라…… 그게 안 돼…….

형자의 목소리는 위축되어 있었다.

– 뭐가?

– 그러니까…… 허벅지가…… 허벅지가 자석처럼 붙어서…… 서로 안 떨어져…… 다리가 말이야, 다리가…… 안 떨어진다고…….

– 허벅지가?

구부정하게 굽어 있던 내 허리가 다시 무춤해졌다. 이건 또 뭔 말인가?

형자의 말에 의하면, 윌이 바지만 벗어도 마치 쥐가 난 것처럼 허벅지가 뻣뻣하게 굳어버린다는 것이었다. 그것도 차렷 자세마냥 두 허벅지가 서로 빈틈없이 붙은 채로. 모텔방의 불을 꺼도 사정은 마찬가지라고 했다. 윌의 성기가 몸에 슬쩍, 스치기만 해도 형자의 허벅지는 바로 반응을 나타냈다는 것이다. 내 입술에서, 나도 모르게 바람 빠지는 소리가 났다. 이게 뭔가?

- 윌이 가만 있어?

- 그 사람만 고생했지, 뭐…….

예의가 아닌 줄 알지만, 나는 참지 못하고 픽, 소리 내어 웃고 말았다. 등짝에 비실비실 땀을 흘리며 형자의 허벅지를 떼어놓으려 애썼을 윌이 자꾸만 떠올랐다. 형자의 전신은 온통 윌의 땀으로 범벅이 되었을 테지…….

- 그래서 결국 못 했다는 거야?

- 응…….

나는 혹, 형자가 부끄러운 마음에 거짓말을 하는 건 아닐까, 의심하기도 했다. 그도 그럴 것이 허벅지끼리 달라붙어 그 짓을 못 했다는 얘기는 들어본 적도, 당해본 적도 없었기 때문이었다. 또한 설사 달라붙었다고 해도 남자의 완력으로 그쯤 떼어내지 못할까? 더구나 상대는 근육 탄탄하고 힘 좋은 흑인이 아니던가?

이론적으론 아귀가 맞지 않는 말 같았다. 하지만 형자는 천성적으로, 뭘 숨기는 걸 잘 못 하는 아이였다. 우리에게 윌을 소개해준 것도 다 그 때문이었다.

– 윌이 다리를 벌리려 하면 너무너무 아파서…… 나도 모르게 비명이 막 나오는 거야.

윌은 멈칫하다가 다시 시도하고, 움찔했다가 다시 노력하기를 반복했단다. 그러다 먼동이 터올랐단다.

– 윌은 괜찮다고 하는데…… 막 미안하고, 그래서…… 뭐가 잘못된 걸까……?

– 네가 처녀란 말, 했어?

– 아니…… 말하고 싶었는데…… 어떻게 말해야 하는지 몰라서…….

형자는 윌이 오해할까 봐, 혹 상대가 흑인이기 때문에 자신의 몸이 열리지 않는 것으로 지레짐작할까 봐 걱정했단다. 말이 통하지 않으니 더 그랬단다. 형자의 상황은 좀 안타까운 것이었지만…… 나는 흥미로워졌다. 형자는 역시 형자였다. 변하지 않고, 그 모습 그대로 우리 곁에 남아있는 친구. 나는 만나서 얘기하는 게 좋겠다는 말로 전화를 끊었다. 네 몸에 이상이 있어 그런 건 아닐 거라는 위로의 말도 잊지 않았다.

다시 이부자리에 누웠으나 잠은 오지 않았다. 형자 생각을 했던가? 물론 그렇기도 했다. 하지만 막 안타깝고 착잡하지만은 않았다. 자꾸만, 차렷 자세로 더블 침대에 누워 있는 형자가 떠올랐고, 그 위에서 용을 쓰고 있는 흑인 병사의 모습이 어른거렸다. 꿰짝째 얼린 동태처럼 서로 떨어지지 않는 허벅지와 그럴수록 더 후끈 달아올랐을 윌의 거대한 성기. 나는 형자의 허벅지가 앞으로도 그리 쉽게 떨어지진 않을 거라는 생각이 들었다. 그것이 신기하기도 했고, 고맙기도 했다. 왜 고마운지는 잘 모르겠지만.

나는 누운 채로 재덕이와 승희에게 전화를 걸었다. 그리고 좀 전에 형자가 내게 했던 말을 고스란히 전했다. 수화기를 부여잡고 나와 재덕이, 승희는 각자의 이부자리, 혹은 침대 위를 떼굴떼굴 굴러다니며 웃어댔다. 그러면 안 될 것 같았지만, 한번 터진 웃음은 참을 수가 없었다. 형자는 역시 좋은 친구였다. 이십 년 한결같은, 또 앞으로도 그대로일 것 같은.

그날 밤, 나는 형자를 만난 이래 처음, 형자 꿈을 꾸었다. 형자는 인어가 되어서 나타났다. 아마 인어 역사상 가장 못생긴 망둑엇과 인어였을 것이다. 나는 꿈에서도 쉬지 않고 웃어댔다. 형자가 '웃지 마' 하며 슬픈 표정을 지었지만, 나는 멈출 수가 없었다. 결국 형자는 엉엉 소리 내어 울음을 터트렸고, 나는 그 모습이 참을 수 없을 만큼 우스워 계속, 계속, 웃어대기만 했다.

윌이 우리 관계에 등장한 이후, 우리는 별의별 일을 다 겪게 되었다. 우리가 스물아홉 해 동안 미처 경험해보지 못한 희한한 일과 말로만 듣던 사람. 그것은 한편으론 황당하기도 했지만, 또 한편으론 흥미롭기도 했다는 것이 솔직한 나의 심정이다. 지금 우리 앞에 앉아 있는 의외의 복병 또한 그런 경우에서 크게 벗어나지 않았다.

　- 그러니까 뭐야, 내가 월을 꼬여서 어떻게 하기라도 했다는 거야, 뭐야!

　의외의 복병은 역시 복병답게, 포위하듯 둘러앉은 우리 앞에서도 전혀 기죽지 않은 모습을 보여주었다. 물론 형자는 빠진 자리였다. 그녀가 곤란해질 경우가 생길지도 모르니까.

　의외의 복병은 다름 아닌, 형자의 여고 동창생이었다. 형자가 월을 처음 만나던 날 동행했던 친구. 형자에 비해서야 미모는 출중했지만(누구라도 그러하지만), 턱도 길고 매부리코인 그저 그런 얼굴이었다. 대신 영어 하나는 누구에게도 뒤지지 않을 정도로 뛰어난 실력을 보유하고 있었다. 그렇다고 해서 그녀에게 뚜렷한 직장이 있는 것은 아니었다. 간간이 미군 부대에서 통역 아르바이트를 하거나, 싸구려 삼류 영화의 초벌 번역을 하면서 살아간다고 했다. 형자 말에 의하면, 의외의 복병이 처음부터 영어 실력이 출중했던 것은 아니었단다. 몇 번의 입사 시험에서 낙방한 이후 결심한 바 있어 영어 공부에 전력투구했다는 것이다. 주한미군 부대를 들락거리며 외국인만 보면 달려가 말을 걸어보려 애썼고, TV

도 AFKN 채널만 보았다는 것이다. 하지만 의외의 복병의 영어 실력이 어느 정도 지점까지 이르렀을 때, 허망하게도 그녀의 나이는 이미 스물아홉이 되어버렸단다. 세상엔 영어 잘하는 어린 것들이 쌔고 쌨기 때문에 아무도 그녀를 눈여겨보려 하지 않았단다. 그런 한국적 상황에 실망한 그녀의 현재 소망은, 지긋지긋한 이 나라를 떠 미국으로 가는 것이었다.

그런 말을 들었기에 그녀는 더더욱 우리에게, 아니 형자에게 의외의 복병이 되어버렸다. 승희의 추측에 의하면, 형자가 처음 월을 만났던 클럽에 가게 된 것도 다 그녀의 의도였다는 것이다. 형자와 동행함으로써, 자신의 미모를 한껏 더 과시하려는 간사한 술책이라는 것이다. 아무튼 의외의 복병의 출현은, 우리로 하여금 형자와 월의 관계에 대해 더 많이 신경 쓰고 더 많이 안달하게끔 만든 계기가 되어버렸다.

– 네가 월을 따로 만나고 다니는 걸 본 사람이 있는데도?

우리가 살고 있는 소도시는 누가 누구의 팔짱을 끼고 시내 한 번 돌아다녀도 그 다음 날 바로 임신 소문이 돌 정도로 작고 좁은 곳이었다. 의외의 복병은 우리 소도시의 습성을 너무 만만히 봤다. 아니, 어쩌면 의도적으로 그랬는지도 모르고.

– 그래서?

의외의 복병은 한 발도 물러섬이 없었다. 당당하기까지 했다. 무언가 억울한 일을 많이 당하면서 자라온, 그래서 웬만한 일에는 눈 하나 꿈쩍 안 할 것 같은 여자였다. 하긴 그러니 '깡다구' 좋게 월의 팔짱을 끼고 시내 한복판을 웃으며 돌아다녔겠지.

형자의 허벅지가 문제를 일으킨 이후, 우리는 그 두 사람의 연애에 대해 상당히 호의적인 태도를 취하게 되었다. 그녀의 처지가 안타까워서이기도 했지만, 무엇보다 그게 마음 편하고 우리 관계를 계속 유지할 수 있는 최선책이라고 믿었기 때문이었다. 십대 때처럼 많이 싸우고, 그것 때문에 속상해하고 아파하기엔, 우린 이미 서로에 대해 너무 많은 것을 알고 있었다. 아니, 알고 있다고 믿었다. 그리고 한 가지 더 덧붙이자면, 그냥 상관하기가 귀찮았기 때문이었다. 그녀가 흑인을 사귀든 파라과이 남자와 연애하든, 그래서 형자가 자신의 '솔로' 처지를 울면서 하소연하지만 않는다면, 그냥 내버려두는 게 더 낫지 않겠냐는 것이 우리 모두의 생각이었다.

둘의 연애가 진행되면서 우리를 가장 난감하게 했던 것은, 주위 사람들의 시선을 전혀 의식하지 않는 월의 행동이었다. 시내를 걸어 다닐 땐 팔짱을 끼거나 어깨에 손을 얹길 원했고, 카페에 들어가기만 하면 온갖 스킨십이 난무했다. 월에게 한국적 상황이라는 것에 대해 설명하려 해도, 한국 여자가 흑인 남자와 다정히 팔짱 낀 채 거리를 활보하는 것이 얼마나 어려운 일인지 설득하려 해도 속수무책이었다. 몸짓으로 얼마간의 의사소통은 가능하다

하더라도, 그걸 어떻게 설명하나. 검둥이 한 마리와 누렁이를 붙여 놓고 우르르 돌을 던지면 이해할까. 그러면 알까?

하지만 우리 앞에 앉아 있는 의외의 복병은, 사람들이 돌을 던지든 말든 아메리카를 꼭 가고 말겠다는 열의로 중무장된 듯 보였다. 21세기에 이 무슨 1950년대적 상황이란 말인가. 도대체 세월이 흐르긴 흐른 건지, 우리의 세월만 좌변기 속 물마냥 고여 있는 건 아닌지.

가만히 지켜보던 재덕이가 나섰다.

– 아니, 그러니까 내 말은, 월은 형자의 애인이니까, 네가 건들면 안 된다는 말이지. 형자가 널 얼마나 친한 친구라고 여기는데. 친구끼리 껌둥이 하나 두고 싸우면 쪽팔리잖아.

– 애인은 무슨…….

– 너도 형자가 월을 처음 만나던 날 함께 있었다면서? 월이 형자 보고 '뷰티풀, 뷰티풀'거린 거 몰라?

– '뷰리플'은 무슨……. 문맥을 따져봐야지.

역시 의외의 복병이 발음하는 '뷰리플'은 우리의 '뷰티풀'과는 차원이 달랐다. 다급해지고 당황한 쪽은 재덕이었다. 재덕이의 억양이 한층 더 격앙되었다.

– 아니, 문맥이고 지랄이고, 왜 지금 잘 사귀고 있는 사람들 틈에 끼어서 고춧가루 뿌리냔 말이야!

- 걔네들, 아직 못 잤다면서?

의외의 복병의 말에 우리는 서로 바라보기만 했을 뿐, 아무런 말도 할 수 없었다. 자긴 잤지만, 잤다고 말할 수 없는 상황. 승희도 재덕이도 복병의 단검에 맞은 양, 그저 그녀를 노려보기만 할 뿐 비명조차 내지르지 못했다. 그런 우리를 보며 의외의 복병은 가방을 챙겨 자리에서 일어났다. 그리고 말했다.

- 하, 월이 그걸 얼마나 좋아하는데…… 형자 만나거든 앞으로 많이 분발하라고 전해. 월이 자꾸 접근해오면 나도 어쩔 수 없다고.

의외의 복병은 그렇게 우리 앞에서 사라졌다. 예상한 대로 강적임에 틀림없었다. 우리는 다급해지지 않을 수 없었다. 만약 월이 형자를 떠나게 된다면, 우린 늦은 밤 형자의 울음 섞인 전화를 받느라 졸린 눈을 비벼야 하는, 그런 피곤한 상황과 자주 접하게 될지도 모른다. 밤마다 치킨호프집으로 끌려가 매일 똑같은 술주정을 들어야 할지도 모르고, 화장실에 쫓아가 그녀의 등을 두들겨주는 경우가 다반사로 일어날 것이다. 그런 일이 벌어지지 않으려면…… 답은 하나다. 형자와 월이 자는 거. 이제 우리에게 다른 선택은 없었다. 그녀의 허벅지와 허벅지 사이를 최대한 벌리는 일뿐. 그게 우리가 베풀 수 있는 마지막 예의이자, 우정이었다. 우정을 유지하기 위해 친구의 허벅지를 벌리다니, 눈물겹기 그지없다.

우리가 후에 알게 된 사실이지만, 그동안 형자는 나름대로 많은 노력을 기울여왔다. 밤새 자신의 허벅지에서 끙끙거리던 애인이, 결국 새벽녘에 성기를 부여잡고 용을 쓰는 모습은, 그녀에게 말할 수 없는 죄책감과 자괴감으로 다가왔다고 한다. 그녀는 정형외과에 가서 엑스레이를 찍어보기도 했고, 일주일 동안 물리치료를 받기도 했다. 침술원에서 한 시간 넘게 침을 꽂고 엎드려 있기도 했고, 산부인과 의사와 상담을 하기도 했다. 산부인과 의사는 마음을 편히 먹으라는 빤한 조언만 했을 뿐, 다른 처방은 내려주지 못했다. 하긴, 그녀도 차마 상대가 흑인이라는 말은 못 했다고 하니까.

우리가 그녀에게 해줄 수 있는 것도 그리 많지 않았다. 허벅지에 힘이 들어가는 이유를 함께 고민해보는 것, 그것뿐이었다. 이유를 알아야 뭔 수를 내든 낼 것 아닌가.

우리의 첫 번째 가정 하나, 그녀의 가족사 문제. 부모님의 이혼이 알게 모르게 그녀의 허벅지에 잠입했다는 이 가정은, 처음엔 썩 그럴 듯해 보였다. 부모님의 이혼이 그녀에게 사랑이라는 감정을 믿지 못하게 만들고, 그것이 종내는 남성 혐오와 불감증으로 이어져 허벅지를 굳게 만들었다는 추측이었다. 그러나, 이 가정은 곧 무시되고 말았는데, 부모님의 이혼은 그녀 어머니의 공이 절대적이었고, 그녀가 현재 아버지와 함께 살고 있는 것으로 보아 남성 혐오는 아니라는 결론 때문이었다.

두 번째 가정은 재덕이가 내놓았는데, 그녀가 성장했던 장소의 문제였다. 즉 형자의 아버님이 몇 년 동안 방앗간을 운영했기 때문이라는 것이다. 형자가 물었다.

- 방앗간하고 허벅지하고 무슨 관겐데?
- 옛날 어르신들이 방앗간에서 그 짓을 많이 했잖아. 떡 치는 게 그것하고 똑같잖아.
- 우리 방앗간은 다 기계였는데?
- ……

말도 안 되는 가정.

세 번째 가정은 역시 월의 문제였다. 즉 상대가 월이기 때문에 형자의 허벅지가 붙어버렸다는 것이다. 우리는 앞다투어 형자에게 물어봤다.

- 정말 그렇게 커?
- 새까맣든?
- 포경 수술은 했니?

형자는 아무런 대답도 하지 않았다. 그녀의 침묵은 우리에게 긍정으로 받아들여졌고, 이내 서로의 얼굴을 바라보며 감탄인지 찬탄인지 모를 표정을 지었다.

우리는 세 번째 가정으로 결론지었다. 그 가정에 동조하면서, 나는 잠시 칠 년 전 텐트 안에서의 일을 떠올렸다. 그렇다고 형자에게 미안한 마음을 품었다는 뜻은 아니다. 그건 정말 어쩔 수 없는 일이었다. 안쓰럽다고 해서 함부로 남의 배 위에 올라탈 순 없지 않은가. 그건 지금도 변함없는 내 생각이다. 아무튼 이제 남은 문제는, 형자의 자신감을 북돋워주는 일뿐. 우린 또 서로에게 뒤질세라 자신의 의견을 순서 없이 토해냈다. 불을 끄고 해라, 월의 성기가 허벅지에 닿아도 그냥 다리통이라고 생각해라, 평소에 다리 찢는 훈련을 많이 해라, 네가 올라타서 해봐라, 풍차 돌리기에 대해선 얼마나 아느냐 등등. 참, 말들 많았다. 형자는 예전처럼 우리의 이야기를 듣기만 했다. 하긴 그녀가 비집고 들어올 틈도 없었으니까. 우리의 이야기는 점점 형자의 허벅지와는 무관한 방향으로 흘러갔다. 너도 풍차 돌리기 해봤냐, 나는 잘 안 되더라, 그건 엉덩이를 살짝 들고 해야 잘 돌아간다 등등. 정말, 말 많았다. 헤어질 때 우리는 서로에게 물어보았다.

– 결론이 뭐였지?

– 글쎄……?

– 뭐, 자신감을 갖자는 거지.

– 맞아, 자신감.

우리는 형자에게 파이팅, 하고 외치는 것도 잊지 않았다. 두 주먹 불끈 쥐고. 형자도 작은 목소리로 파이팅, 했다.

이 얘기를 해야 하나, 말아야 하나…….

나는 우연히, 형자가 월을 만나러 가기 전 바지에 무언가 집어 넣는 것을 보았다. 그즈음 월은 자주 형자와의 약속을 일방적으로 어기고 있었다. 부대 지휘 검열이니 전투 준비 태세 훈련이니 핑계는 많았지만(과연 형자가 그 말들을 어떻게 알아듣고 우리에게 전했는지도 의심스럽지만), 우리는 서서히 마음의 준비를 해나가고 있었다. 서로 드러내놓고 말은 하지 않았지만서도.

　　- 뭐야, 그게?

　　형자는 쑥스러운 듯 감추려 했지만, 나는 기어이 보고야 말았다. 그건 바늘 세 개가 꽂혀 있는 낡은 헝겊 조각이었다. 헝겊 조각 안엔 미키마우스가 환하게 웃고 있었다.

　　- 누가 그러더라구…… 축구 선수들이 시합 중에 쥐가 날 땐 바늘로 막 찌른다고…… 그러면 금세 풀린다고…….

　　나는 마음 한구석이 쓸쓸해졌다. 말릴 수 있으면 말리고 싶었다.

　　- 꼭, 그렇게까지 해야겠어?

　　형자는 다시 바늘집을 주머니에 넣으며 말했다.

　　- 해볼 건 다 해봐야지…….

　　- 다른 걸 할 수도 있잖아? 영화를 보거나, 뭐, 사는 이야기를 할 수도…….

　　- 말이 안 통하니까…… 그거라도 해야지……. 같이 할 수 있는 게 별로 없잖아…….

형자는 미키마우스처럼 웃어 보려 했지만, 그게 잘 안 되는 모양이었다. 나는 아무 말도 하지 않았다. 나는 그간 형자에게 너무 많은 말을 한 것만 같아 괜스레 미안해졌다. 형자는 슬쩍 미소 한 번 짓고는, 다른 아이들에겐 말하지 말아달라고 부탁했다. 나는 형자의 그 부탁을 간신히 지켰으나, 지금 또 어기고야 말았다. 제기랄, 말하는 건 너무 쉽다. 아니, 내 말들은 너무 쉽게 나온다…….

- 안 되겠어……. 나, 그냥 헤어질까 봐…….

어젯밤 형자는 월을 만나러 가기 전, 잠시 우리를 만났다. 그리고 그렇게 말했다.

우리는 그 어떤 말, 그 어떤 위로도 해주지 못했다. 형자의 입장에선 이미 해볼 수 있는 건 다 해본 상태였다. 마냥 월의 인내를 요구하기엔 그녀의 얼굴이 그리 두껍지 못했다. 형자에겐 월이 전부였지만, 월에겐 그렇지 않다는 것이 그녀의 결심을 확고히 하는 데 도움을 주었다.

- 너, 헤어지자를 영어로 어떻게 하는 줄이나 알아……?

우리가 기껏 형자에게 건넨 말의 전부. 나는 월과 형자의 헤어짐을 현실로 받아들였다. 그리고 이내 그 이후를 생각하였다. 예전과 똑같은 일들의 반복을.

- 알아…… 굿바이, 하면 되지, 뭐…….

형자는 울었다.

그러니까 오늘, 우리의 만남은 형자를 위로하고자 함이었다.
아마 또 치킨호프집에 가서 소주에 서비스로 나온 허연 무를 질겅
질겅 씹어대겠지. 그리고 형자는 또 울겠지. 그게 한동안 반복될
테고. 그러다가 어느 시점에 이르러 형자의 허벅지를 웃으며 얘기
할지도. 형자 역시 그 얘기에 웃으며 동참할지도⋯⋯. 그 안에 우
리 관계의 진실이 담겨 있다는 것을 알게 될지도 모를 일이지.

형자가 들어왔다. 예상대로 그녀의 얼굴은 좋지 않았다. 제대
로 잠을 못 이룬 게 분명했다. 얼굴은 수척했고 두 눈은 충혈되어
있었다. 우리는 의례적인 손 인사를 나누었다. 그리고 조심스럽게,
아주 조심스럽게 물었다.

– 말⋯⋯ 했어?

승희는 자신이 묻고도 대답 따윈 필요 없다는 듯, 시선을 딴
곳으로 돌리려 애썼다. 형자는 고개를 조금 숙였다. 그리고 얼마
간의 시간이 지난 후 말했다.

– 아니⋯⋯.

재덕이가 다시 물었다.

– 왜? 영어가 안 떠올랐어?

– 아냐⋯⋯. 나, 어제 뭘하고 잤어⋯⋯. 내가 자자고 졸라
서⋯⋯.

우리 모두의 시선이 형자에게로 일제히 집중됐다.

- 뭐야, 한 거야?

그러고 보니 형자의 얼굴은 우울하다기보단 어딘가 아픈 사람
의 얼굴이었다. 그럼……. 형자가 살짝 웃었다.

- 아니야, 그건…….

- 뭐야, 그럼?

우린 모두 애가 타는 표정이 되어버렸다. 형자가 한 손으로 입
을 가렸다. 아니, 작은 입술을 만지작거렸다.

- 나, 어제…… 턱이 빠졌다…….

형자는 그 말을 한 후, 희미하게 웃었다. 순간, 나와 재덕이의
눈이 마주쳤다. 재덕이는 놀란 표정이 역력했다. 내 얼굴도 그러했
을 것이다. 승희만 어리둥절해서 그게 뭐, 그게 뭐 어쨌다구, 연신
물어댔다. 그러곤 이내 눈치채고 우리와 같은 표정이 되어버렸다.

- 월이 하려다가 또 지쳐 누웠거든……. 미안해서…… 내가
막 미안해서 월을 부둥켜안고, 쓰다듬고, 그러면서도 말은 안 나
오고…… 그러다가 억지로 말하려고 입술을 열었는데…… 갑자기
뭐가 들어와서…… 막, 목구멍이 막히고…… 숨 쉬는 게 좀 그랬는
데…… 월이 좋아하는 걸 보니까…… 나도 좋았어…….

우리는 모두 침묵했다. 무슨 말을 어떻게 해야 할지, 아무런
생각도 나지 않았다.

형자는 그렇게 월과 말하게 된 것이었다. 그런 식으로 말할 수

밖에 없는 자신을, 그런 자신이 서 있는 위치를, 상처를, 태생을, 알아버린 것이었다.

　나는 자꾸만 내 식도가 갑갑해져오는 것을 느끼며, 말없이 그녀를 바라보고만 있었다.

오두막

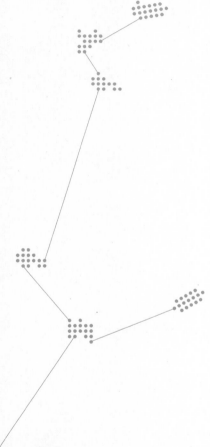

윤고은 ...

1980년 서울에서 태어났다. 2004년 대산대학문학상을 받으며 등단했고, 2008년 한겨레문학상, 2011년 이효석문학상을 받았다. 작품으로 장편소설 〈무중력증후군〉과 〈밤의 여행자들〉, 소설집 〈1인용 식탁〉이 있다.

제주 방언이 거세게 느껴지는 건 바람 때
문이라고, 그렇게 말해주었던 건 케이였다. 크고 거센 단어만이 제
주의 많은 바람 속을 뚫고 지나갈 수 있었겠지. 그래서 점점 크고
강하게 말하게 된 거야. 말이 바람을 뚫고 지나가게 하려고. 입에
서 귀까지 닿게 하려고.

　　그 말을 하는 동안에도 계속 바람이 불었다. 케이는 헝클어진
도영의 머리카락을 손으로 잡고 넘겼다. 손끝이 조금 떨리고 있었
다. 그건 만난 지 사흘 된 남녀의 조심스러운 행동이었다. 케이가
도영의 헝클어진 머리카락을, 그 머리카락 사이로 드나드는 바람
을, 어루만지며 고백했다. 작은 속삭임이었지만 케이의 입에서 도
영의 귀까지는 그리 먼 거리가 아니어서 바람도 그 말을 방해하지
못했다. 그들이 바라보는 곳에 풍력발전기 몇 대가 증인처럼 서

있었다. 오히려 바람이 부족하게 느껴질 정도로 발전기는 여러 개였다. 그게 삼 년 전 기억이었다.

도영은 저만치 서 있는 풍력발전소를 바라보았다. 지금 도영은 혼자였다. 짐도 그때만큼 많지 않았다. 손목 부근에서 한 번 꼬아 감은 카메라 하나, 몇 개의 렌즈와 소지품이 약간 들어 있는 배낭 하나가 전부였다. 그러나 도영의 걸음은 가볍지 않았다. 걸을 때마다 누군가의 목소리나 표정이 자꾸 떠오른다는 건 예상했음에도 불구하고 여전히 힘든 일이었다. 일이 아니었다면 오지 않았을 것이다. 평생 이 섬을 생략한 지도 속에서도 충분히 살아갈 수 있었다. 그러고 싶었다.

풍력발전소를 지나 좀 더 걸어가자 간세와 화살표, 나뭇가지에 묶인 리본 따위가 보였다. 올레길의 방향을 알려주는 지형물이었다. 올레를 따라 걸으려던 것은 아니었는데, 몇 걸음만 방치해도 올레 코스에 편입될 만큼 제주의 산책로는 번식하고 있었다. 도영이 가야 할 곳 역시 16코스와 조금 겹쳤다. 이름은 '물가의 달'. 생긴 지 일 년쯤 된 무인 카페라고 하는데, 이 구간을 걷는 이들에게 커피가 맛없기로 유명했다. 블로거들이 써놓은 정보에 의하면 그랬다. 주인이 만들어주는 커피가 아니니 맛을 논하기도 좀 애매하긴 하지만 커피가 맛없는 대신 풍경이 좋았다. 저 뒤로는 해안도로가 보였고, 앞으로는 목장과 풍력발전소가 보였다.

이곳이 아홉 번째 카페였다. 어제 아침 비행기로 제주에 온 도영은 이미 여덟 군데의 무인 카페를 취재했다. 제주도에 산재한 무인 카페 중에 몇 군데를 추려내 1월호에 싣는 게 목표였다. 도영이 일하는 잡지사의 잡지는 매월 20일에 발간되었다. 지금은 한 달 중 좀 한가한 시기여서 동료들은 도영이 제주에 간 김에 휴식을 취하고 올라올 거라고 생각했다. 그러나 도영은 최대한 서둘러 일을 마무리하고 싶었다. '물가의 달' 주인과 약속한 시간이 세 시였다. 다섯 시 안에는 일이 마무리될 테고 서울로 가는 마지막 비행기를 탄다면 충분히, 오늘 안에 이 섬을 뜰 수 있었다.

카페는 텅 비어 있었다. 누구도 없었다. 두 시 사십 분. 도영은 카페 내부를 둘러보며 주인을 기다렸다. 제주행 취재는 최대한 피해보려 했지만 어쩔 수 없이 이 기사가 도영의 몫이 되었을 때, 우습게도 도영이 제일 먼저 찾아본 건 오래전 그 무인 카페의 이름이었다. '등불'이었던가. 지금보다 무인 카페가 많지 않던 시기였다. 그러나 '등불'이란 이름의 카페는 이미 없어졌고, 그 자리엔 중국인 관광객들에게 인기 있는 게스트하우스가 들어섰다. 삼 년 사이에 많은 간판과 거리의 이름이 바뀌었다는 사실이 도영에게 약간의 안도 비슷한 감정을 가져다주었다. 지금 이 카페가 있던 자리엔 원래 횟집이 있었다고 했다.

세 시가 되었지만 주인은 나타나지 않았다. 도영은 카페 주인에게 전화를 걸었다. 주인은 안 그래도 연락을 하려던 참이었다며, 이십 분 정도만 기다려줄 수 있겠느냐고 했다. 도영은 다시 기다리기 시작했다. 주인이 빨리 왔으면 했다. 기다리는 게 지루해서가 아니라, 무인 카페에 혼자 있는 것이 싫어서였다. 생각해보니 이틀간 많은 무인 카페에 갔지만, 어디서도 혼자였던 적은 없었다. 약속된 시간에 가서 주인을 만나 인터뷰를 하고 사진 촬영을 한 후 떠나면 되었던 것이다. 그러나 지금 도영은 방치되고 있었다.

제주도는 두 번째였다. 삼 년 전 오월과 지금이 닮은 게 있다면, 아무도 없는 무인 카페에 혼자 앉아 있다는 점이었다. 그때도 그랬다. 삼 년 전 늦봄. 오월의 태양은 뜨거웠고, 도영은 홀로 올레길을 걸었다. 적어도 세 코스 이상은 걸어보자고 내려온 여행이었다. 카페 '등불'은 올레길 7코스의 어느 지점에 있었다. 바닷가 우체국을 지나서 두 시간쯤 더 걸었을까, 무인 카페가 나타났다. 감귤차, 모과차, 코코아, 커피…… 도영은 배낭을 자리에 내려놓고 아이스커피를 만들었다. 그때 한 남자가 카페로 들어왔고, 그는 도영을 보고 이렇게 말했다.

"아메리카노 한 잔이요."

남자는 창가 좌석에 앉아 몇 개의 스탬프가 찍힌 올레 패스포트를 들여다보고 있었다. 저기요, 도영이 남자를 부르자 그는 깜빡했다는 듯 이렇게 덧붙였다.

"아, 차가운 걸로 주세요."

도영을 카페 주인 혹은 종업원으로 착각한 남자는 휴대전화로 카페 곳곳을 신나게 찍고 있었다. 도영은 남자가 주문한 아이스아 메리카노를 만들었다. 그리고 무인 계산함을 가리키며 말했다.

"계산은 저기다 하시면 돼요. 내고 싶으신 만큼."

남자는 커피를 단숨에 마시고는 이렇게 말했다.

"그런데 저 등 교체하시는 게 어때요? 저건 너무 구형이라 효 율도 안 좋아요."

"아, 제가 여기 주인이 아니에요."

"그럼 사장님은 언제 오시죠?"

도영은 웃었다. 남자는 뒤늦게야 도영 또한 손님이라는 것을 알았다. 그는 무인 카페의 의미도 이제야 알았다고 했다. 무안해 진 남자는 도영의 컵까지 깨끗하게 씻어놓았다. 그들이 떠날 때까 지 그곳엔 다른 누구도 찾아오지 않았다. 세제 냄새가 채 가시지 않은 유리컵 두 잔만 텅 빈 카페에 남아 조용히 말라갔다.

그 남자의 이름이 케이였다. 그들은 올레 몇 구간을 함께 걸 었다. 함께 걷는 건 상대의 보폭과 걷는 속도 말고도 많은 것들을 알게 했다. 케이는 태양광 산업을 연구하는 대학원생이었고, 도영 은 이직을 앞두고 있었다. 그들은 스물여덟 동갑내기였고 여행이 끝나면 김포행 비행기를 타야 했고 서로에게 호감이 있었다.

올레는 원래 대문 앞길을 가리키는 말이었다고 케이가 말했 다. 대문 앞에서 큰길 사이라는 기준으로 보면 규격화된 코스 말 고도 제주에 올레는 수두룩하다는 거였다. 그들은 규격화된 올레 코스를 벗어나 발길 닿는 대로 걷기로 했다. 함께 걸은 지 일주일 되던 밤, 제주에서 보내는 마지막 밤, 그들은 아주 작은, 나무로 만들어진 오두막집을 발견했다. 말들을 방목하는 목장 부근에 있던 곳이었다. 달빛이 크게 들어오는 창 말고는 어떤 조명도 없던 오두막. 내부는 무척 좁았지만 미닫이문도 달려 있었고 낡은 소파도 있었다. 말들도 모두 돌아가 잠든 밤, 그들에게 그 오두막은 최적의 지붕이었다. 내부를 엿보는 건 오두막의 나무 패널 틈으로 보이는 밤하늘뿐. 그들은 거기서 서로의 맨살을 처음 끌어안았다. 그러다 이렇게 속삭이기도 했다. 왜 이 오두막이 여기 있는 걸까. 우리 같은 사람들을 위해서?

왜 그 오두막이 하필 거기 있었을까.

도영은 양손을 눈두덩에 올리고 눈을 꾹 눌렀다. 암전을 만드는 것이다. 이렇게 암전을 만드는 것만이 늪 같은 기억에서 헤어날 수 있는, 헤어나지 못하더라도 조금은 비껴날 수 있는 방법이었다. 삼 년 전 그 일 이후, 정신과 상담의가 이 방법을 권해줬을 때 도영은 어떤 기대도 하지 않았지만, 이 방법은 반복할수록 어떤 믿음을 키워내서 유용했다. 생각이 자꾸 어느 지점으로 가려고 할 때 완벽하게 무언가를 차단할 수 있다는 믿음으로 양손을 감은 눈두덩 위에 올리면, 정말 아주 조금 생각이 통제되는 듯한 기분을 느낄 수 있었다. 살기 위해서 그렇게 인위적인 휴지기가 종종 필요했다.

정확한 진단에 의한 처방이 아닌데도 효과를 볼 수 있다는 게 도영으로서는 신기했다. 그녀는 주기적으로 정신과 상담을 받았지만 사실을 털어놓은 적은 없었다. 도영이 하는 이야기는 모두 그녀의 머릿속에서 일차적으로 가공 처리된 후의 것들이었다.

"트럭이 걸어가던 여자를 깔아뭉갰어요. 여자가 비명을 질렀고, 나를 쳐다본 것 같아요. 트럭이 이쪽으로 돌진할 것만 같아서, 난 한 걸음도 움직이지 못했어요. 지금도 그 생각만 하면 토할 것 같아요."

도영이 한동안 이 의사를 주기적으로 만난 건 그것이 거짓말이라는 걸 알고도 내색하지 않아서였다. 오히려 다른 질문을 던져 도영이 계속 거짓말을 확대하도록 만들었다. 그렇게 거짓 교통사고에 대해 묘사하다 보면 자신이 제주 오두막에서 목격한 게 정말 교통사고인 것 같은 기분이 들기도 했다. 어느 날에는 정말 자신이 본 게 뭔지 떠올리려고 해도 교통사고 말고 다른 것이 보이지 않았다. 모자이크 처리된 화면을 보는 것처럼 흐릿했다. 의사는 커다란 상자를 책상 위에 올려놓고 그 안에 뭐가 들어 있는지 보라고 했다. 그 안에 들어 있는 걸 자신에게 말해달라는 거였다. 도영은 상자 뚜껑을 열었다. 거짓말을 지속할 생각은 없었다. 상자 안에는 좀 더 작은 상자가 들어 있을 뿐이었고, 도영에게도 그렇게 보였다. 그러나 상자 뚜껑을 다시 닫을 때 손이 심하게 떨렸다. 결국 뚜껑은 상자 위로 올라가지 못하고 바닥으로 떨어졌다. 마지막 상담 때 도영은 의사에게 말했다. 사실 교통사고를 목격한 게 아니었다고. 그렇지만 거짓말도 아니었다고.

"그건 정말 교통사고 같았어요. 앞에 놓인 길들이 모두 한곳에서 부딪친 것처럼."

그때 의사가 도영에게 말해준 것이 인위적으로 암전을 만드는 방법이었다. 도영은 눈을 감았다 떴다. 금방이라도 비가 내릴 것처럼 사위가 어둑했는데 카페 내부는 정전이라도 된 듯 불이 들어오지 않았다. 스위치는 어느 쪽으로 눌러도 먹통이었다. 주인은 이십 분이 지나도 오지 않았다. 전화기 속에서 카페 주인은 우는 소리를 냈다. 접촉사고가 났는데 최대한 일찍 마무리할 테니 아주 조금만 더 기다려달라는 거였다. 도영은 알겠다고 말했지만, 전화기 속의 여자가 악의를 품은 것처럼 느껴졌다. 전화 속의 접촉사고가 어떤 형태인지는 몰라도 그것은 지금 여기에 또 다른 추돌사고를 만들어냈던 것이다. 도영이 창밖을 응시했을 때, 몇 줄기의 길이 삼중 추돌사고처럼 부딪쳤다. 그 지점에 그가 있었다. 케이였다.

케이는 카페 오른쪽 공터에 주차한 후 장비를 챙겨 내렸다. 며칠 전의 폭우 이후 고장 난 가로등이 많았다. 케이는 저 아래쪽에서부터 차례로 가로등을 고치며 올라오던 길이었고, 이 무인 카페

앞까지 왔다. 입구가 어둑어둑했다. 오후 네 시도 되지 않았지만, 해는 벌써 비구름 속으로 저문 것 같았다. 장비를 들고 걸어가던 케이는 왼쪽으로 고개를 돌렸다가 그대로 멈춰 섰다. 고속도로 한복판에서 갑자기 멈춰 선 자동차처럼. 카페 유리창 안에서 이쪽을 보고 있는 여자가 낯익었다. 여자는 곧 케이의 반대쪽으로 고개를 돌렸다. 도영이었다.

비구름이 목표 지점을 찾은 듯 빠르게 다가오고 있었다. 도영은 카페 안에, 케이는 밖에 있었다. 삼 년 전 그 오두막에서 그들이 본 것과 그들 사이에도 꼭 이 정도의 거리가 있었다. 불쑥 솟아오른 기억이었는데, 케이는 저기 앉은 도영도 혹시 비슷한 기억을 떠올릴까 불안했다. 처음에 그들이 가까워진 건 말하지 않아도 같은 생각을 자주 하고 있어서였다. 케이가 어떤 노래를 속으로 흥얼거리면 그 노랫소리가 도영의 입에서 흘러나왔다. 타인과 동시에 같은 노래를 떠올린다는 건 특별한 경험이었다. 케이가 어떤 영화에 대해 이야기하면 도영은 놀라며 자신도 방금 그 영화를 생각했다고 말했다. 지금 케이는 도영이 자신과 같은 생각을 하고 있지 않기를 바랐다. 그들에게는 우회해야 할, 그래야만 하는 주제가 있었다.

그들은 늦봄에 만나 여름과 가을을 함께 보낸 후 그해 겨울이 끝나기 전에 헤어진 연인이었다. 아홉 달 정도 사귀는 동안 그들 사이에는 결혼 이야기도 오갔다. 그러나 도영은 결국 케이에게 이별을 통보했고, 케이가 며칠 후 다시 연락했을 때 도영의 전화번호는 이미 증발해 있었다. 케이는 도영 이후로 몇 사람을 더 만났지만, 여전히 도영에 대한 기억은 금기로 남아 있었다. 도영을 떠올리면 늘 죄책감과 억울함, 배신감이 뒤섞여 따라왔다. 케이 곁에 있던 누군가는 그런 감정이 바로 미련이라고 알려주고 떠났다.

헤어질 때 케이는 도영에게 그렇게 물었다.

"헤어지면 이제 괜찮아질 것 같아?"

도영은 그렇다고 대답했고 정말 그랬을지도 몰랐다. 그러나 케이는 이별 후에 알았다. 도영과 헤어진 다음 케이를 기다리는 건 도영이 얼마 전까지 머물러 있던 그 늪이었다. 더럭 겁이 나는 순간이 많아졌다. 처음에 그건 갑자기 경찰이 들이닥쳐 자신을 연행해 가거나 피해자를 아는 이들이 다가와 자신을 폭행할지도 모른다는, 그런 식의 공포였다. 그러나 차츰 더 모호하고 막연한 형태로 바뀌었다. 횡단보도를 건너고 있을 때 갑자기 비명 소리가 들리는 식이었다. 학교에 몸담을 생각이었던 그가 결국 학업을 그만두게 된 것도 따져보면 오두막 안의 기억 때문이었다. 어떤 자괴감에서 출발한 것이었는데 그게 도영과 함께 있었을 때보다 혼자가 되고 나서 몇 배로 더 커진 것 같았다. 그녀를 다그치느라 혹은 보듬느라 마주친 적 없었던 감각이 혼자가 되자 요철처럼 도드라졌다.

그 오두막에서 보낸 밤은 단 하루였는데, 몇 날 며칠 케이의 꿈속에서 다시 재생되었다. 꿈에서도 오두막 안은 적당히 어둡고 적당히 서늘했다. 그리고 그들이 내뱉은 열기로 축축했다. 창은 크기가 작아도 보일 것은 다 보였다. 오두막 근처에는 다양한 색의 꽃들이 피어 있었고 그건 화사하게 불을 밝힌 전구나 크리스마스트리의 장식처럼 보이기도 했다. 바람인지 파도인지 거세게 들리는 소리에도 리듬이 있었다. 예기치 않은 하룻밤에 휴대전화 배터리는 나란히 방전되었지만 그들에게 그런 건 상관없었다. 밤은 멈춰 있는 것 같아도 저 하늘을 가만히 보고 있으면 뭔가가 움직인다는 것을, 흘러간다는 것을 알 수 있었다. 그들은 조금만 더 버티다가 일출을 보러 갈 예정이었다. 바다가 멀지 않은 곳에 있었다. 오두막 문이 다시 열리는 소리가 짐승의 울음소리처럼 날카롭게 들릴 만큼 사방은 고요했다. 그러나 밤의 열기가 채 식기도 전에, 그들이 오두막을 완전히 벗어나기도 전에, 비명 소리가 들렸다. 어디선가 짧게 우는 비명, 그건 바람이나 짐승의 소리가 아니었다. 머지않아 또 짧은 비명이 들렸다. 그건 사람의 말이었다. 분명, 제주 바람을 뚫고 들리는 그 목소리는 '살려주세요'였다. 오두막 안에서 그들은 그 소리를 들었다. 처음 들린 비명은 흘려들었고, 두 번째 비명에 귀를 기울였다가, 세 번째 비명이 들렸을 때 그들은 오두막 문을 닫았다.

기억 속의 오두막은 녹슨 소리를 내면서 다시 사라졌다. 결국 빗방울이 떨어지기 시작했다. 삽시간에 후드득. 케이가 경로를 바꿔 카페 문을 열고 들어갔을 때, 이미 도영은 없었다. 좀 전에 도영이 자신의 앞을 가로질러 가는 걸, 케이는 보고 있었다. 단지 오래전 그날처럼 아무것도 하지 못하고, 그냥 보고 있었을 뿐이다.

그들이 버스정류장 근처로 왔을 때 해는 이미 떠 있었다. 공중전화는 보이지 않았다. 콜택시 명함이 몇 개 버스정류장에 붙어 있었지만 휴대전화가 되지 않아 소용이 없었다. 다행히 버스가 왔고, 그들은 번호를 보지도 않고 버스에 올라탔다. 타고 보니 제주 공항까지 가는 노선이었다. 버스정류장으로 갔을 때만 해도 버스를 타고 경찰서로 갈 생각이었다. 그러나 버스의 종점이 공항 근처라는 것을 보고 그들은 그대로 의자에 앉아 있었다. 도영은 자신의 다리가 너무 심하게 떨리는 것을 보았고 가방을 무릎 위에 놓아 그것을 잠재우려고 했다. 곧 그 다리는 자신의 것이 아니라는 걸 알고, 도영은 배낭을 케이의 다리 위에 놓았다. 묵직한 무언가가 그들의 다리를 눌러주었다.

김포로 가는 비행기는 한 시간마다 있었고, 공중전화는 잘 보이지 않았다. 오두막에서 공항에 이르는 동안 몇 개의 공중전화를 지나쳤는지 그들은 알 수 없었다. 그들이 겨우 공중전화를 발견한 건 김포행 비행기표를 구입한 직후였다. 케이가 수화기를 집어 들었다. 경찰서로 전화를 거는 건 생애 두 번째였다. 오래전 케이는 뺑소니 교통사고를 목격하고 휴대전화로 112를 눌렀던 기억이 있었다. 그때 케이는 다급했다. 지금은 다급하다기보다 두려웠다.

케이는 성폭행 사건을 목격한 것 같다고 말했다. 잘 보이지 않았던 탓에 그들의 인상착의는 설명할 수 없었지만 위치에 대해서 설명하려고 애썼다. 그곳은 올레 코스로 설명할 수 있는 위치는 아니었다. 무덤처럼 솟아 있던 오름, 그들이 낮에 걸었던 오름의 이름이 다행히 이정표 역할을 할 수 있을 것 같았다. 케이는 오름과 목장, 그리고 일 킬로미터 정도 떨어진 곳에 버스정류장이 있었다고 말했다. 경찰서에서 목격자의 위치 정보를 물었다. '전화 주신 분은 어디서 보셨습니까?'와 같은 문장이었는데 케이는 그만 전화를 끊었다.

그건 당연한 질문이었다. 케이의 위치, 케이의 연락처와 같은 것은 당연했다. 그러나 위치를 설명할 때도 오두막에 대한 언급을 하지 않았던 케이로서는 그 질문에 답하기가 힘들었다. 오두막 안에 있었다는 말을 하기가, 그 안에서 삼십 분 혹은 사십 분이나 그 일을 지켜보고 있었다는 말을 하기가, 그리고 그 현장과 반대방향으로 떠났다는 말을 하기가 두려웠다. 가장 두려운 건 최초 목격자가 되는 거였다. 통화가 아주 길게 느껴졌는데 삼십 초를 겨우 넘겼을 뿐이었다. 그 삼십 초를 케이는 후회했다. 오래전 뺑소니 교통사고의 목격자로 나섰던 경험이 떠올랐다. 경찰서에 몇 차례 나가서 같은 진술을 반복했고, 그 때문에 시간도 꽤 들어갔지만, 용의자로 의심을 받는 듯한 느낌이 불쾌했다. 이건 그때 그 사건보다 더 두려운 일이었다. 이미 몇 차례 그들이 취할 수 있는 행동의 타이밍을 놓쳐버렸고, 그걸 놓쳤다는 사실이 그들에게 이미 가해자와 같은 기분을 남겼다. 휘말리고 싶지 않았다. 적당한 선까지만, 제발 적당한 선까지만.

"비행기 시간 다 됐어."

그렇게 말하는 도영의 표정도 케이와 비슷했다. 도영은 비행기에 올라탄 후 케이에게 말했다. 그래도 그곳 위치를 알렸으니 괜찮을 거라고.

서울에 도착한 후 그들은 일상으로 돌아갔지만 뉴스를 볼 때마다 신경이 쓰였다. 마치 위치를 알지만 처리는 할 수 없는 시한폭탄 하나를 아는 것과 같은 기분으로, 그들은 매일 뉴스를 꼼꼼히 봤다. 실종 사건이라든지 성폭행이라든지 하는 뉴스가 나면 좀 더 예민해져서는 사건 발생 지역이 어디인지 확인해야 했다. 그러나 그들이 본 건 없었다. 시간이 흐르면서 그들은 그 사건을 잊었고 그렇게 어려운 일은 아니었다. 그 사건은 수면 위로 솟아오르지만 않으면 되는 모든 것과 같았다. 그렇다면 충분히 모른 척할 수 있었다. 케이는 박사 논문을 준비하고 있었고, 도영은 월간지를 발행하는 회사에 취직했다. 적당히 피로했던 그들은 자신들이 본 사건이 어떻게든 잘 해결되었으리라 생각했다. 그들이 본 마지막 장면은 남자가 여자를 버려두고 어디론가 성큼성큼 사라진 거였다.

남자는 다시 오겠다고 했고, 그건 정말 옆방에 둔 물건 하나를 찾으러 가는 그런 모양새였다. 여자는 쓰러져 있었다. 남자가 사라진 후 오두막 문이 열렸고, 그들은, 케이와 도영은 앞만 보고 걸었다. 쓰러진 여자와 반대 방향이었다.

그 여자가 어떻게 되었는지 그들은 몰랐다. 다만 이렇게 생각할 수 있었다. 어쩌면 그 남자는 다시 돌아오지 않았고 여자는 스스로 일어나 어디론가 도망갔을 거라고. 아니면 그 전에 누군가에 의해 구출되었을 수도 있다고. 그러나 그 여자를 도울 수 있었던 가장 가까운 위치에 있던 사람이 그들 자신이라는 데까지 생각이 미치면 차라리 자신들이 본 것이 너무 무거워 수면 위로 영영 떠오르지 못하는 시체이길 바라는 상태가 되었다.

어쨌거나 그 봄 제주의 비명에 대해서는 누구도 이야기하지 않았다. 뉴스는 물론이고 케이와 도영조차도 서로 그 이야기를 하지 않아서 정말 없었던 일인 것도 같았다. 가을이 되자 그들은 그 봄에 목격한 사건을 악몽 정도로 생각하게 되었다. 그들이 그 사건을 다 잊었다고 생각했을 즈음, 뉴스가 찾아왔다. 갈빗집에서 유연하게 흔들리는 환풍구를 얼굴과 얼굴 사이에 길게 늘어뜨리고 있을 때였다. 그날은 중요한 축구 경기가 있었다. 대형 스크린에서 스포츠 뉴스 이전의 짧은 사건사고들이 나오고 있었다. 고깃집 안은 붉은 티셔츠를 입은 사람들로 가득했고, 그들 모두가 증인석에 앉은 이들 같았다. 한껏 키워놓은 볼륨으로, 한껏 확대한 화면에서 네 달 전의 살인 사건이 흘러나왔다.

뉴스 이전까지 그들은 자신들이 본 무언가에 대해 편한 쪽으로 생각할 수 있었다. 서로 그 사건에 관한 이야기를 주고받지는 않았지만 암묵적으로 그들은 좋은 결말에 동의했다. 그러나 뉴스 이후 그들은 자신들이 본 일이 어떤 결과를 낳았는지 확인하게 되었다. 여자는 결국 죽었다. 스무 살이었다. 범인은 이른 새벽에 혼자 걷던 여자를 강간했고, 한 차례 칼로 찔렀다. 암매장했던 여자의 시체가 네 달이 지나서 발견된 건 범인의 자백 때문이었다. 죽은 여자는 가족이 없었다. 여자가 실종된 걸 알린 건 여자가 아르바이트하던 가게의 주인뿐이었는데 주인 역시 여자가 제주에 간 줄은 몰랐다고 했다. 인적이 드문 시간대, 인적이 드문 지역이어서 목격자도 없었다고 했다. 뒤늦은 범인의 자수가 아니었다면, 여자의 공백을 누구도 알아채지 못했을 것이다. 범인은 고개를 푹 숙이고 말했다.

"어둡고 아무도 없어서."

처음부터 칼로 찌를 생각은 없었다고 했다. 겁만 주려고 했는데 우발적으로 찌른 것이라고. 계속 후회했다고.

먼저 그 자리를 박차고 나간 건 도영이었다. 도영은 화장실로 뛰어갔고 화장실을 찾기도 전에 대로변의 하수구에 토했다. 조금 전까지 밀어 넣은 음식물들을 두서없이 게워냈다. 자루를 거꾸로 들고 탈탈 털어 절도 물품들을 모두 쏟아버리듯 속을 비웠다.

자리에 남은 케이는 뉴스를 통해 그 오두막을 봤다. 오두막이 주인공은 아니었고 그건 단지 멀찌감치 잡힌 구조물에 불과했지만 케이의 눈엔 그것만 보였다. 그들은 그날 거기에 있었다. 그 사건이 벌어지던 새벽, 그들은 오두막 안에 있었다. 아무도 없었다는 범인의 말은 고의는 아니었겠지만 거짓이었다. 그들은 거기 있었다. 오두막에서 그 사건이 일어난 지점까지의 거리가 얼마였는지는 생각할 때마다 달라졌다. 기억 속에서 점점 멀어지고 있었지만, 화면 속의 오두막은 사건이 벌어진 지점과 그리 멀지 않았다. 어쩌면 죽은 여자는 오두막 문이 반쯤 열리다가 다시 닫힌 것을 봤을지도 모른다. 그 여자와 눈이 마주쳤던 것도 같았다.

　그들이 목격한 지점이 어디까지였는지 떠올려보려 했지만 모호했다. 비명 이후 그들은 오두막 안에서 비명이 들리는 쪽을 쳐다보았다. 도망가려는 여자를 한 남자가 잡고 바닥으로 함께 미끄러졌다. 남자가 여자에게 뭐라고 말을 거는 것 같더니 곧 칼을 꺼내 들었다. 여자를 찌르는 걸 본 것도 같았다. 그러나 뉴스에서 범인이 자백한 내용에 따르면 여자를 찌른 건 다른 장소로 이동해서라고 했다. 처음엔 칼을 들고 있지 않았다고. 오두막 안의 그들은 서둘러 휴대전화를 찾아 들었지만 그건 이미 한참 전에 방전된 상태였다. 여자가 살려달라고 비명을 질렀다. 달빛이 들어오던 좁은 구멍에서 비명이 들려오고 있었다. 남자가 여자를 때리는 듯했다. 도영과 케이는 어둠 속에서 서로의 눈만 쳐다보았다. 케이는 문고

123
윤고은 ·· 오두막

리를 잡았다. 오두막의 미닫이문은 방금 그들이 닫고 들어왔는데도 다시 열리지 않았다. 덜컹덜컹 소리를 낼 뿐 걸쇠에 걸린 듯 열리지 않았다. 고개를 돌려 본 곳에서 어둠 속의 여자는 더 이상 비명을 지르지 않고 멍하니 어딘가를 응시했는데, 그 끝에 막 사랑을 시작한 두 남녀, 그러니까 케이와 도영이 있었다. 저만치 툭 떨어져 있는 작은 오두막에 대해 범인은 신경 쓰지 않았다. 그 오두막이 엄청난 공포로 떨리고 있다는 것을 범인은 인지하지 못했다. 그는 이곳에 누구도 없다는 데 조금도 의심을 품지 않았다. 남자는 말했다. 곧 돌아올 테니 여기 그대로 있어. 어차피 여긴 아무도 없어! 그 말은 그들에게 그렇게 들렸다. 이곳에 누구도 없어야만 해. 누가 있다고 해도 내가 금세 손볼 수 있어. 결과적으로는 누구도 없는 것이 될 거야. 남자는 쓰러진 여자를 두고 어딘가로 사라졌다. 주변은 다시 고요해졌다. 그들은 남자가 사라진 것을 확인하고 오두막 문을 열었다. 문은 짐승의 울음소리를 내긴 했지만, 그들이 원하는 만큼 열렸다. 케이는 도영과 함께 빠른 걸음으로 움직였다. 단지 방향이 생각과 달랐을 뿐이다. 비명이 들리던 그 자리로부터 최대한 멀어지는 쪽이었다. 불 밝힌 전구처럼, 크리스마스 장식처럼 보이던 색색의 꽃들도 그 여자를 등지고 있었다.

　　뉴스 이후로도 그들은 함께했다. 도영은 언젠가 자신이 비행기에서 했던 말, 그곳 위치를 알렸으니 괜찮을 거라고 했던 그 말을 자주 떠올렸다. 그 괜찮음은 결국 그들에게 국한된 것이었다.

신고를 하려고 했다는 사실, 어느 정도 행동을 취했다는 그 사실에 도영은 기대보려고 했다. 그들은 봄에 결혼을 앞두고 있었고, 신혼집과 신혼여행을 결정한 상태였다. 함께 쓸 침대, 함께 쓸 식탁, 함께 쓸 그릇에 대해 고민했다. 두 사람이 신혼집 내부를 개조하기 위해 인테리어 회사에 갔을 때, 그곳의 텔레비전에서 이런 뉴스가 흘러나오고 있었다.

"사건 당일 목격자의 신고 전화가 있었던 것으로 밝혀졌습니다."

그들은 아무것도 상담하거나 결정하지 못하고 허둥지둥 그곳을 벗어났다. 밝혀진 목격자는 그들이 아닌 다른 이였다. 범인이 피해자를 암매장하는 것을 목격한 이가 있었다고 했다. 그들은 그날 이후 알게 됐다. 그들이 함께해야 하는 것 중에 가장 큰 것이 죄책감일지도 모른다는 것. 그들은 헤어졌다. 그리고 이런 식의 재회에 대해서는 상상해본 적이 없었다.

케이가 도영을 다시 봤을 때 그녀는 젖은 땅 위에서 토하고 있었다. 도영과 헤어지기 직전까지 자주 맡았던 냄새. 나중에는 도영을 떠올리기만 해도 그 토사물 냄새가 났다. 케이는 가방 속에 있던 버프를 도영에게 내밀었다. 도영은 힘없이 그것을 받아 구토의 흔적을 입가에서 지웠다. 그리고 말했다.

"어디 가."

어디로 가라는 주문인지, 아니면 어디로 가냐는 질문인지 모호해서 케이는 이렇게 대답했다.

"나 여기 살아. 제주도로 아예 내려왔어."

"난 일 때문에 왔어. 무인 카페를 취재하러 왔는데, 카페 주인이 교통사고가 났대. 오늘은 못 볼 것 같아서 다시 약속을 잡아야해. 내일 오전에 통화하기로 했어."

말을 하면서 도영은 짧게 대답하는 것보다 쉬지 않고 길게 말하는 게 차라리 더 쉽다는 사실을 새삼 깨닫고 있었다. 두 사람은 나란히 걷기 시작했다. 이 길이 다른 갈래와 마주칠 때까지 나란히 걸을 수밖에 없었다. 길 때문만은 아닐 수도 있었다. 카페에서 무작정 걸어 나왔지만 도영이 멀리 가지 못한 건 찢어진 리본, 넘어진 간세, 그리고 엉뚱한 방향을 가리키는 화살표 때문이었다. 도영이 엉망이 된 올레의 이정표들을 보며 말했다.

"여긴 길이 아니야. 누가 장난을 쳤나봐."

케이는 비바람 때문일 거라고 대꾸했다. 비는 살짝 그쳤지만 해는 이미 떨어졌다. 어두운 길을 케이와 나란히 걷는 것이 도영에게는 불편한 일이었지만 어쩔 수 없었다. 해는 완전히 떨어졌는데 카페는 한참 걸어도 나타나지 않았다. 방향을 가늠할 수가 없었다. 도영은 케이도 길을 잃은 것인지 아니면 일부러 돌아가는 것인지 의심스러웠다. 그들은 그냥 발이 닿는 대로 걷고 있는 셈이었다. 언젠가 그랬던 것처럼. 도영은 가방에서 손전등을 꺼냈다. 언제부터인가 손전등을 갖고 다녔던 그녀였다. 손전등 불빛이 그들의 발 앞을 비췄다.

숙소가 어디냐고 묻는 케이에게 도영은 거짓말을 했다.

"근처에 있어."

시내로 가면 비즈니스호텔 같은 거라도 있겠지. 최대한 공항 근처에 있는 숙소였으면 했다.

"카페에 주차했어. 거기 도착하면 태워다줄게, 숙소까지."

"……그래."

"여기 좀 많이 달라졌어. 지금은 중국 사람들로 넘쳐나. 식당마다 중국어를 배우기 위해 난리지."

"섬의 절반을 중국인이 샀단 소문도 들었어."

"그런 소문이 있어?"

"여기 산다면서 나보다 더 모르네."

그들은 그렇게 적당히 지나칠 수 있었다. 그날의 일을 건드리지 않고도 적당히 안부를 주고받으며 그 기억을 통과할 수 있었다. 그러나 밤은 점점 더 깊은 농도의 어둠 속으로 그들을 빨아들이고 있었다. 비 때문에 길은 질척거렸고, 바람은 하늘의 별조차 한쪽으로 쓸어버렸다. 모든 빛이 몰살당한 것 같은 밤, 그 막막함은 오래전 그 기억을 떠올리게 했다. 그들은 저기 어딘가에 쓰러져 있을 여자에게 가까이 다가갈 엄두를 내지 못하고, 너무 많이 맞아서 죽었을지 살았을지도 모르는 그 여자를 뒤로한 채 바다를 향해 걷지 않았던가. 바다는 결국 나타났고, 그 바다 앞에 버스도 멈춰 섰지만 그들이 바다나 버스를 향해 걸었던 건 아니었다. 최대한 그 곳에서 멀리 떨어진 곳으로 가고 싶었던 것이다.

간세 한 마리가 휘청거리며 옆으로 쓰러졌다. 제주의 모든 바람이 이 길 위로 몰려드는 것 같았다. 도영은 걸음마다 돌을 내려놓듯 힘을 실어보려고 했다. 그러지 않으면 다 헝클어질 것만 같았다. 저기 넘어져 있는 간세를 들여다보면 그 제주 조랑말의 몸체에는 목표 지점까지의 거리가 적혀 있을 테지만, 그 목표 지점이 어디일지조차 도영은 의문스러웠다. 아무리 걸어도 결국 그 오두막에서 시작된 기록뿐인 것 같았다. 눈앞의 나무 몇 그루가 마치 물구나무라도 서듯 휘어지던 순간, 그들은 비명을 들었다. 오래전 그 세 차례의 비명에 이은, 네 번째 비명이었다. 비명은 거친 바람을 뚫고 어떤 귀에도 도달할 수 있을 만큼 컸다. 방향을 알 수 없었다. 도영은 망연자실 멈춰 섰다. 더 이상 어느 방향으로도 걸을 수 없었다. 비명이 자신의 입속, 자신의 목구멍에서부터 올라오는 거란 사실을 알고 도영은 주저앉았다.

"괜찮아?"
케이가 물었다. 도영은 고개를 저었다.
"그 여자의 행적을 한동안 찾아봤어. 게스트하우스에 묵었는데 거기다가는 일출을 보러 가겠다고 했대. 어쩌면 우리랑 나란히 앉아서 일출을 봤을지도 몰라. 그 일이 없었다면. 그 여자 이름도 알게 됐어. 미영이란 이름이었어. 그 여자의 사진도 봤는데 낯익더라. 어디에서였는지 내가 마주쳤던 사람 같았어. 처음엔 자꾸 사진을 봐서 그렇게 느껴지는 건가 했는데 아니야. 정말 마주친 적이 있었어. 7코스에서, 바닷가 우체국에서 엽서를 썼거든. 그때 나한테 볼펜을 빌려줬던 여자야. 엽서를 다 쓰고 볼펜을 돌려주려고 했을 때 그 여자는 이미 없었어. 저만치 걸어갔겠지. 나는 나한테 엽서를 보냈는데, 그 엽서는 지금까지도 도착하질 않았어. 다행이지.

"그런 얘긴 그만하자."

"내가 얘기를 하려고 하면 넌 항상 입을 막았어."

도영은 이런 식으로 지난 몇 년간 그들이 피해왔던 그 구멍에 접근하고 있었다. 일상을 갑자기 무너지게 만드는 싱크홀 같은 것. 싱크홀이 두려운 건 그 깊이 때문이 아니라 느닷없음 때문이라는 걸 그들은 이미 알고 있었다. 그들은 발밑의 공포를 느끼면서 다시 오두막 안으로 돌아갔다. 몇 마디 말로도 그들은 금세 그 오두막을 불러올 수 있었다.

"내가 스토커처럼 그 여자의 인생을 뒤지고 다니는 건 그렇게 하지 않으면 견딜 수가 없어서였어."

쏟아지는 도영의 말을 듣고만 있던 케이가 마침내 입을 열었다.

"우린 우리 삶보다 더 큰 악몽을 달고 살아가는 거야."

"그 악몽이 왜 닥쳤지? 왜 하필 나한테? 왜?"

"왜라는 질문은 무의미해. 이미 지나간 일이야."

"왜 무의미해? 넌 그렇게 생각해서 이렇게 아무렇지 않은 거구나. 어떻게 여기서 살 생각을 했지? 우린 도망치듯이 여길 떠났잖아."

도영은 일어서서 케이를 쳐다보았다. 이제 길 따위는 어떻게 되든 상관없었다. 케이는 아무 말도 하지 않았고 밤은 한가운데 멈춰 선 것 같았다. 케이가 말했다.

"그럼 지금 너한테 있어? 볼펜."

케이의 입에서 볼펜이란 말을 듣고서야 도영의 말은 멈췄다. 더 말하고 싶었지만 도영은 끝내 말하지 못했다. 그 볼펜이 어디서 어떻게 끝나버렸는지. 삼십 분 혹은 사십 분. 그 지속적인 공포의 시간 동안 케이는 닫았던 오두막의 미닫이문을 다시 열려고 시도했다. 그러나 문은 열리지 않았다. 그 오두막의 미닫이문이 열리지 않았던 건 문 아래 레일에 이물질이 끼어버렸기 때문이란 걸 케이는 알고 있었을까. 그 이물질이 도영의 주머니 속에 있던 볼펜이었다는 것을. 문이 열리지 않게 막아두느라, 레일에 볼펜을 밀어 넣느라 도영의 손톱 하나가 뿌리째 뽑혔다는 사실도.

왼손 두 번째 손톱은 지금까지도 자라지 않았다. 여자를 버려두고 남자가 잠시 사라진 후에야 오두막의 미닫이 문은 열렸는데,

그때 그 레일 속에서 볼펜은 산산조각 났을 것이다. 보지 않았지만 그랬을 것이다.

도영은 양손을 눈 위에 얹었다. 멈춰야 했다. 바람 소리가 귓가를 맴돌았다. 그 잠깐의 암전이 끝난 후 도영은 자신이 손을 얹어 달래준 눈이 제 것이 아니라 케이의 것이라는 걸 알았다.

케이도 말하지 않은 것이 있었다. 그것은 도영이 먼저 말을 꺼내야만 할 수 있는 말이었다. 사건 이후 그들이 헤어지기 직전까지 도영은 몇 차례 문자메시지를 받았을 것이다. 그 문자에는 바람을 뚫고 그들에게 찾아왔던 그 말, 그 다섯 글자 '살려주세요'가 적혀 있었다. 케이는 그 문자의 출처를 알고 있었는데, 그 문자가 제대로 갔는지 의심스러울 만큼 도영은 내색을 하지 않았다. 발신인은 없고 수신인은 분명한 문자는 몇 차례 그녀에게로 날아가다가 어느 순간 멈췄다. 그들이 헤어지고서 도영의 휴대전화 번호가 바뀌자, 더 이상 그 문자는 날아갈 곳을 잃었다. 케이가 힘들었던 건 이젠 아무리 미칠 것 같은 날이 있어도 누구에게도 이런 말을 할 수 없다는 점 때문일지도 몰랐다. 케이는 속으로 중얼거렸다. 나도 왜 그런 문자를 보냈는지 설명할 수가 없어. 왜 제일 사랑하던 사람에게, 너에게 그런 문자를 보냈는지. 아마 네가 내게 물어봐주기를 기다렸나봐. 그랬다면 이렇게 말하고 싶었어. 정말 그 기억으로부터 좀 살려달라고.

어쩌면 도영은 알고 있었을지도 모른다고 케이는 생각했다. 그들은 공통적으로 많은 생각을 함께하니까. 케이는 오래전부터 볼펜 한 자루가 그 문의 레일 위에 걸려 있었던 걸 알았다. 오두막을 떠날 때 볼펜이 레일 위에서 몇 조각으로 부서지는 소리를 들은 것도, 그만큼 문을 열 수 있었던 것도, 거기서 도영의 손톱 하나를 주운 것도 케이였다.

너도 내가 문자의 발신인이라는 걸 알고 있었니. 케이는 묻고 싶었다. 그러나 끝내 마지막 말은 털어놓지 않았다. 이미 벌어진 것들로도 충분했다. 길은 고문하듯 길고 지루하고 가늠하기 어렵게 이어졌다. 좀 이상한 건 이런 거였다. 도영은 그날의 기억을 건드리면 더 걸을 수 없을 거라고 생각했다. 그러나 길도 그들도 어느 쪽도 먼저 포기를 선언하지는 않아서 길은 계속 이어졌다. 도영과 케이는 서로에게 죄책감을 불러일으키는 상대이기도 했지만, 그 일을 털어놓을 수 있는 유일한 사람이기도 했다.

총총 박혀 있는 것은 밤별이 아니라 가로등이었다. 몇 미터 간격으로 세워진 가로등이 저 앞에서부터 그 뒤로 쭉 이어지고 있었다. 낮 동안 태양열을 흡수했다가 밤에 내뿜는 태양광 가로등이었다. 도영은 한때 케이가 태양열 에너지에 대해 열정적으로 설명했던 걸 떠올렸다. 케이는 제주에 온 이후로 태양열 가로등을 인적 드문 곳에 촘촘히 심는 일을 하고 있다고 했다. 뜻 맞는 사람들이 힘을 모아서 세우고 있다고.

"좀 전에 걸어온 길에도 쭉 심을 생각이야. 이걸 세워두면 밤에도 환할 수 있어. 에너지도 안 들고."

'친환경적이지'라고 덧붙이려다가 케이는 입을 다물었다. '밤에도 환할 수 있어'란 말은 원래 케이의 대사는 아니었다. 그건 도영 때문에 케이가 배워버린 대사였다. 제주에서 까만 어둠 속을 아무렇지 않게 산책하던 여자가 어느 순간 어둠을 질색하게 됐고, 케이는 그걸 알고 있었다. 케이가 제주에 머물 수 있었던 건 인적 드문 곳에 등불을 심겠다는 어떤 방향성 때문이었다. 서울에서 케이는 어느 쪽으로 걸어야 할지 알 수 없었지만 여기서는 달랐다. 케이는 이 가로등이 어둠을 밝히는 것 외에도 다른 일들을 더 할 수 있을 거라고 생각했다. 충전된 햇빛으로 휴대전화 충전이나 위험할 때 위치 신고를 가능하게 하는 방법도 있었다. 무엇보다도 케이에게 그것은 나침반이 되어주었다. 어떤 쪽으로 걸어가야 할지, 결국 그 자리로 돌아와서야 케이는 알 수 있었던 것이다.

도영은 가로등을 쳐다보았다. 거기 모인 햇빛을 한참 쳐다보았다. 주변이 어두워서 더 밝게 보이는 것 같았다. 가로등의 행렬 끝으로 오후에 갔던 무인 카페 건물이 보였다. 도영이 그걸 한참 바라보다 말했다.

"꼭 광각 렌즈로 찍은 것 같네. 저 카페 말이야. 약간 일그러진 거 보여?"

도영이 가리키는 쪽을 케이가 바라보았다. 카페 건물에서 크게 달라진 점을 케이는 느끼지 못했지만, 이렇게 대답했다.

"바람이 많이 불어서 그럴 거야."

도영은 여전히 그 건물을 바라보고 있었다. 땅 위에 직각 형태로 세워져 있던 기둥들이 사선으로 기울어져 있지 않은가. 네모반듯하던 건물이 마름모꼴이 되어 있었다. 그러고 보니 위치도 조금 달라진 것 같았다. 분명히 낮에 이곳으로 올 때는 저 건물이 좀 더 해안 가까이 있었던 것 같은데, 지금은 좀 더 안쪽에 있는 것처럼 보였다. 케이의 눈엔 아무것도 보이지 않았지만 도영이 바라보는 방향으로 계속 걸어가면 풍력발전소가 나온다는 사실을 알고 있었다. 오래전 그들이 고백했던 그 풍력발전소는 아니었고 최근에 새로 생긴 곳이었다. 케이는 도영의 말을 연료 삼아 어떤 장면을 상상했다. 바람이 오래전 그 오두막을 아주 조금씩 밀어내는 장면을, 네모반듯한 오두막이 마름모꼴이 되면서 힘겹게 자리를 이동하면, 오두막이 있던 자리에 햇빛이 가볍게 내려앉는 장면을.

저 너머에 풍력발전기 몇 대가 증인처럼 서 있었다. 바람이 부족하게 느껴질 정도로 발전기는 여러 개였다. 무인 카페의 문은 열려 있었다. 자정이 훌쩍 넘은 시간이었다. 영업 시간은 끝났지만 주인은 아직도 그 접촉사고를 해결하지 못한 모양이었다.

꿈꾸는 소녀

함정임 ..
동아일보 신춘문예에 단편 '광장으로 가는 길'이 뽑혀 등단했고, 이화여대 불문
과와 중앙대 대학원 문예창작학과 박사과정을 마쳤다. 소설집 〈이야기, 떨어지
는 가면〉, 〈밤은 말한다〉, 〈동행〉, 〈당신의 물고기〉, 〈버스, 지나가다〉, 〈네 마음의
푸른 눈〉, 〈곡두〉, 중편소설 〈아주 사소한 중독〉, 장편소설 〈행복〉, 〈춘하추동〉, 〈내
남자의 책〉, 산문집 〈하찮음에 관하여〉, 〈지금 살아 있다는 것은〉, 〈나를 미치게
하는 것들〉, 〈나를 사로잡은 그녀, 그녀들〉, 〈그림에게 나를 맡기다〉, 〈파티의 기
술〉, 예술기행서 〈그리고 나는 베네치아로 갔다〉, 〈인생의 사용〉, 〈소설가의 여행
법〉 등이 있다. 현재 동아대 문예창작학과 교수로 재직 중.

이 골목은 낯이 익어. 바다파출소, 소망의
원, 해바라기미용실, 카페루카, 여주쌀집, 해운대성당. 골목 입구
엔 늙은 소나무가 서 있어. 소나무는 구부정하게 굽은 등으로 나
를 업어주던 할머니를 닮았어. 소나무를 지나면 바닷가 이차선 도
로야. 선셋모텔, 퀸스모텔, 글로리아호텔, 씨클라우드호텔, 그리
고 황금호밀빵집. 나는 빵집 앞을 그냥 지나가지 못해. 빵집은 만
구灣口의 두 길 사이에 끼어 있어. 빵집 왼쪽 길은 만灣을 에도는
완만한 곡선이야. 바다로 들고나는 물은 동백나무숲을 감싸고 흘
러. 추락 방지용 담이 만을 따라 길과 나란히 둘러쳐져 있어. 사람
들은 그 위에 올라가 낚시를 해. 빨간 자전거가 황금호밀빵집 앞
에 놓여 있어. 나는 빨간 자전거를 타고 달려. 자전거 위에서 나는
새처럼 날아. 지나가는 낯모르는 사람들에게 콧노래를 부르듯, 안

녕하세요, 인사를 해. 해변의 가로등이 켜지고 검은 고양이가 어두운 공원의 벤치 밑으로 기어드는 밤이 다가와. 해변의 모래알, 파도의 포말. 사람들은 둘씩 셋씩 모래알을 밟고 지나가. 한 남자가 나를 향해 걸어와. 나를 보고 웃어. 다정하게 웃어. 남자는 스쳐 지나가려는 나를 멈춰 세우고 등 뒤에 숨겼던 장미꽃 한 송이를 건네. 나는 남자를 보고 웃어. 다정하게 웃어. 남자는 빨간 자전거를 타고 달려. 나는 한 손엔 장미꽃을 들고, 다른 한 손은 떨어지지 않으려고 남자의 허리를 움켜잡아. 모래 알갱이가 바람에 실려와 뺨에 달라붙어. 파도가 하얀 포말을 거두며 밀려가. 남자가 페달을 밟을수록 헐렁한 흰 셔츠 자락이 바람에 날려. 남자는 단단한 등과 가슴뼈를 가졌어. 나는 남자의 등에 뺨을 대고 눈을 감아.

·

처음엔 도둑고양이인가 했다. G는 자정 무렵 카페 문을 닫다가 길 건너 바다파출소에서 움직이는 물체를 보았다. 그곳은 해안 지구대 소속 무인 파출소로 밤새 불이 켜져 있었다. G의 시선을 사로잡은 것은 고양이가 아니라 맨발의 소녀였다. 그 사실을 알기까지 일주일이 걸렸다. G는 매일 밤 같은 시간 카페 불을 끄고 어두운 창가에서 바다파출소 앞을 어른거리는 움직임을 주시했다.

한 소녀가 바다파출소와 소망의원 사이 샛길로 사라졌다. G는 카메라 플래시를 끄고 움직이는 검은 피사체를 찍었다. G가 운영하는 카페루카는 초고층 빌딩들이 우후죽순 줄지어 선 해운대 해변의 뒷골목에 섬처럼 위치했다. 원래 카페는 쌀집 터였다. 인근에 대형 할인마트가 들어서자 시나브로 손님이 끊겨 결국 문을 닫았고, 후미진 골목이라 세가 나가지 않아 몇 해째 방치된 채 거미와 생쥐와 도둑고양이들의 소굴로 변해 흉흉한 모습이었다. 그런데 카페가 문을 열자 어둡고 황폐했던 골목은 막 떠오른 새벽별처럼 신선한 빛을 내며 새롭게 탄생했다. 동네 사람들은 휘둥그레진 눈으로 카페 앞을 서성이고, 행인들은 소소한 불빛에 이끌려 자기도 모르게 골목으로 발길을 옮기곤 했다. 바다파출소는 그가 남미에서 돌아와 카페 문을 열었을 때에는 두 명의 경찰관이 교대로 근무했었다. 그러나 정권이 바뀌면서 순찰지구대 소속 무인 파출소로 전환되어 야간에는 출입문에 작은 자물쇠가 채워졌다. 가끔 G는 카페 문을 닫고 새벽 서너 시까지 카페 안 암실에서 사진을 정리하고 글을 썼다. 한두 시쯤 긴급하게 바다파출소와 소망의원의 유리문을 두드리는 소리가 들리곤 했다. 물에 젖은 채 축 늘어진 여자를 등에 업은 사내가 소망의원 문을 흔들고 있기도 했고, 산발한 머리에 찢어진 블라우스를 걸친 여자가 쫓기듯 겁에 질려 바다파출소 문을 탕탕 두드리고 있기도 했다. 남자와 다투다가 심하게 맞았거나, 소매치기에게 가방을 털렸거나, 바다에 뛰어든 젊은

여자를 등에 업고 있거나, 무인 파출소와 소망의원을 절박하게 두
드리는 이들은 대개 맨발이었다. G는 불이 훤하게 켜진 무인 방범
파출소에 홀려 불나방처럼 달려오는 그들을 카페 안 어두운 창가
에서 조용히 바라보았다. 이곳 해운대에서는 드물게 일어나는 일
이었지만, 그가 머물던 페루의 바닷가에서는 낯설지 않은 풍경이
었다.

•

이 건물 입구는 낯이 익어. 저녁 식사가 끝난 여덟 시에서 아
홉 시 사이. 해변로 뒷골목 소문난복국집 앞. 검정색 정장 차림의
남자들을 태운 윤기 나는 검정색 자동차 몇 대가 10층 건물의 1층
주차장으로 줄지어 들어와. 검정색 정장 차림의 남자들은 윤기 나
는 검은 자동차에서 내려 건물 측면에 나 있는 엘리베이터를 타고
사라져. 엘리베이터의 숫자는 18을 향해 한 층 한 층 올라가. 바
다를 향하고 있는 건물의 18층 외벽 유리창에는 '이야기'라고 씌어
있어. 가끔 나는 검정색 정장 차림의 남자들이 타고 온 윤기 나는
검정색 자동차에 실려 그들처럼 엘리베이터를 타고 18층으로 올라
가. 엘리베이터에서 내리면 요술 세상에 들어간 것처럼 향기로운
방들이 기다리고 있어. 린 언니는 언제나 파라오의 방을 여왕처
럼 당당히 지키고 있어. 린 언니는 다양한 눈빛을 가졌어. 어느 때

는 태양빛처럼 뜨겁고, 어느 때는 달빛처럼 은은해. 나는 새벽녘 린 언니가 파라오의 방에서 나와 엘리베이터를 타고 내려갈 때, 초승달 모양으로 휜 눈동자가 샐쭉해지는 슬픈 눈을 좋아해. 린 언니는 그 눈으로 나를 애잔하게 바라보며 내 이름을 물어. 네 이름이 뭐니? 어제도 그제도, 그 어제도 린 언니는 나에게 똑같이 물었어. 나는 이름을 말해주지 않아. 내가 이름을 말해주지 않아도 린 언니는 화를 내지 않아. 나는 누구에게도 이름을 말하지 않아. 사람들은 부르고 싶은 대로 나를 불러. 린 언니는 왕과 여왕들의 방의 주인이고, 나는 꽃과 열매의 방을 지켜. 눈이 예쁜 린 언니와 가슴이 큰 마돈나 언니, 콧대가 높은 유리 언니, 다리가 긴 루비 언니는 바다로 면한 창가에 앉아 사랑스러운 표정으로 이야기를 나눠. 나는 린 언니 옆에 앉아서 그들의 입에서 흘러나오는 감미로운 목소리를 귀담아들어. 언니들의 이야기를 잘 알아들을 수 없지만, 콧소리를 내며 귓속에 속삭이는 듯 사랑스러워. 내가 아름다운 언니들 옆에서 바다를 바라볼 수 있는 것은 린 언니 덕분이야. 린 언니는 가끔 나도 나를 몰라볼 만큼 예쁘게 화장을 시켜 '이야기'로 데리고 가. 그리고 그날의 내 이름을 의미하는 꽃을 줘. 검정색 정장 차림의 남자가 장미, 하고 부르면 나는 린 언니가 준 장미꽃을 가슴에 꽂고 장미 향기가 나는 장미의 방으로 들어가.

G는 담배 한 대를 피운 뒤, 따뜻한 코코아를 한 잔 만들어 떨고 있는 소녀에게 건넸다. 의자를 내밀어도 소녀는 지레 겁을 먹고 창가 구석에 쭈그리고 앉았다. 창밖 가로등에서 흘러 들어오는 불빛이 소녀의 오른쪽 뺨을 비추었다. 바람과 함께 거세게 쏟아지던 빗줄기가 어느새 멎어 있었다. 소녀는 G가 주말마다 특강을 나가는 L여고 사진반 학생들과 비슷한 또래로 보였다. 그러나 어깨 아래로 내려온 긴 생머리와 까무잡잡한 피부, 새처럼 작고 단단한 상체에 비해 학처럼 긴 다리, 쫓기듯 겁먹은 검은 눈동자는 이질적인 느낌을 던져주었다. G는 소녀의 맨발과 불안정하게 흔들리는 눈빛을 주목했다. 마음을 안정시켜줄 겸 말을 붙여야 할 것 같았다. 이름이 뭐지? 어디에서 왔니? 모두가 잠든 깊은 밤에 왜 거리를 헤매고 다니고 있지? G는 머릿속에서 맴도는 질문을 입 밖에 내지 않고 소녀를 그대로 둔 채 암실로 들어갔다. 소녀에게는 혼자 있는 시간이 필요할지도 몰랐다. 분홍색 원피스를 입은 네댓 살짜리 앙증맞은 여자애가 분홍색 우산을 받치고 비에 젖은 아스팔트 도로 위를 힘차게 내달리는 것을 연속 컷으로 찍은 장면이 암실 컴퓨터 화면에 떠 있었다. 소녀를 카페에 들이기 전까지 G는 L여고 사진반 학생들이 해운대 백사장에서 찍은 사진들을 하나하나 열어보며 정리하고 있었다. 테라스에서 쿵 하고 부딪치는 소리

에 나가 보니 한 소녀가 G의 자전거와 함께 넘어졌다가 일어서려 하고 있었다. 어두운 유리문 안에서 자신을 내다보고 있는 G와 눈이 마주치자 소녀는 자전거를 내던지고 바다파출소 쪽으로 달려갔다. 오후에 자전거를 타고 동백섬 앞 단골 빵집에 다녀온 뒤 깜박 잊고 자물쇠를 채워놓지 않은 모양이었다. G는 쓰러진 자전거를 일으켜 세워놓고 소녀가 사라진 쪽으로 걸어갔다. 비 그친 새벽 공기가 촉촉하게 코끝에 닿았다.

•

구불거리는 긴 머리의 이 남자는 낯이 익어. 마른 체구에 헐렁한 흰 셔츠를 입고 카페 테라스에 나와 담배를 피우곤 했어. 살 없는 얼굴은 구릿빛, 분명 단단한 가슴뼈를 가진 남자임에 틀림없어. 담배 연기를 뿜어낼 때는 해운대성당의 높이 치솟은 흰 탑을 향해 고개를 들어 올리곤 했어. 단단한 구릿빛 살갗, 분명 나처럼 가슴에 먼 곳을 그리워하고 있는 게 틀림없어. 린 언니가 당분간 일본에 갔다 올 테니 마돈나 언니네 가서 머물라고 했을 때 나는 마돈나 언니네로 가지 않고 무거운 가방을 들고 바닷가를 무작정 걸었어. 파도가 밀려오고 밀려가고. 나는 파도를 따라 바닷가 모래밭을 하염없이 걸었어. 린 언니는 마지막으로 내 이름을 묻고는, 손에 만 원짜리 지폐 열 장을 쥐어주었어. 당분간 갔다가 돌아올 거라고 했지만, 나는 린 언니의 말을 믿지 않았어. 내 이름은 호 아. 나는 돌아서려는 린 언니에게 입술을 동그랗게 말아서 이름을 말해주었어. 입술만 움직일 뿐 소리가 새어나가지 않아서 린 언니 는 내 이름을 들을 수 없었어. 내 이름은 호아. 나는 거푸 말했어. 그래도 내 이름을 알아듣지 못한 린 언니는 이름 같은 것은 몰라 도 괜찮다고 내 손을 꼭 잡아준 뒤 검정색 정장을 한 남자의 윤기 나는 검정색 차에 탔어. 차 문이 닫힐 때 가슴이 철렁했지만 나는 울지 않았어. 할머니와 헤어져 고향을 떠나올 때 울지 않기로 약 속한 것을 나는 한 번도 어긴 적이 없었어. 남편은 아버지와 나이 가 같은 남자였어. 술을 먹고 들어오면 그는 이유 없이 나를 때렸 어. 그가 시내에 나갔다가 오토바이 사고로 죽었을 때, 나는 눈물 한 방울 흘리지 않았어. 그의 어머니는 울지 않는 나를 마구 때렸 어. 매를 맞고 맨몸으로 쫓겨나 몇 날 며칠 산을 넘고 강을 건너 이 바닷가까지 걸어왔어. 파란 바닷물을 가까이에서 본 적이 없 던 나는 거대한 물결에 넋이 나갔어. 꽉 막혔던 가슴이 뚫리는 듯 했어. 내가 본 고향의 강은 황토색 강물이 흘렀어. 나는 광막한 바 다를 바라보며 처음으로 눈물을 흘렸어. 태양이 무엇이든 녹일 듯 이 머리 위에서 이글거렸어. 서너 명의 젊은 남녀가 맨발로 모래밭 에서 공을 가지고 놀고 있었어. 그들은 태양을 등지고 아이들처럼 즐겁게 소리 지르며 이리 뛰고 저리 뛰었어. 머리 위에서 삼킬 듯 이 번쩍이는 태양빛에 따라 그들의 등 뒤로 그림자가 선명하게 따라붙었어. 나는 그림자들을 열심히 좇았어. 여기는 어디일까. 그 생각과 함께 앞이 캄캄해졌어. 눈앞에 어른거리는 그림자를 느끼고 눈을 떠보니 젊은 여자가 나를 가만히 들여다보고 있었어. 눈이 예쁜 여자였어. 따가운 태양빛을 그녀는 등으로 막으며 나에게 시원한 그늘을 만들어주었어. 여자는 내 입술을 손가락으로 살짝 만져보고는 공놀이하는 친구들에게 물을 가져오라고 소리쳤어. 입술이 마른 논바닥처럼 갈라져 있었어. 가슴이 큰 여자가 물병을 던져주고 갔어. 여자는 내 입술에 물을 축이고 입을 벌리게 한 다음 조심스럽게 물을 흘려 넣어주고는 집이 어디냐고 물었어. 나는 고개를 흔들었어. 여자는 이름이 뭐냐고 물었어. 나는 입을 꾹 다물고 열지 않았어. 공놀이가 끝났는지 친구들이 여자를 불렀어. 여자는 내 얼굴과 옷차림, 그리고 내가 끌어안고 있는 육중한 가방을 바라보고는 생각 끝에 '어디 갈 데가 없니?' 하고 물었어. 나는 그녀를 바라보던 시선을 돌려 바다를 바라보았어. 파도가 밀려오고 밀려갔어. 여자는 자리에서 일어서면서 함께 공놀이하던 친구를 불렀어. 달려온 남자는 눈동자가 초록빛이었어. 나는 신기해서 남자의 눈에서 눈을 뗄 수가 없었어. 여자가 알아들을 수 없는 언어로 남자와 몇 마디 하자 남자가 고개를 *끄덕*이고는 나에게 가방을 가리키며 손을 내밀었어. 나는 고개를 저었어. 남자가 다정하게 미소를 지으며 여자와 나를 번갈아 보았어. 여자가 나에게 가방을 가리키며 손을 내밀었어. 나는 순순히 여자의 뜻에 따

랐어. 남자가 기다렸다는 듯이 나를 번쩍 안아 올렸어. 남자의 가
슴에 소복히 난 잔털이 내 뺨을 간지럽혔어. 여자의 집은 바다에
서 멀지 않았어. 횡단보도를 건너고 고가도로를 지나자 여자가 사
는 오피스텔이 나왔어. 여자는 현관에서 내 몸의 모래를 털어낸
뒤 소파에 눕히고는 남자와 함께 욕실로 들어가 샤워를 했어. 샤
워 소리는 고향에서 듣던 빗소리를 생각나게 했어. 어릴 적 빗소리
를 들으며 낮잠을 자곤 했어. 빗소리에 간간이 여자의 신음 소리
가 들렸어. 나는 귀를 틀어막았어. 사타구니께가 찌릿찌릿 저며왔
어. 남편은 새벽녘이면 투박한 손아귀로 내 입을 틀어막고는 쇠창
살처럼 뾰족한 물건으로 사타구니를 찔러댔어. 짓누르는 힘을 못
이기고 내 입에서는 원치 않는 신음 소리가 새어나왔어. 빗소리는
오래가지 않았어. 나는 눈을 감았어. 욕실에서 나온 여자는 향기
로운 비누 냄새를 풍기며 나에게 다가와 입술에 다시 손을 대보았
어. 입술이 시든 장미꽃잎처럼 메말라 있었어. 여자는 남자와 알
아들을 수 없는 언어로 몇 마디 나누고는 밖으로 나갔어. 눈을 뜨
고 여자의 방을 천천히 둘러보았어. 중간 벽에 의해 부엌과 침실
이 나누어져 있었어. 내가 누워 있는 소파는 부엌 벽에 붙어 있었
어. 목이 말라 소파에서 몸을 일으켰어. 탁자에 오렌지 주스와 빵
이 놓여 있었어. 식욕이 없었는데, 갑자기 허기가 느껴졌어. 허겁
지겁 단숨에 다 먹었어. 여자의 침실은 자주색 꽃무늬가 새겨진
두꺼운 커튼으로 창문을 가려놓은 탓에 어두웠어. 신기한 모양의

향수병들이 즐비하게 놓여 있는 화장대와 보라색 넓은 침대가 눈에 들어왔어. 벽 한쪽에는 두 줄로 옷을 걸어둔 행어가 설치되어 있었어. 난생처음 보는 멋진 옷들이 빼곡하게 걸려 있었어. 초록색 원피스에 손이 갔어. 원피스를 몸에 대고 거울을 보았어. 복도에서 발소리가 들리는 것 같아 얼른 제자리에 꽂고 소파로 돌아갔어. 여자는 밤이 늦도록 돌아오지 않았어. 다음 날 이른 아침 여자는 친구와 함께 들어왔어. 해수욕장에서 나에게 물을 가져다주었던 가슴이 큰 여자였어. 가슴이 큰 여자의 이름은 마돈나, 마돈나는 눈이 예쁜 여자를 린이라고 불렀어. 린.

·

소녀의 목소리는 한 번도 입 밖으로 새어나오지 않았다. 소녀에게 암실의 간이침대를 내주고 G는 카페 소파에서 눈을 붙였다. 얼핏 보기에도 소녀는 영양실조 상태였다. 제때 끼니를 해결하지 못하고, 제때 잠을 자지 못한 기색이 역력했다. 새벽에 바다파출소 쪽으로 뛰어간 소녀를 따라갔지만, 자전거를 훔치려던 소녀를 잡기 위해서가 아니었다. 일주일 전부터 심야에 바다파출소 앞을 어른거리던 물체는 고양이가 아니고 소녀였다. 소녀는 바다파출소와 소망의원 사이에 난 샛길을 통과해 신축 오피스텔 옆에 방치되어 있는 대나무 군락 속으로 사라졌다. 그곳은 죽순 재배지로 울타리를 쳐 사람들의 출입을 금지하고 있었다. 소녀는 야생동물처럼 숨는 데 민첩했다. G는 담배를 한 대 꺼내 피면서 소녀를 기다렸다. 하루 종일 내린 비로 대숲은 검게 젖어 있었다. G는 담뱃불을 발로 비벼 끄면서 소녀에게 밖에서 기다리고 있다고 말했다. 소녀는 아무런 반응이 없었다. 정적만이 어둠의 공동空洞을 감싸고 돌 뿐이었다. G는 자전거 도둑으로 소녀를 위협할 생각은 눈곱만큼도 없었다. 그가 머물던 페루에서는 자전거나 시계, 가방을 훔쳐가는 일이 다반사였다. 목숨만 앗아가지 않으면 되었다. G가 페루에 가게 된 것은 생일날 퇴근하다가 집 앞에서 강도에게 총에 맞아 죽은 형의 장례를 치르기 위해서였다. 떠날 때는 열흘 예정으로 회사에 휴가를 냈는데, G는 삼 년 동안 페루에 발이 묶여 있었다. 페루는 세계에서 총기 휴대가 자유로운 몇 안 되는 위험한 나라였다. 일 년이면 몇 건씩 한국인 사업가를 표적으로 한 강도 살인 사건이 터졌다. 한국인이 페루와 같은 남미에서 성공하려면 현지인의 인심을 사야 했고, 은행보다는 지능적인 현금 관리가 중요했다. 주변 사람들의 말에 의하면 형은 페루 사람들에게 인색한 한국인으로 찍혀 있었다. 다섯 형제의 막내인 G와는 달리 맏아들인 형은 가난을 밥으로 먹고살았다. G가 성장할 무렵에는 누이들의 헌신으로 가세가 많이 펴졌다. G는 형과 누이들의 그늘 아래서 비교적 어려움을 모르고 자랐다. G가 어느 날 벼락처럼 떨어진 형의 비보를 접하고 모든 것을 접고 페루로 떠난 것은 늘 형에게 마음의 부채를 느끼고 있었기 때문이었다. 형을 고이 보내줌으로써 조금이라도 보답하고 싶었다. 형이 벌여놓은 회사는 육 개월 만에 수습되었고, G는 언제든 홀가분하게 한국으로 돌아갈 수 있었다. 그러나 일 년 열두 달 동안 비다운 비가 내리지 않는 남태평양의 파도치는 바닷가에 서서 G는 자신을 그 먼 곳까지 이끈 것은 형도 형이려니와 다른 무엇이 있음을 깨달았다. G는 사지死地에 뛰어들어 고군분투한 것처럼 심신이 지쳐 있었다. 심기일전으로 G는 마추픽추 트레킹에 도전했다. 잉카인들의 길을 따라 진행된 3박 4일의 잉카 트레일은 복잡하게 얽혀 있던 세속적인 고뇌를 밀어내고 오직 자기 자신의 육체와 정신에 집중하게 만들었다. 날카로운 부리로 쪼아갈 듯 맹렬하게 빛을 뿜어내는 태양과, 머리를 망치로 때리는 듯하고 가슴팍이 쇠사슬에 조여드는 듯한 고산증에 시달리며, 고도 삼천 미터에 육박하는 산길을 며칠 동안 걷고 또 걸었다. 일행은 오대양 육대주에서 모여든 다양한 여행자들로 구성되어 있었다. G는 일행 중에 독일에서 온 토마스라는 사진작가의 뒤를 주로 따랐다. 토마스가 사진 찍는 모습을 지켜보는 것이 흥미로웠다. 트레킹 마지막 날, 잉카의 공중 도시 마추픽추에 올랐다. 맨 꼭대기 망대에서 거대한 콘도르 형상의 마추픽추를 내려다보았다. 마추픽추는 늙은 산, 건너편 우뚝 솟은 와이나픽추는 젊은 산. 둘은 우르밤바 강을 사이에 두고 가파르게 마주 보고 있었다. 계단식 농경지와 주거지, 태양의 후예 잉카인들의 소망을

149
함정임 ·· 꿈꾸는 소녀

표현한 태양 신전과 태양을 묶는 기둥, 콘도르 신전과 그 아래 감옥 등을 눈으로 짚어보았다. 태양 신전 쪽의 처녀들 묘지의 위치를 가늠해보고, 중앙의 잉카 광장에 서 있는 한 그루 나무에 시선이 모아졌다. 그때 토마스가 "저 나무는 뭘까요?"라고 G에게 물었다. G 역시 그것이 궁금하던 차였다. G는 "글쎄요, 가보지 않고는 알 수 없겠네요"라고 대답했다. 그러자 토마스가 "그럼, 다니다 어긋나더라도 거기에서 만나지요" 하고 응대했다. 광장에 홀로 서서 흘러가는 시간과 태양의 막강한 광력光力을 묵묵히 견디고 있는 나무는 가시나무였다. G와 토마스는 가시나무 아래 풀밭에 누워 창공을 올려다보았다. 아주 오래 사귄 친구처럼 토마스가 옆에 있으니 든든했다. 토마스는 마추픽추에 오기 전에 지상화地上畵 유적지 나스카 라인과 세상에서 가장 높은 하늘 호수 티티카카를 여행하며 페루의 사막과 고지대, 정글을 사진에 담아 왔다. G가 서울의 몇몇 잡지에 남미 사진과 글을 제공하며 프리랜서 포토그래퍼로 활동하고 있는 것처럼 토마스는 베를린에서 사진연구소를 운영하며 미국과 프랑스의 사진 매체들에 사진을 송고하고 있었다. 베를린으로 돌아가는 길에 토마스는 리마로 G를 찾아왔다. 토마스는 G의 작업실에서 그의 사진이 실린 잡지들을 둘러본 뒤, "한국에는 언제 돌아갈 거죠?" 하고 물었다. G는 선뜻 대답을 하지 않은 채 담배 한 개비를 꺼내 물고는 담배 맛을 천천히 음미한 뒤, "한 삼사 년 후에"라고 대답했다.

이 작고 어두운 방은 익숙해. 남편의 어머니는 낮잠을 자는 나를 눈 뜨고 못 보았어. 말도 못하는 년이 게을러터져서 늙은이는 새빠지게 일하는데 시퍼렇게 젊은 것이 방구석에 누워 디비져 잠만 잔다고 머리채를 잡아 일으켜 세우고는 마당으로 끌고 내려갔어. 그리고 부엌 옆 고구마 창고에 나를 처넣었어. 고향에서는 어릴 적부터 점심을 먹고 나서 낮잠을 잤어. 남편의 어머니가 심하게 타박을 하니까 몰래 낮잠을 잘 수 있는 장소를 찾았어. 뒤란 장독대에서 잠을 잤고, 고구마 창고에서 잠을 잤고, 심지어 남편이 소를 끌고 나간 사이 외양간에서 잠을 잤어. 한번은 장롱 속에 들어가 잠을 자다가 남편의 어머니가 친구들과 화투판을 벌이는 바람에 저녁때까지 밖으로 나오지 못했어. 남편은 나를 부르며 집안 곳곳을 뒤졌고, 나는 나갈 수 없었어. 그날 저녁 남편은 해가 지도록 여자가 바깥으로 나돌아 다닌다고 느닷없이 내 뺨을 갈겼어. 번갯불이 떨어진 듯 뜨거웠어. 그날 밤 나는 뺨이 벌겋게 부어올라 동네 회관에서 하는 한국어 수업에 결석했어. 남편은 한 발짝이라도 대문 밖으로 나가면 다리몽둥이를 분질러놓겠다고 엄포를 놓았어. 나는 한국어 공부를 하러 가고 싶었지만 남편이 무서워서 찍소리도 못 하고 방에 엎드려 받아쓰기 노트에 한 자 한 자 한글을 썼어. 어머니, 아버지, 할머니, 할아버지, 사랑합니다. 나는

말을 못할 뿐이지 고향에서 알아주는 학생이었어. 자전거 경주에
나가 챔피언이 되었고, 글씨도 반듯하게 잘 썼고, 수학도 제일 잘
풀었어. 선생님들이 모두 나를 사랑해주었어. 할머니는 한국을 사
랑했어. 할아버지의 나라 한국을 평생 가슴에 품고 살았어. 할아
버지가 한국으로 돌아간 뒤 다시는 만나지 못했지만, 텔레비전에
서 한국 이야기만 나오면 마치 할아버지를 만나기라도 할 것처럼
두 눈을 반짝였어. 어머니 아버지가 돌림병으로 돌아가시자 할머
니는 나와 동생들을 돌보았어. 할머니에게 한국은 꿈속에서 그리
는 나라, 세상에서 가장 아름다운 나라였어. 할머니는 밤이면 자
장가로 한국 노래를 들려주었어. *나의 살던 고향은 꽃 피는 산골.*
호아, 네 피 속에는 한국인의 피가 흐르고 있단다. *복숭아꽃 살구
꽃 아기진달래.* 호아, 네 피 속에는 한국인의 피가 흐르고 있어.
울긋불긋 꽃대궐 차리인 동네. 나는 꿈을 꾸었어. 언젠가는 내 할
아버지의 나라로 꼭 가고야 말겠다고.

·

소녀는 도무지 암실에서 나오지 않으려고 했다. G는 암실로
바나나우유와 빵을 넣어주었다. 며칠 동안 G는 L여고 학생이 선물
로 가져온 케렌 앤의 'Not going anywhere'를 틀었다. 쓸쓸한 듯
멜랑콜리한 음성과 기타 사운드가 마음을 편안하게 해주었다. *떠*

도는 이들이 날 스쳐갈 때 난 그들에게 작별 인사를 하지 않으려고 하죠. 대부분의 학생들이 카페 안의 대상들에 관심을 갖고 사진을 찍었는데, 음악을 가져온 유난미라는 2학년 학생은 카페 밖 골목 풍경을 집중적으로 찍었다. 분홍 우산을 들고 비 그친 아스팔트 위를 내달리는 네댓 살짜리 앙증맞은 여자애를 찍은 난미의 연속 사진은 수준급이었다. G는 이전처럼 메이저 잡지에 소속되지 않아 마감에 쫓기지 않았고, 이곳에 아무런 연고가 없어 단조로운 면도 없지 않았지만, 카페 생활에 그럭저럭 만족했다. *파도가 밀려왔다 밀려가도 난 어디에도 가지 않아.* 페루에서 삼 년, 무엇이 그를 거기에 붙잡아놓았던가. 형이 남긴 사업을 정리하는 데는 많은 시간이 걸리지 않았다. 처음 리마에 머무는 동안 억울하게 죽은 형에 대한 비통과 살인자에 대한 분노가 누그러지지 않아 괴로웠다. 현실로 돌아가기 위해서는 빨리 그곳을 떠나야 했다. 그러나 G는 떠나기는커녕 남태평양의 파도치는 해안가 절벽 위에 거처 겸 스튜디오를 마련하고 삼 년을 버티었다. 마치 주술에 걸린 물결처럼 해안을 떠나지 못하고 막막한 바다를 바라볼 뿐이었다. 형의 죽음은 마감에 쫓기는 서울에서의 전쟁과 같은 그의 숨 가쁜 삶을 돌아보게 했다. 한국으로 돌아오려고 결심했을 때 서울이 아닌 남쪽 바닷가, 예전에 몇 차례 취재차 내려갔던 부산을 떠올렸다. 몇 년 사이 초고층 빌딩들이 해운대의 해안선을 따라 거침없이 들어서고 있지만, 부산은 그의 카페가 있는 해운대 뒷골목처럼 이면이 많은 도시였다. G는 이면의 빛나는 어둠을 사진으로 기록하고 있는 셈이었다. *사람들은 어디론가 가고 오고 또 떠나지만 난 아무 데도 가지 않아.* 오후 한두 시쯤 손님이 뜸한 시간에 G는 케렌 앤의 노래를 틀었다. G는 삼 년 정도 머물 생각으로 카페를 열었으나, 정착한 지 사 년째 접어들고 있었다. 특별히 다른 곳, 그러니까 서울로 떠나고 싶은 마음이 없었다. G는 담배 한 개비를 꺼내 입에 물면서 건너편 바다파출소를 바라보았다. 경찰차가 세워져 있었다. 오전과 오후 두 차례 경찰은 파출소에 들렀다. G는 판단이 서지 않았다. 낯선 소녀를 어떻게 해야 할지, 소녀에게 무엇이 필요한지 그로서는 알 수가 없었다. 자정 너머 G는 소녀를 암실에 남겨놓고 문을 열어놓은 채 불을 끄고 카페를 나섰다. 나흘째, L여고로 특강을 가는 날이라 컴퓨터에 정리해둔 것을 프린트해 가려고 이른 아침 카페에 나오니 케렌 앤의 노래가 고요하게 흐르고 있었다. 소녀가 틀어놓은 게 틀림없었다. 그렇지 않아도 암실에 처박혀 일체 반응을 보이지 않는 소녀가 점점 더 부담스러웠는데, 좋은 징조였다. G는 소녀의 이야기를 들어보고, 소녀의 뜻에 따라 어디든지 보내주고 싶었다. 따뜻한 코코아를 한 잔 만들어 암실로 들어갔다. 그런데 소녀가 보이지 않았다. 화장실에 간 것 같아 잠시 기다리다 가보았지만 불이 꺼진 채 아무도 없었다. 암실로 돌아와 소녀가 웅크리고 있던 자리를 돌아보았다. 소녀가 끌어안고 있던 노란 가방도 눈에 띄지 않았다. 컴퓨터 책상 위에는 그가 작업하던 사진들과 메모들이 그대로 널려 있었다. 학생들이 찍은 해변 풍경들이었다. 사진들 위에 서툰 한글체로 쓴 메모가 놓여 있었다. '내 이름은 호아. 고맙습니다.' G는 공들여 쌓아놓은 모래성을 거대한 파도가 쓸고 지나간 듯 낭패스러웠다. 너무 방심했다는 후회가 일었다. 담배를 한 대 꺼내 입에 물었다. 소녀가 쓴 메모를 내려다보다가, 메모지 밑에 얼키설키 놓여 있는 사진들에 시선이 옮겨갔다. 주로 해수욕장의 모래사장에서 바다를 바라보는 사람들이 찍혀 있었다. 혼자, 또는 둘이, 또는 서너 명이 걸어가고, 서 있고, 걸어오는 사람들. 해수욕장의 분위기와 실루엣을 전하는 비슷비슷한 장면들을 훑어보다가 G는 메모지 아래에 있는 사진 하나에 시선을 고정시켰다. 사진에는 한 남자가 한 소녀를 자전거에 태우고 해변을 달리는 순간이 포착되어 있었다. 자전거의 속도에 실려 움직이는 피사체로 인하여 흐릿하게 흔들린 블러 상태였지만, G는 남자의 허리를 꽉 잡은 채 뺨을 그의 등에 대고 눈을 살포시 감고 있는 소녀를 알아보았다. G는 담뱃불을 급히 비벼 끄고 밖으로 나갔다. 테라스에 놓여 있던 자전거가 보이지 않았다. G는 바다파출소를 지나, 소망의원을 지나, 해바라기미용실을 지나, 여주쌀집을 지나, 해운대성당을 지나, 골목 입구에 서 있는 늙은 소나무를 지나 바닷가로 걸어갔다. 이차선 도로에서 횡단보도를 건너려고 멈춰 서 있는데, 자전거를 타고 탁 트인 해변로를 달리는 소녀가 눈에 들어왔다. G가 길을 건넜을 때 소녀는 한

점 점처럼 작아져 미포 쪽으로 사라졌다. 소녀가 자전거를 타고
달려간 바닷가 달맞이언덕 위로 태양이 떠오르고 있었다.

여수 친구

한창훈 ..

1963년 전남 여수 거문도에서 태어나 한남대학교 지역개발과를 졸업했다. 1992년 대전일보 신춘문예에 단편 '닻'으로 등단했으며, 1996년 첫 소설집 〈바다가 아름다운 이유〉를 출간했다. 이후 소설집 〈가던 새 본다〉, 〈세상의 끝으로 간 사람〉, 〈청춘가를 불러요〉, 〈나는 여기가 좋다〉, 〈그 남자의 연애사〉를 비롯해 장편 〈홍합〉, 〈섬, 나는 세상 끝을 산다〉, 〈열 여섯의 섬〉, 〈꽃의 나라〉, 산문집 〈한창훈의 향연〉, 〈인생이 허기질 때 바다로 가라-내 밥상 위의 자산어보〉 등으로 독자와 만났다. 대산창작기금, 한겨레문학상, 요산문학상, 허균문학작가상, 제비꽃서민소설상을 수상했으며, 현재 고향 거문도에서 생활하고 있다.

장엄하게 솟아오른 지리산은 겹겹의 주름을 만들며 구례 지나 압록까지 이어지다가 순천에서 이윽고 스며드는데, 꺼져가는 순간에도 무언가를 하는 게 모성母性이듯, 마지막 싸질러 뱉어놓은 게 여수 반도이다. 모성이란 미련인지도 모른다. 미련이란 미련맞은 짓이기도 해서 반도는 짠물 한번 맛보자고 내밀어놓은 거대한 혀 같기도 하고, 깊고 푸른 것에 대한 몸부림의 발기 같기도 하다.

왕년의 챔피언이 술과 약과 여자 때문에 한세월 망가진 다음 링에 올랐는데 젊은 상대가 펀치 날릴 때마다 사랑해, 가지 마, 껴안다가 마지막 라운드 30초 남겨놓고 주먹 휘몰아치듯 기차는 뒤늦게 속도를 올렸다. 무너진 자존심을 조금이라도 회복하려는 것이다.

가난은 면한 이들이 탔던 무궁화호는 새마을호에 이어 넘버 2를 자랑했었다. 그러나 허덕이며 시골 장터를 이어주던 비둘기호가 멸종되어버리고, 두 토막만 남은 채 왔다 갔다 하던 통일호마저 강제 은퇴당한 데다 느닷없는 고속열차의 등장으로 이제는 목숨 유지를 신경 써야 하는 신세가 되어버린 것이다.

하긴, 롤러코스터 만든 기술자가 시험 운행을 하고 나서 멀미에 시달려 토하듯 정작 자신이 만든 속도에 얼이 빠지기도 하는데, 며칠 뒤면 다른 곳에서 어떤 놈이 더 빠른 것을 만들어버리는게 요즘 세상이다.

십칠 분 연착한 무궁화호는 꼬박 여섯 시간 만에 항구 도시에 닿아 지친 숨을 몰아쉬었다. 늦은 주제에 늠름한 척하기로는 기차가 으뜸이다. 녀석은 종종걸음 치는 사람들을 큰 대가리로 곁눈질한다. 기차가 그렇다면, 한때 몸 실었던 것에서 내리고 나면 뒤도 안 돌아보는 것의 으뜸은 사람이다.

전라선 종착지인 여수역驛은 이쪽으로 가출을 결행한 적이 있는 이들이라면 걸어봤을 오동도행 길은 왼쪽으로, 〈6시 내고향〉에 종종 나오는 검은 모래 만성리해수욕장 가는 길은 오른쪽으로, 이렇게 가랑이를 벌리고 있다. 그곳으로 차가 오간다.

오랜만의 고향행이다. 집안 어른들 초상났을 때나 찾아왔는데 요즘은 다들 오래 사는 관계로 그 횟수가 바를 정 자 하나도 채우지 못하고 있는 중이다. 내가 이곳에 온 것은 오래된 친구를 만나기 위해서였다. 그가 한번 보자고 전화를 해온 게 이틀 전이었다. 이유는 간단했다. '글쎄, 이제는 이곳을 떠야 하고 그러면 자네를 못 만날 것 같은 예감이야.' 이유가 간단하다고 해서 파장이 간단하지는 않다. 보통의 경우 감정의 변덕일 가능성이 높지만 그는 달랐다. 과거를 읽어내고 미래를 짐작하는 일을 직업으로 가지고 있기 때문이었다.

코털 뽑고 있는 택시 기사 옆에 서서 나는 잠시 숨을 골랐다. 그는 네댓 개의 털을 한꺼번에 뽑으며 가볍게 진저리를 쳤다. 치며 나를 힐끗 쳐다본다.

어허 이런, 기차를 놓치고 말았네. 쌍놈의 고속열차 땜에 기차가 확 줄어버려 두 시간 뒤에나 올라가는 것이 있다는구만. 어이 기사 양반, 순천 갑시다. 아니, 전주까지는 얼마 받을라요? 이렇게 말하라고 찢어진 두 눈이 나에게 암시를 걸고 있는 것이다.

털을 뽑는다는 것은 불만이 많다는 소리이다. 한때 재벌의 꿈을 품었으나 오늘도 사납금 못 채운 처지가 괴로워 털을 뽑아내고 자신을 이렇게 만든 사회가 미워 그 털을 손톱 끝으로 튕긴다. 그렇지만 뽑는 행위에는 통증을 사용해 스스로를 긴장 상태에 두고자 하는 나름의 미덕이 있다. 원초적인 각성제이다. 아마 그는 계속 도약을 꿈꿀 것이다. 현재의 드라이버 생활은 임시라고 여기고 주식이나 부동산 경매 쪽을 힐끗거리느라 눈이 더 찢어질 것이다. 그러다가 십 년쯤 뒤에 더 늙은 모습으로, 하얗게 변한 코털을 달고 이곳에서 손님을 기다리고 있을 것이다.

그렇다면 전주까지는 얼마냐고, 이왕 하는 것 시베리아까지는 얼마냐고 물어나 줄까 싶기도 하다. 그러면 한 삼 초쯤 그는 행복할 것이다. 그게 어딘가. 삼 초의 즐거움은 행복 뒤의 좌절까지도 오르가슴과 닮았다. 그 삼 초를 위해 얼마나 많은 사건이 인류사에 있었나.

역전 시장은 시간이 멈춘 것처럼 지금도 튀김과 막걸리와 국수로 치장을 하고 있다. 친구와 내가 맨 처음 소주를 마셔본 곳이 저곳이었다. 이 시장 위쪽에 중학교가 하나 있고 우리는 그곳을 함께 다녔다. 삼 학년 때였다. 어느 날 그는 나를 부르더니 여인네 핸드백처럼 책가방을 옆구리에 끼우고 걸었다.

그는 모자나 신발이나 걸음걸이가 똑바른 적이 한 번도 없었다. 그것은 우리가 걸어 다녔던 골목길과 비슷했다. 항구 골목의 특징은 죄다 구불거린다는 것이다. 그의 행동거지가 골목길을 닮았다면 길은 그 도시의 물리적 환경을 닮는다. 평지의 도시는 반듯한 길을 가지고 있지만 항구의 길은 사행蛇行하는 해안선을 그대로 닮는다. 그래서 이곳 사람들이 너무 반듯한 것에 불만이나 거리감을 가지고 있을지 모르지만, 돌이켜보면 친구의 인생 자체가 그랬다. 상황을 끝까지 밀고 갔다는 점에서 먼 바다로 나가는 배의 항해 같고, 그럴 때마다 예기치 않게 휘어지고 꺾였다는 점에서 해안선 같았다. 항구가 살아있는 생명체로 변한다면 오롯이 그였다.

친구는 오뎅과 튀김을 파는 가게로 나를 데려갔다. 골방에 우리 또래들이 모여 있었다. 거칠면서도 유쾌해 보였던 그들은 그의 권투 체육관 동료들이었다. 아주머니는 오뎅과 튀김을 가져다주는 것처럼 소주병도 멀뚱한 표정으로 가져다주었다. 팔목에 '一心' 문신이 박혀 있는 고등학생이 중국 요릿집에서 흔히 나오는 붉은색 물잔에 소주를 가득 부었다.

그 체육관 출신 선배 한 명이 한국챔피언으로 등극한 날이었고 그것을 축하하기 위해 모인 자리였다. 물론 챔피언은 서울에서 아직 내려오지 않았기에 참석할 수 없었다. 그들이 했던 것처럼 나도 단숨에 마셨다. 소주를 마셔본 게 처음이었다. 별다른 느낌은 없었지만 그게 무어든 처음 했던 것은 기억에 남게 마련이다. 그들은 챔피언이 상대를 다운시켰던, 양 혹에 이은 클린치와 어퍼컷 동작을 되풀이하여 떠들었으며 얼굴이 붉어진 다음에는 느닷없이 합창을 했다. 권투와는 거리가 있어 보이는 노래였다.

보슬비가 막걸리라면 한잔 먹고 취할 것인데
또 하세요 더 하세요 외상 씹이 그리움구나
금순아 어디를 가서 어느 놈 밑에 깔려 있느냐
종포 바닥 오입쟁이 오늘도 딸딸이란다.

노래 가사가 어떠했든 간에 그 챔피언은 친구 인생에서 아주 중요한 역할을 했다. 우선 존경심이 절대적이었다. 친구는 판단이 분명하고 의지가 강했는데 그것의 발현에는 챔피언이 원인으로 있었다. 그 형이 그랬는데…… 그 형이 말했는데…… 이런 소리를 자주 했으며, 판단이 어려우면 그 형이라면 어떻게 했을까, 도 자주 생각하곤 한다, 고 털어놓은 적이 여러 번이었다.

그가 권투 도장을 다니게 된 것도 챔피언 형 때문이었다. 언젠가 방에 갔을 때 보니 레너드나 토머스 헌즈, 김상현, 유제두, 염동균, 박찬희 같은 유명 선수들 사진이 붙어 있는데 모두 공책 크기였다. 〈소년중앙〉이나 〈주간경향〉 같은 데서 오린 거였다. 거기에 비해 챔피언의 사진은 시합 홍보용 포스터였다. 복근이 발달한 비쩍 마른 몸의 사내가 날카로움과 억울하다는 감정이 뒤섞인 표정으로 글러브를 낀 채 이쪽을 노려보고 있었다. 얼마나 큰지 벽 한쪽을 거의 다 차지하고 있었다. 모르는 사람이 보았다면 요즘은 이런 도배지도 나오는구나, 할 정도였다. 그 사람은 그 체육관이 배출한 유명 스타였지만 실물을, 그리고 자주 있었던 권투 중계방송에서도 나는 보지 못했다.

그의 집은 야트막한 동산 꼭대기에 있었다. 집 마당에는 커다란 팽나무가 있고 그 아래 나무 벤치와 시멘트를 부어 만든 역기가 있었다. 거기서는 항구로 들고나는 어선과 여객선, 돌산도의 조선소와 멀리 남해도 산꼭대기까지 모두 보였다. 덕분에 항구가 어

떻게 돌아가는지 훤히 알 수 있었다. 그는 역기를 들어보고 있는
나에게 말했다.

"이 역기와 벤치도 그 형이 준 거야."

두 사람은 공통점이 많았다. 이웃에 살고 있으며, 아버지가 없
었고, 엄마가 같은 오뎅 공장을 다녔다. 그래서 친구는 도시락 반
찬으로 매일 오뎅을 싸왔다. 챔피언도 그랬다고 했다. 그렇지만 그
는 그런 물리적 환경으로 만족하지 못했다. 무엇보다도 신문배달
을 하면서 십 킬로미터 가까이 뛰었는데 챔피언의 과거를 그대로
물려받은 거였다. 코와 입을 동시에 사용하는 호흡이 몸에 밴 것
도, 윗몸일으키기를 좌우로 틀면서 하는 것도, 아무리 배가 고파
도 과식하지 않는 것도, 심지어는 나중에 상업고등학교로 진학한
것도 그랬다.

"그 형은 절대 겁을 안 먹어. 시합만 그렇게 한 게 아니야. 어
릴 때부터 그랬어. 저 아래 이층집에 좆나게 큰 세파트가 있었는
데 그 개가 나를 문 적이 있었어. 줄이 풀려 있었거든."

그는 셔츠를 벗어 어깨에 박혀 있는 흉터를 보여주었다. 끊어
질 듯 이어진 벌레 형상이었다.

"그때 형이 달려들어 나를 구해줬어."

나는 듣고만 있었다.

"콧등을 차고 모가지를 조르니까 개가 뻗어버리더라고. 형이
육학년 때였어. 멋있지?"

"……."

"그런 투지로 한국챔피언이 된 거지. 이제 세계챔피언 되는 것
은 시간문제야."

세계챔피언이 예약된 사람은 멋지듯이 그곳에서 바라본 항구
의 바닷가는 아름다웠다. 가막만 오른쪽으로 해가 질 때 먼 곳에
서 어장을 마치고 돌아오는 어선이 특히 그랬다. 뒤따라오는 갈매
기들도 아름다워서 우리는 이야기를 멈춘 채 멍하니 바라보았다.
뜨고 지는 해가 없었다면 항구는 아주 초라하게 변할 거라고 나
는 생각했다.

그가 신문배달 한다는 것을 알게 된 것은 이학년 초기였다.
나는 선도부 자리 하나를 꿰차 아침시간에 교문 지키는 짓을 하고
있었다. 주로 복장과 두발 불량 학생을 적발하는 거였는데 간혹
생기는 또 하나의 잡무가 지각하는 학생들 이름 적는 거였다.

지각을 해도 대충 넘어갈 때가 많았다. 그러나 지침이 내려오
거나 학생과장이 변덕을 부린 날은 달랐다. 교문 지키던 학생과장
이 교무실로 돌아가지 않으면 수위 아저씨가 다가와 킬킬 웃었다.

"오늘은 지각하는 놈들 다 뒈지는 날이구나야."

물 빠진 독살에 물고기 잡히듯 지각생들이 하나둘 늘어났고
오래지 않아 새로운 반을 하나 만들어도 될 정도가 되었다. 그들
은 학생과장이 직접 기다리고 있는 모습을 보며 자신의 게으름이

나 운이 없는 것을 한탄하며 초식동물 같은 눈을 했다. 허벅지 얻어맞은 다음 오리걸음으로 운동장 두 바퀴를 돌고 점심시간에는 화장실 청소를 해야 한다는 것을 잘 알고 있기 때문이었다. 다가올 재난의 내용을 빤히 알고 있다는 것은 고통스러운 일이었다.

"어쩌다가 이 시간에 다 오셨어들."

학생과장은 분노를 즐기는 듯 물었다. 초식동물 같던 얼굴은 아아, 차라리 가출이나 해버릴걸, 하는 표정으로 바뀌었다. 어제 죽어버릴걸, 하는 눈빛도 있었다. 갑작스런 설사복통, 이웃집 부부싸움으로 인한 불면, 엄마의 병환으로 인한 굶주림, 뜻하지 않은 교통사고 따위가 그들의 입에서 나왔지만 학생과장은 씩 웃었다.

"일 년 내내 아무 일 없다가 하필 조금 전에 그런 일들이 일어났다 이거지?"

"……"

"이 새끼들이…… 학교가 어디 밥 처먹고 똥 누고 나서 심심하니 한번 가보는 곳인 줄 알아?"

학생과장은 낮으면서도 쇠 갈리는 목소리를 냈다. 머잖아 대나무 뿌리가 허벅지 파고드는 소리가 울려 퍼졌다. 아이들은 뒹굴었고 무릎 꿇고 빌다가 다시 뒹굴었다. 뒈지고 있는 중이었다.

아이들 허벅지에 병장보다 더 높은 계급이 빼곡하게 들어차고 나자 학생과장 얼굴에도 땀방울이 흘렀다. 불에 덴 벌레처럼 몸을 말던 아이들이 오리걸음을 시작했을 때 닫힌 교문을 열고 그가 나타났다.

그는 오른쪽으로 몸을 틀어 수위실로 들어갔다. 동작이 너무 자연스러워 마치 귀신이 스며드는 것 같았다. 나는 이제 막 얼굴을 익히고 있는 같은 반 아이라는 것을 알아차렸고 그리고 태연한 모습에 가슴이 떨렸다. 저기 학생 하나가 수위실로 태연자약하게 도망쳐 들어갔다고 일러바칠 생각은 없었지만 그래서 공범자가 된 기분이었다. 점심시간에 화장실 청소 검사를 할 것인데 마음에 들지 않으면 방과 후에 이 모든 것이 되풀이될 것이라는 말을 끝내고 학생과장이 멀어졌다. 흙투성이가 된 아이들은 패잔병처럼 절뚝이며 걸었다. 그는 조용히 걸어 나와 뒤에 붙었다. 오리걸음 하는 동안 그는 수위실 방에 누워 있었던 것이다.

새벽부터 지국 두 군데 신문배달을 하고 있었으니 지각 안 하기는 아예 불가능했다. 신문배달 하는 아이들은 체벌에서 제외시켜주었는데 그러자 이놈저놈 모두 그 일을 하고 있다고 나선 게 몇 차례 걸렸기에 특혜를 없애버린 뒤였던 것이다. 그는 그 뒤로도 자주 수위실을 이용하곤 했다. 나오지 않아 데리러 가보면 잠이 들었던 경우도 있었다.

수위 아저씨는, 당시 웬만한 학교의 소사나 수위들이 그랬던 것처럼, 월남 참전 용사였다, 고 했다. 영어 시간에 교사 대신 들어오는 날도 있었다. 미군한테서 영어를 배웠다는데 그러나 우리에게 가르쳐준 단어는 참참, 하나였다. 그는 영어보다는 전투를 주로 했다. 포복전진을 하고 날아오는 베트콩 총알을 열네 방 정도 휙휙 피한 다음 드르륵 갈긴 것은 물론, 수류탄 투척으로 마무리하고 재빨리 빠져나와 시레이션 까먹었다는 그는 얼마나 많은 전투를 헤쳐왔는지 끝이 없었다. 활동 반경 또한 넓기 그지없어 저 위 하노이에서 중부 다낭은 물론 최남단의 붕따우까지 입김 안 닿은 곳이 없었다.

전쟁에 그렇게 많은 무기가 필요한지도 우리는 그를 통해 배웠다. 소총과 대검, 수류탄 외에도 유탄, 대인지뢰, 대전차지뢰, 독약 바른 표창, 입으로 부는 독화살, 특수차량, 강을 통해 침투할 때 쓰는 잠수정, 조명탄, 부비트랩, 적외선 투시기, 화염방사기, 크레모아 따위. 거기에다 적의 사령관을 인질로 잡아 백이십 명에 가까운 아군과 교환하기도 했는데 그들 중 몇몇은 지금도 감사의 편지를 보내오기도 한단다. 전공이 다채롭고 화려하면 당사자도 헷갈리게 마련이다. 각 반마다 내용이 조금씩 달랐던 것이다.

"허풍이 센 사람은 말이야, 조금만 추켜세워주면 아주 기분 좋아해."

수위 아저씨와 어떻게 그렇게 잘 통하는지 물었을 때 그가 한 대답이었다. 그때 나는 내가 모르는 세상의 대부분을 그는 알고 있다고 생각했다. 그렇게 노련해 보이니 그러지 않겠는가.

그는 모든 것을 다 했다. 굴 가공 공장 앞에 쌓인 패각 무더기에 올라가서 아주머니들이 놓친 알맹이를 찾아내는 것도 그에게

배운 것이다. 펀치력을 키우기 위해서는 굴을 먹어야 한다는 게 그의 논리였다. 제 엄마가 다니는 공장에 가서 리어카 끌어주고 몇 푼씩 받기도 했다. 여객선 선착장에서는 굵은 쥐노래미를 열댓 마리씩 낚았다. 쥐노래미는 살려서 횟집에 가져다주면 적잖은 돈을 주었다. 교실에서는 꿀빵을 팔았다. 찹쌀떡도 팔았다. 덕분에 수중에 가장 많은 돈을 쥐고 있는 것도 그였다. 그러나 돈을 쓰는 모습은 한 번도 보지 못했다. 안 하는 것도 있었다. 우리는 쉬는 시간은 물론 수업 시간에도 짤짤이를 했는데 그것만큼은 절대로 하지 않았다. 대신 돈을 빌려주고 이부 이자를 받기는 했다.

　얼핏 보면 돈독이 오른 모습이겠지만 그게 전부는 아니었다. 배달 없는 날에는 챔피언과 새벽 달리기를 했다. 나와 함께 항구 이곳저곳을 걸어 다닐 때도 많았다. 그는 항구 구석구석을 속속들이 알고 있었다. 고등어잡이 배가 도착하는 시간과 장소, 냉동 공장의 생리와 구조 같은 것 말이다. 서정시장의 그 많은 출입문도 그의 입을 통하면 한눈에 훤했다. 그 모든 것이 챔피언처럼 멋있게 살기 위한 준비였으며, 그것을 가능하게 해준 것은 여수 앞바다였다. 챔피언도 그랬다고 들었는데, 그는 바다를 좋아해서 문득 선 채 오래도록 바라보곤 했다. 그럴 때는 다른 사람 같았다.

　친구는 휴대폰을 받지 않았고 집은 잠겨 있었다. 잠긴 정도가 아니고 아예 푸른 대문에 '도사님께서는 지금 명상 중입니다. 명상 중일 때는 일체 손님을 받지 않습니다' 문구가 A4 용지에 적힌 채 붙어 있었다. 차트 글씨 쓰듯이 정성을 들였으나 모든 글자가 약속이나 한 듯 십오 도 오른편으로 기울어진 것이나 'ㅣ' 모음 머리가 반원을 그리는 것이 중학교 때 필기 습관 그대로였다.

그러니까 도사님 스스로 써놓은 것으로 필요할 때마다 스카치테이프로 붙여온 흔적이 완연했다. 모서리가 닳아 녹슨 대문과 묘한 조화를 이루고 있었다. 나는 담을 따라 돌아 전봇대와 담장 사이의 쪽문 앞에 섰다. 떨어져 나간 곳으로 손을 집어넣자 어렵지 않게 고리를 벗겨낼 수 있었다. 그와의 통화에서 자신이 전화를 받지 않거나 혹시 출타 중이면 그렇게 하라고 일러왔던 것이다.

친구가 왜 이런 직업을 갖게 되었는가에 대해서는 조금 더 설명이 필요하다.

중학교를 졸업하고 나는 인문계, 그는 상업고등학교로 진학을 했다. 학교가 갈리자 자주 만나기 어려웠다. 어쩌다 한 번 만나 급하게 근황을 주고받는 정도였다. 그러다 갑자기 나를 찾아온 날이 있었다. 이학년이 되고 두어 달 지난 어느 날 오후였다. 그는 말했다.

"나 서울로 갈 거다."

혼자 판단하고 일방적으로 말하는 것이 그의 특징이기는 했다.

"그래서 작별 인사 하러 왔다."

"학교는 어떡하고? 또 엄마와 권투는?"

"모두 다 그만둘 거야."

조금은 시무룩한 표정으로 그는 말을 이었다.

"형이 죽었어."

동양챔피언 타이틀 전초전을 했는데 KO로 져버렸단다. 그리고 좀 이상해졌다. 여러 날 풀 죽은 모습으로 방에만 박혀 있다가 그만 죽어버렸으며 화장하여 체육관 뒤뜰에 뿌린 다음이라는 소식까지 그는 전했다. 뇌출혈이 있었는데 치료를 거부하고 누워 있기만 하다가 더 큰 병으로 발전해버렸다는 게 주변의 짐작이었다. 나는 뭐라고 대답을 못 했다. 친구가 얼마나 그를 좋아하고 존경하는지 잘 알고 있기 때문이었다. 우리는 한동안 말없이 앉아만 있었다. 침묵을 견뎌보던 끝에 내가 물었다.

"서울 가서 뭐할 건데?"

다른 친구들 중에도 의지의 발현으로 주변을 정리하고 서울 가는 아이들이 간혹 있었다. 그러나 그 애들과 관련된 소식은 건전지 만드는 공장에 다닌다거나 고깃집에서 칼질하는 것을 배우고 있다는 정도였다.

"공부."

"공부를?"

"그래. 오직 공부만 할 거다."

챔피언이 죽기 며칠 전에 이렇게 말했단다. '너는 권투 하지 마라. 대신 공부를 해라. 사람은 공부를 해야 한다.'

"상고는 공부에 전념할 만한 환경이 못 돼."

나는 고개를 끄덕였다.

"종합학원이란 데에 청소부로 취직하면 공짜로 공부를 할 수 있다고 하더라. 거기로 갈 거야."

우리는 버스 다니는 반듯한 길을 두고 해안을 빙 돌아 여수역으로 갔다. 최대한 천천히 걸었기에 시간이 많이 걸렸다. 그동안 우리가 쏘다녔던 곳들이 하나씩 지나갔다. 그는 예전에 그랬듯이 한 번씩 서서 맞은편 돌산 조선소와 남해도 쪽으로 흘러가는 바닷물을 바라보곤 했다. 말이 없었다. 대신 내가 종알거렸다.

아무리 천천히 움직여도 걷고 있는 이상 목적지에 닿게 마련이다. 우리는 금순이가 그렇게 되어버린 탓에 내가 이 모양이라고 노래 불렀던 가게로 가서 튀김에 소주를 마셨다. 여전히 멀뚱한 표정을 하고 있던 아주머니는 달라는 대로 주었다. 우리는 한 잔씩 털어넣었다. 아직 덜 자랐지만 최소한 남자들의 이별이었고, 그리고 굳은 다짐을 하고 떠나는 길이었다. 〈알기 쉬운 삼위일체〉가 어떻고 객지에서의 건강관리는 또 어떻다고 여전히 나는 떠들었고 그는 듣고만 있었다. 그런 모습에서 심적 충격과 다짐의 강도가 짐작되기도 했다.

그는 여덟 시 반 기차를 타고 떠났다. 항구란 그런 곳이다. 가는 사람은 멀리 가고 오는 사람은 먼 곳에서 온다. 그날도 아마 서울 경기 지역에서 굳은 결심으로 가출하여 내려온 이들이 있었을 테고 그들처럼 친구도 올라간 거였다. 커다란 하천을 통해 낮은 곳으로 흐르는 육지의 물과, 수평을 흐르는 해류의 바닷물, 그리고 철썩이는 파도가 만나서 뒤섞이는 곳이 항구인데 그런 탓에 이곳에서의 삶이란 수직과 수평의 이동이 잦을 수밖에 없었다.

우리는 오랫동안 못 만났다. 처음 들려오는 풍문은 그가 공부에 매진하고 있다는 거였다. 머잖아 대입 검정고시 합격 소식도 들려왔다. 그리고 이 년 뒤에는 이런 소식도 들려왔다. 재수를 거쳐 유명한 사립대학 법학과에 입학했다는 것. 공부라는 게 어릴 때부터 차곡차곡 쌓아야 하는 창고의 곡식 비슷한 것이기는 하지만 그의 성격을 알고 있던 나는 이해가 되었다. 그리고 사법시험 1차에 통과하였다는 소식은 삼 년 뒤 내가 군에 있을 때 듣게 된다.

그러나 2차 시험에는 연거푸 실패를 하고 말았다. 세 번째 도전을 앞두고 있던 그는 서울행을 감행한 것처럼 느닷없는 이동을 또 한 번 하게 된다. 고향으로 돌아온 것이다. 집은 아니었다. 소나무가 좋다고 이름난 바닷가 암자로 들어간 것이다. 그런 최강수를 두었던 데에는 이유가 있었다. 그 암자가 바로 챔피언이 체력 훈련할 때 묵었던 곳이라는 것. 그곳에서 새벽 네 시 예불 시간에 일어나 커다란 봉우리 세 개를 넘는 산악 구보를 시작으로 깊은 밤까지 이어지는 지옥 훈련을 견뎌낸 끝에 한국챔피언에 올랐던 것이다.

상경 이후 매순간 그 형이 자기를 도와주고 있다는 것을 느꼈다는데 그래서 그랬겠지만 아예 전면적인 방법으로 마지막 승부를 걸어버리겠다고 마음먹었던 것이다. 그러니까 기력과 정신력을 본받는 데서 나아가 어떤 불가사의한 영험도 얻고 싶었다고 나중에 실토했다.

그는 책상 맞은편에 오래전 시합 포스터 사진을 다시 붙여놓고 공부에 매진했다. 자신감이 떨어지면 챔피언이 뛰었던 곳을 걸었고 졸리면 날카로우면서 억울한 표정으로 이쪽을 쏘아보고 있는 눈빛을 바라보며 다짐을 되새겼다. 마음은 가라앉고 집중은 풀리지 않았다. 책장에서 눈을 돌리면 해가 져 있거나 떠 있었다. 읽은 것은 엉키지 않았고 외운 것은 머리에서 사라지지 않았다.

하지만 세상일 알 수 없다는 게 이런 경우였다. 그렇게 용맹정진하던 바로 그곳에서 순간 눈을 까뒤집고 몸을 떨며 세상에 없던 소리를 지껄이기 시작한 것이다. 신神이 들려버린 것이다. 그토록 존경하고 의지했던 챔피언의 영령이.

짐작과 달랐고 희망과도 어긋났으며 무엇보다도 인생의 계획과 너무 층이 져버리고 말았다. 사지통증으로 인해 책상 앞에 앉을 수 없었고 설사 앉았다 하더라도 십사 년 전 공양주 보살 딸이 밧줄에 목을 거는 모습이 생생하게 보여 책을 읽을 수 없었으며 챔피언 목소리가 쉬지 않고 들려와 외웠던 게 기억나지 않았다.

그는 믿고 따랐던 존재와의 합일과 거의 다 된 사법시험의 중도 포기 사이에서 신음하고 괴로워했다. 합격할 때까지만 이러지 말아달라고 사진에 이마를 붙이고 운 날도 여러 번이었다. 그러나 신이란 영검을 가지면서도 아이 같은 아집을 함께 지니고 있다는 존재 아닌가.

시간이 흐른 뒤에 그는 결국 개업을 하기 이른다. 변호사 정기태 법률사무소가 아닌 점ㅂ집을.

"다 했다. 법석도 차려보고 기도원에 가서 의탁도 해보고 칼로 자해도 했다. 그런데도 도저히 안 되더라."

그가 한 말이었다.

"끝까지 내 힘으로 했어야 했는데 그게 잘못인 거 같아."

직업이 바뀌었지만 권투 챔피언 신을 모신 도사집 소문은 제법 번졌던 모양이다. 초반에는 오는 대로 맞히고 돌아가는 대로 잘 풀려서 문전성시를 이루었단다. 나도 결혼을 앞두거나 가족 중에 큰 병 앓는 경우가 생겼을 때 도움을 받은 적이 있었다.

나는 쪽문을 닫아걸고 조심해서 들어갔다. 친구는 선각이라 부르는 방에 있는 듯했고 오후 햇살만 사십오 도 각도로 거실의 반을 채우고 있었다. 거실에는 책장과 소파와 보료가 그야말로 평범하게 놓여 있었다. 달마화나 산수도 정도가 남은 벽을 메우고 있고 다기茶器와 물병 정도가 더 있었는데 가만 보니 뜻하지 않은 소리가 들려오고 있었다.

선각에서 들려오는 그 소리는 남녀의 신음이었다. 명상 중이라는 게 그거였던 모양이다. 신과 사람의 매개 역할 하는 존재의 행동이란 게 쉽사리 보편을 벗어나는 것이기는 하지만 어쨌거나 명상의 자리가 어디 따로 있겠는가. 죽음에 대한 명상의 장소가 영안실이어야 하고 탄생에 관한 자리는 분만실이어야 하는 법이 어디 있겠는가. 길이 이동에 관한 사색을 싹트게 해주지만 동시에 정착에 관한 강렬한 동기도 던져주듯이, 인생의 비의를 들여다보는 도사님 판단으로 생로병사 모든 것을 집약적으로 고민할 수 있는 거처로 여인의 몸을 선택한 것이니 거기에 누가 경고장을 날리고 불만을 표시할 수 있겠는가. 나는 친구를 편들며 그런 생각을 했다.

명상을 최대한 방해하지 않기로 했지만 머잖아 그 방에서 나오는 격한 소리는 듣고 있기에 민망하기는 했다. 소리가 잦아지고 난 다음 문을 열며 한 여인이 걸어 나왔다. 비교적 젊어 보인다는 것은 알몸을 보고 알았다. 좀 늘어진 젖가슴이나 아랫배 때문에 몸의 균형은 무너졌으되 살갗이 흐리지는 않았다.

"어머."

무심코 나온 여인은 나를 발견하고는 놀라 다시 들어갔다가 옷가지로 여기저기를 가리고는 욕실로 뛰어 들어갔다. 그러는 사이 방문객답게 나는 좀 어설프게 웃었다. 이윽고 모습을 나타낸 친구는 뭐라고 말하기에도 참혹할 정도였다. 네 발로 기어 나왔는데 눈꺼풀은 푹 꺼지고 두 팔을 현저하게 떨고 있었던 것이다. 그리고

"왔어?"

말 한마디 간신히 내뱉고는 총이라도 맞은 것처럼 보료 위에 쓰러져버렸다. 숨도 거칠어서 마치 중환자실에서 잘못 나온 사람처럼 보였다.

"아니, 아무리 낮에 하는 거시기라도 그렇지 이건 뭔 상황이야?"

그는 대답도 하지 못하고 고개를 가로저었다. 그러는 사이 여인은 옷을 걸치고 다시 나타났다.

"괜찮으세요?"

그녀는 친구를 내려다보며 말했다. 어떻게 된 거냐고 묻는 눈짓을 하자 그녀는 비록 자신이 현장에 있었고 적극적 가담자이긴 하지만 도통 영문을 모르겠다는 얼굴을 했다.

"그냥 용을 좀 쓰시긴 했어요."

글쎄 한 번의 방사로 이 지경이 된다는 게 나는 이해가 되지 않았다. 기력 떨어진다는 사십대 중반이기는 하지만 그는 건강했던 것이다. 친구는 꺼져가는 목소리로 대꾸했다.

"쓸데없는 소리 하지 말고 자넨 적어준 것이나 잘 챙겨 가."

"거야 잘 챙겼죠. 근데 정말 괜찮으시겠어요?"

"내 걱정은 말고 가보드라고. 어머닌 이제 홀홀 털고 일어나실 거야."

여인은 절에 가깝게 허리 굽혀 인사를 하고는 돌아갔다. 몸을 섞은 사람으로서는 참 안 어울리는 모습이었다. 친구는 그러고도 한참 동안이나 죽은 듯 누워 있고 나서야 조금씩 움직이기 시작했다. 그동안 나는 세 대의 담배를 피웠다. 문 걸어 잠근 것도 그렇고, 웬 여인네와의 방사도 그렇고, 한 번의 결합으로 시체가 되다시피 한 것도 그렇고 나는 궁금한 게 많았다. 그는 긴 숨을 내쉬면서 힐끗 선각을 향해 고갯짓을 했다.

"자네가 모시는 그 챔피언 신이 왔다는 건가?"

"지금은 갔고."

"……."

"우리 챔피언님이 간혹 여자 생각이 나면 내 몸에 실리시네."

"오호."

"싫어도 어쩔 수가 없어."

"그러니까 자네 챔피언님이 욕정이 생기면 빙의를 하고 자네는 뜻에 따라 방사를 한다는 소리 같은데 눈으로 보고 있어도 믿기지가 않는구만. 자주 그러나?"

"자주는 아니지만 엮인 몸이라서 시키면 뭔들 못 하겠는가."

친구는 좀 쓸쓸한 눈빛을 했다.

"그럼 그 여자는?"

"오핸 말게. 여염집 여자는 아녀. 저기."

그는 길 건너 시장 속에 있는 창녀촌을 가리켰다. 그곳은 오래 전부터 그런 성격의 동네였다.

"엄마가 오래 앓고 있다고 아까 찾아온 거야. 챔피언님이 보시더니 청춘에 죽은 시동생이 붙었대. 그런데 저 애가 맘에 들었는지 갑자기 동하셔서 내 몸을 빌려 한바탕 한 거지."

그렇다면 화대와 복채 계산은 어떻게 된 것일까 싶다가 그녀가 들고 간 부적을 떠올리고는 나는 고개를 끄덕였다.

"그러면 청춘에 죽었다는 그 시동생은 깨끗하게 처리된 거야?"

"그런 것은 정말 잘하시지. 주먹 센 챔피언이었잖어. 부적은 차후 예방용이고."

"그렇군. 그나저나 어디 몸이 상한 건 아니지? 난 아까 119라도 불러야 되나 걱정했어."

"그것 때문에 그런 것은 아니야. 그분이 한번 몸에 실리고 나면 아주 죽어나거든."

빙의를 하고 난 무당은 그것을 견디느라 몸의 에너지가 다 빠져나간다는 증언은 예부터 종종 있어왔던 것이다.

그가 서울로 올라가던 날처럼 기차 기적 소리가 들려서 그랬기도 했지만 나는 새삼 그의 인생에서 챔피언이 차지하는 무게나

인연 같은 것을 생각해보고 있었다. 절대적인 존재가 끝내 절대적인 존재로 남아있다는 것은 이렇게 불편한 일이었다. 챔피언을 만나지 않았다면, 최소한 죽지 않았다면, 아니 신들림이 없었다면 친구는 어떻게 살았을까. 이곳에서 모 신문사 지국장을 하고 있을 수도 있고, 자신이 권투 선수가 되었을 수도 있고, 판검사나 변호사를 하고 있을 수도 있었다. 아니면 또 다른 그 무엇을. 그러나 한 사람의 인생을 두고 아무리 진지하게 고민한다고 해도 그것은 개인의 의미 없는 추측에서 한 치도 더 나아갈 수 없는 거였다.

"그래, 전화로 한 이야기는 무어야?"

"엑스포 정비 사업 때문에 이곳이 모두 헐리게 돼. 이 기회에 신변 정리를 하려고."

"신변 정리?"

그는 대답 없이 눈을 감았다. 엑스포 관련 뉴스는 보고 있었기에 이 역전 시장이 대대적인 정비를 하게 되리라는 짐작은 어렵지 않았다. 싫든 좋든 떠야 할 상황이 온 것이다. 친구는 그동안 시장 이곳저곳을 옮겨 다니며 살았는데 그것도 오로지 챔피언의 지시에 의해서 그런다고 예전에 들은 적이 있었다. 하지만 이런 국책 사업은 귀신의 힘으로도 어쩔 수 없는 모양이었다. 하긴 귀신이 나라를 바꿀 수 있다면 우리는 훨씬 달라졌을 것 아닌가.

"이제 절에 들어가 아예 머리를 깎을 생각이야. 그래야 챔피언 님을 보내드릴 수 있을 것 같아."

그의 회복이 늦어서 우리는 늦도록 그렇게 있었다. 모처럼 만났건만 술 한잔도 못 했다. 그저 여수역에서 올라가는 기차 기적 소리만이 연거푸 들렸다.

만 보 걷 기

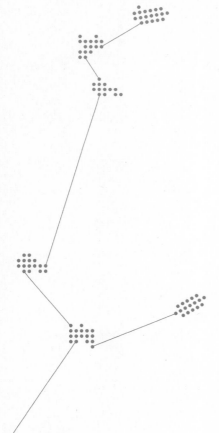

김미월 ..
1977년 강원도 강릉에서 태어나 고려대학교 언어학과와 서울예대 문예창작과
를 졸업했다. 2004년 세계일보 신춘문예에 단편 '정원에 길을 묻다'가 당선되어
소설가로서 작품 활동을 시작했으며, 소설집 〈서울 동굴 가이드〉와 〈아무도 펼
쳐보지 않는 책〉, 장편소설 〈여덟 번째 방〉 등을 발표했다.

서울역을 빠져나올 때까지만 해도 아무렇지 않았는데, 최소한 아무렇지 않은 것 같다는 착각이라도 할 수 있었는데, 지하철 좌석에 머빈과 나란히 앉고 나니 미래는 불현듯 제 머릿속을 선명하게 들여다볼 수 있었다. 그 안에서 출렁거리고 있는 것은 불안 혹은 불편이었다. 아무렴, 머빈 역시 아무렇지도 않지는 않은 것 같았다. 부산에서 서울까지 세 시간도 채 안 걸렸다며 KTX가 고속열차라서 빠르기는 정말 빠르더라는 하나 마나 한 이야기를 꽤나 진지한 얼굴로 늘어놓은 후 줄곧 침묵을 지키고 있었으니까. 그가 짐이랍시고 달랑 하나 들고 온 배낭을 제 무릎에 내려놓고 그 끈을 만지작거리는 것을 보며 미래는 그럼 저 배낭 속에 정장이 들어 있는 것인가 하고 생각했다. 감고 나서 빗질도 안 하고 그냥 물기만 툭툭 털어내고 만 것 같은 더벅머리며 모자

달린 헐렁한 점퍼에 구김이 많이 간 면바지에 목이 긴 운동화 차림으로 남의 나라까지 출장을 온 건 아닐 테니까 말이다. 하긴 애초에 그 차림으로 왔다고 한들 미래에게는 그리 놀랄 일도 아니었다. 바로 지금 이곳에 머빈과 자신이 함께 있다는 것보다 더 놀라운 일이 어디 있겠는가.

미래가 오랜만이라는 제목을 단 머빈의 메일을 받은 것은 달포 전이었다. 처음 메일함에서 그의 이름을 보았을 때 그녀는 반사적으로 자신의 손에 아무것도 들려 있지 않다는 것부터 확인했다. 머빈에게서 두 번째로 받은 메일이었다. 그의 첫 번째 메일을 받은 것은 대략 사오 년 전일 것이다. 그때 미래는 손에 하필 과도를 쥐고 있었다. 메일을 다 읽고 나서도 한참 후에야 그녀는 제 오른손 엄지에서 피가 흐르고 있다는 것을 알아차렸다. 미래는 그 메일에 답장을 하지 않았다. 그러나 언젠가 한 번 답장을 보내는 꿈을 꾸었는데, 그 꿈이 하도 생생하여 한동안 자신이 실제로 답장을 보냈다는 착각에 시달려야 했다.

머빈의 두 번째 메일은 답장을 쓰기가 한결 쉬웠다. 예스 아니면 노, 둘 중 하나였다. 사업차 부산에 출장을 가게 되었는데 기왕 한국을 방문하는 김에 며칠 더 머물면서 여행을 하고 싶으니 혹 네가 안내를 해줄 수 있겠느냐 묻는 것이 메일의 요지였다. 예스. 미래는 별로 고민해보지도 않고 즉각 알았노라고, 기꺼이 너의 전속 여행 가이드가 되어주겠노라 했다. 고민이 시작된 것은 답장을 보낸 후부터였다. 내가 머빈을 만나서 무슨 말을 할 수 있을까. 그가 아미 이야기를 꺼내면 어떻게 반응해야 할까. 그가 내게 원하는 것이 무엇일까. 고민이 지나쳐 의식뿐 아니라 무의식의 영역까지 잠식했던 것인지 어느 밤에는 꿈을 꾸었다. 노. 미안하지만 너무 바빠서 여행 가이드를 해줄 수 없노라는 내용의 답장을 보내는 꿈이었다. 꿈이 놀랍도록 생생하긴 저번과 마찬가지였지만 어째서인지 이번에 미래는 자신이 실제로 그런 답장을 보냈을 리가 없다는 것을 확신할 수 있었다.

어디쯤 왔을까. 미래가 이미 절반쯤 놓친 정차역 안내 방송의 나머지 절반에 귀를 기울이려던 차였다. 그녀의 맞은편 좌석에 앉아 있던 서양인 한 무리가 한꺼번에 일어나더니 기내용 캐리어를 끌며 출입문 앞으로 다가갔다. 그들을 무심히 눈으로 좇다가 미래는 문득 머빈에게 서울의 어디를 가보고 싶은지 아직 물어보지 않았다는 사실을 깨달았다. 명동에 데려가야지, 동대문시장에도 가야지, 인사동에도 가고, 북촌과 남산과 한강에도, 그리고 또 어디에 간다? 하며 그녀는 지난 한 달 동안 틈날 때마다 서울시 관광 안내 지도를 들여다보며 궁리했다. 그러나 정작 그가 가보고 싶은 곳은 따로 있을지도 모른다. 이를테면 연희동이라든가 정릉이라든가 혹은 가로수길이나 여의도라거나.

"혹시 가보고 싶었던 곳 있어?"

머빈이 고개를 돌려 미래를 똑바로 바라보았다.

"춘천."

"춘천?"

너무 뜻밖의 대답이라서 미래는 저도 모르게 큰 소리로 되물었다. 그러면서 한편으로 그의 한국어 발음이 대단히 정확하다는 생각을 했다. 머빈이 고개를 끄덕이며 한마디 더 보탰다.

"스프링 스트림."

세상에, 영어 발음은 더 정확하군 하고 지극히 당연한 일 앞에서 감탄하다가 미래는 뒤늦게 그의 말뜻을 파악했다. 아 하고 그녀는 무슨 말인가 더 하려다 그만 입을 다물었다. Spring Stream. 봄내, 봄날의 시내. 춘천이라는 지명이 한자로 그렇게 예쁜 뜻을 갖고 있다는 것을 처음 일러준 이가 바로 아미라는 사실이 떠올랐던 것이다.

청량리역에서 춘천으로 가는 ITX 열차는 삼십오 분 후에 출발할 예정이었다. 미래가 역사 안의 카페에서 따뜻한 아메리카노두 잔을 주문해 그것을 머빈과 하나씩 나눠 들고 대합실 의자로 돌아온 후에도 이십 분이라는 시간이 남았다. 아니, 그가 자신의나라로 돌아가기까지 이틀이라는 시간이 남았다. 미래는 우리가어쩌다 지금 이곳에 나란히 앉아 있는 것일까 재차 생각했다. 그들은 이제 겨우 두 번째 만나는 사이였다. 처음 만났을 때 그 자리에는 모두 네 명이 있었다. 그들 자신을 뺀 나머지 두 명 가운데 더 궁금한 한 명의 안부는 물을 수 없었으므로 미래는 덜 궁금한 다른 한 명의 안부를 물었다.

"제이드 말이야?"

그의 여자 친구 이름이 제이드였나. 기억이 나지 않았다. 그것보다 미래는 두 사람이 어쩌면 지난 몇 년 사이에 헤어졌을 수도 있는데 괜한 질문을 했다는 것이 더 마음에 걸렸다. 하지만 그런 것 말고 또 무엇을 물을 수 있겠는가. 그녀의 표정을 읽었는지 머빈이 얼른 우리는 잘 지내고 있다고 대꾸했다.

"결혼은 안 했어?"

"그녀는 상하이에 있고 나는 홍콩에 있지."

엉뚱한 대답이었다. 하지만 그가 결혼을 했느냐 안 했느냐는 그다지 중요한 사안이 아니라서 미래는 더 이상 캐묻지 않았다. 머빈이 문득 생각났다는 듯 점퍼 주머니에서 스마트폰을 꺼냈다.

"그녀는 요즘 강아지를 키우고 있어. 이름이 치치야."

치치 사진을 보여주려는 것인가 했는데 그의 휴대폰 갤러리에 저장되어 있는 것은 초밥이니 우동이니 죄 음식 사진들뿐이었다. 얼마 전 도쿄에 출장 가서 먹은 것들이라고 했다. 역시 엉뚱한 반응이었다. 미래는 커피를 홀짝이며 고개를 들었다. 저만치 매점 가판대에 삶은 달걀이 가득 든 바구니가 놓인 것이 눈에 띄었다. 최불암 시리즈던가. 케케묵은 유머 한 토막이 떠올랐다.

삶이 뭔 줄 알아?

삶은…… 달걀이야.

우리말 언어 유희를 바탕으로 하는 이런 식의 유머를 머빈에게는 납득시킬 수 없을 것이다. 아미에게도 그랬으니까. 어쩌면 자신이 견디기 힘들었던 것은 그처럼 사소한 부분에 있었는지도 모르겠다고 미래는 생각했다. 그러니까 삶이 달걀이 아니라 삶은 달걀이라는 것 말이다.

"이게 춘천에서 유명한 거지?"

머빈이 불쑥 내민 휴대폰 화면에 떠 있는 것은 닭갈비 사진이었다. 그는 손가락으로 화면을 넘겨 막국수 사진도 보여주었다. 미래는 소리 내어 웃고 말았다. 이미 먹은 음식이 아니라 장차 먹을 음식 사진을 가지고 다니는 사람을 보기는 처음이었다.

"그거 먹으려고 춘천에 가고 싶었던 거야?"

"오, 천만에. 난 먹보가 아니야."

그가 두 손으로 엑스 자를 그어 보이며 세차게 부인했건만 미래는 방금 본 그의 휴대폰 속 음식 사진들이 떠올라서 다시금 웃었다.

사람들 말마따나 춘천은 아름다운 곳이었다. 특히 외국인들에게는 십여 년 전에 방영된 작품인데도 여전히 한류 열풍을 논할 때면 빠질 수 없는 드라마 〈겨울 연가〉의 촬영지로 잘 알려져 있어 그 환상이 더 클 수밖에 없었다.

"춘천이 윈터 소나타 촬영지라는 거 알아?"

"물론이지."

"거기 가면 남자 주인공 준상이네 집도 있어."

미래는 속으로만 덧붙였다. 그리고 아미의 집도 있지. 있었지.

물론 그녀가 살았던 집도 있었다. 당시 미래는 이십여 년을 서울에서만 쭉 살아왔고 부모에게서 독립하고 싶어 안달이 나 있었으며, 수중에 돈은 없으나 심중에 꿈은 많으니 어떤 일이든 닥치는 대로 해서 목돈부터 마련하는 것을 최우선 과제로 삼고 있었다. 그래서 대학 시절 강촌에 두어 번 엠티 갔던 것을 빼면 아무 연고도 없는 춘천에 무턱대고 내려갔다. 일자리를 얻기 위해서였다. 그곳 문화예술회관의 상설 도서 원화 전시회에서 그녀는 관람객들에게 원화에 대해 설명해주는 일을 했다. 굳이 명명하면 도슨트가 그녀의 직업이었다. 그러나 일반적인 도슨트가 무보수 자원봉사인 데 반해 그녀는 적지 않은 보수를 받았다. 부동산을 통해 얻은 원룸도 서울에서라면 같은 조건의 방을 얻었을 때 석 달치밖에 안 될 월세로 일 년을 살 수 있을 만큼 쌌다.

신이 덤으로 주신 것 같은 세월이었다. 밤에는 잠이 절로 왔고 아침에는 눈이 절로 뜨였으며 낮에는 시간이 절로 갔다. 관람객이 드문 전시회장의 근무 환경은 쾌적했고 그녀에게 사사건건 이래라저래라 하는 직장 상사도 없었다. 다만 퇴근 이후부터 잠들기 전까지의 시간이 다소 길고 적적했는데 그녀에게는 친구도 없고 텔레비전도 없고 이렇다 할 취미도 없었기 때문이다. 그래서 그녀는 매일 혼자 발 닿는 대로 춘천 시내를 걸어다녔다. 어디가 어디인 줄도 모르고 일단 직진했다가 나중에 갔던 길을 되짚어 오는 식이었다. 사람들이 춘천이 그렇게 아름답다고들 하는데 그녀의 눈에 비친 춘천은 그냥 소박하고 아담한 도시일 뿐이었다. 하여 별 감흥도 없이 걸었다. 어느 날은 걷다가 시장에서 칼국수를 사 먹었고 어느 날은 걷다가 상영관이 하나밖에 없는 극장에서 영화를 보았다. 그리고 또 어느 날 그녀는 걷다가 모든 물건이 다 천 원이라는 잡화점에서 충동적으로 오천 원짜리 만보기를 샀다.

그 이튿날부터였다. 미래는 날마다 퇴근 후에 그 성냥갑만 한 만보기를 허리춤에 차고 걸었다. 예상 외로 만 보를 채우는 일은 쉽지 않았다. 한 시간쯤 걸으면 능히 채울 수 있을 줄 알았는데 웬걸, 한 시간이 지나도 만보기의 숫자는 고작 육천 언저리에 머물러 있곤 했다. 만 보보다 언제나 피로가 먼저 오고 허기가 먼저 왔다. 그리고 나중에는 급기야 오기가 찾아왔다.

전시회장이 문을 닫은 어느 월요일, 미래는 오늘 기필코 만보 고지를 넘기리라 작심했다. 배를 든든하게 채우고 얼굴에 선크림을 발랐다. 엠피스리 플레이어와 생수병이 든 배낭을 등에 메고 운동화 끈을 조였다. 허리에 만보기를 찬 것을 확인한 후 걷기 시작했다. 자취방이 있는 효자동에서부터 무작정 북쪽으로 걸었다. 얼마 안 있어 한림대학교가 나왔다. 등판에 학교 이니셜이 수놓인 야구 점퍼를 입은 대학생들이 삼삼오오 그녀 곁을 지나갔다. 왼쪽으로 방향을 틀었다. 한참 걷다 보니 오른쪽에 춘천 향교가 나타났다. 돌담을 따라 계속 걸었다. 춘천여고를 지나치고 시청을 지나쳤다. 중앙로터리에 다다랐다. 명동 입구에는 평일 오후인데도 사람들이 많았다. 진입로를 따라 늘어선 가로등마다 배용준과 최지우의 얼굴이 새겨진 춘천시 관광 홍보 패널이 걸려 있었다. 일본인이거나 중국인이거나 대만인으로 보이는 이들이 그것을 배경으로 기념사진을 찍었다. 미래가 그들을 지나쳐 중앙시장으로 들어섰을 무렵 만보기 숫자가 오천을 돌파했다. 그때부터 가속이 붙었다. 그녀는 어디를 어떻게 지나고 있는지 신경 쓰지도 않고 그저 남쪽으로 걸었다. 숫자가 칠천을 넘고 팔천을 넘었다. 구천, 구천오백, 구천팔백부터는 걷다 말고 수시로 허리춤을 더듬어 만보기를 확인했다. 늘 네 자리에서 맴돌던 숫자가 바야흐로 다섯 자리를 꽉 채워 10000을 찍는 순간 그녀는 걸음을 멈추었다.

고개를 들었다. 눈앞에 붉은 벽돌로 지어진 단층집이 있었다. 여기가 어디일까. 제자리에 선 채로 고개만 돌려 주위를 살펴보았다. 그녀는 고만고만한 단층 건물들이 늘어서 있는 웬 주택가 한복판에 서 있었다. 가로등과 헌옷수거함과 주민들이 간밤에 내다 놓았을 쓰레기봉투 더미를 일별한 후 새삼스레 다시 한 번 만보기를 확인했다. 10000. 내내 풀지 못해 끙끙거리다가 마침내 푼 수학 문제의 정답을 보고 있는 기분이 이럴까 싶어서 그녀는 혼자 웃었다. 그러느라 바로 앞 벽돌집의 창문이 열려 있고 그 안에서 한 남자가 자신을 내다보고 있었음을 뒤늦게 알아차렸을 때 당연히 소스라칠 수밖에 없었다.

"안뇽하세요?"

남자가 웃으면서 고개를 숙였다. 한국어를 모국어로 갖지 않은 자 특유의 우스꽝스러운 발음이 오히려 낯선 이에 대한 미래의 경계심을 누그러뜨렸던 것일까. 그녀는 엉겁결에 저도 따라 목례를 하고 말았다. 그것이 아미와의 첫 대면이었다.

열차가 남춘천역에 당도한 것은 오후 두 시가 막 지난 무렵이었다. 해가 아직 중천에 걸려 있는데도 미래는 오늘 밤 어디에서 자야 할지 그것부터 걱정하고 있었다. 머빈에게 춘천 구경을 시켜주는 일이야 어려울 것 없었다. 외국인 관광객이 주로 방문하는 명소들쯤은 그녀도 익히 알고 있었으니까. 일반적인 코스는 명동과 공지천과 소양댐, 심화 코스로 가면 중도나 청평사나 남이섬 등등. 그러나 어디서 묵느냐 하는 것은 쉽지 않은 문제였다. 서울이라면 머빈에게 쓸 만한 비즈니스 호텔 아무거나 잡아주면 그만인데 춘천에는 적당한 호텔이 있는지 없는지도 모르겠고 그렇다고 사방에 널린 모텔로 가자니 그 특유의 야릇한 분위기가 켕겼다. 게다가 한밤에 젊은 남녀가 나란히 모텔에 들어가서 방을 하나씩 따로 잡는 것도 쓸데없이 이목을 끌기 딱 좋았다.

머빈이 미래의 어깨를 톡톡 건드렸다.

"가자니까."

가자고 앞서 말했는데 미래가 듣지 못한 모양이었다. 그녀의 심사가 그렇게 복잡하리라는 것을 알 리 없는 머빈은 제가 앞장서서 걷기 시작했다. 마치 잘 아는 곳에 왔다는 듯 내딛는 걸음에 거침이 없었다.

"어디로 가는 거야?"

묻고 나서야 그녀는 그것이 제가 아니라 머빈이 저에게 했어야 할 질문이라는 것을 깨달았다. 그러나 어이없어 하리라는 예상과 달리 그는 기다렸다는 듯 명쾌하게 대답했다.

"스프링 스트림."

"뭐라고?"

미래는 당황한 나머지 걷다 말고 멈추어 섰다. 스프링 스트림이라니. 춘천에 실제 봄날의 시내 같은 것은 존재하지 않았다. 로스앤젤레스에 천사들이 없고 울란바토르에 붉은 영웅이 없듯이. 그것은 그냥 지명의 뜻일 뿐이었다.

"오, 그런 의미가 아니었어."

머빈이 손사래를 치며 웃었다.

"내 말은 이제 이 도시를 본격적으로 보고 싶다는 거였어."

그러니까 바로 지금 이곳을 말하는 것이라는 듯 그는 말끝에 고개를 들어 남춘천역 주위를 천천히 둘러보았다. 봄날의 시내는 커녕 한겨울의 잿빛 거리가 그의 눈앞에 펼쳐져 있었다. 때가 겨울

이니 대기는 날숨도 얼어붙을 만큼 차가웠고 길바닥은 질퍽하게
녹다 만 눈과 흙이 뒤섞여 지저분했으며 행인들은 무채색만 있는
왕국의 시민들처럼 하나같이 시커먼 외투 차림이었다.

"예전에 블로그에서 이곳 그림을 처음 보고는……."

머빈이 불현듯 말끝을 흐렸다. 그의 얼굴빛이 함께 어두워졌
다. 말하다 만 문장을 마저 이을까 말까 망설이듯 입술을 두어 번
달싹이더니 그는 곧 아무렇지도 않은 척 씨익 웃었다.

"언젠가 꼭 한번 와보고 싶다고 생각했거든."

블로그라니. 도시 그림이라니. 그거라면 미래도 본 적이 있을
것이다. 횡단보도 앞에 이르렀다. 머빈이 미래 옆에 와서 섰다. 그
녀는 올 것이 왔구나 싶었다. 결국 이렇게 될 줄 알았다. 어차피
하게 될 이야기였다. 그래서 물었다.

"그 블로그 지금도 있어?"

"아니. 오래전에 폐쇄됐어."

미래는 잠시 아무 말도 하지 않았다. 머빈도 말이 없었다. 추
웠다. 미래는 횡단보도에 서 있으니 더 춥네 하고 생각하다가 횡단
보도에 서 있으면 왜 더 추울까 하고 의아해했다. 좌우지간 이제
그녀는 아미의 블로그를 영영 볼 수 없게 되었다. 그것을 볼 수 있
던 시절에도 그녀는 본 적이 없었다. 당시 그 이야기를 전해 듣고
머빈은 어떻게 그럴 수가 있느냐며 황당해했지만 미래는 충분히
그럴 수 있노라고 반박했다. 아미의 그림을 원화로 직접 볼 수 있

고 그가 쓴 이야기를 그의 입을 통해 직접 들을 수 있는데 왜 굳이 블로그를 찾아보겠는가 싶었던 것이다.

신호등 불빛이 파란색으로 바뀌었다.

"자, 가자."

이번에는 미래가 먼저 말했다. 그녀가 앞장서서 걸었다. 횡단보도를 절반쯤 건너다 말고 머빈이 잘 따라오고 있나 한 번 뒤돌아보기도 했다. 그런데 춘천을 그렸다는 그 그림, 대체 어떤 것이었을까. 아무리 기억을 더듬어보아도 딱히 떠오르는 것이 없었다.

그림 그리는 여행자. 아미는 자신을 그렇게 소개했다. 그것은 그의 블로그 제목이기도 했다. 아미는 전 세계 이곳저곳을 돌아다니며 각 여행지에서 특히 인상적이었던 풍경을 펜으로 스케치한 후 그것을 스캔하여 블로그에 올리곤 했다. 그의 그림은 펜화인만큼 많은 것을 생략하고 있었지만 그래서 사진보다 더 많은 것을 말하고 더 많은 것을 상상하게 했다. 원래는 순전히 재미 삼아 시작한 일이었다. 그러나 우연히 그의 블로그에 들른 네티즌들의 입소문을 통해 그의 블로그는 점점 유명세를 타게 되었다. 그의 그림을 보고 여행지를 고르는 이들이 생겼고 그의 그림을 사고 싶다는 이들이 생겼으며 더 나아가서는 그에게 삽화를 곁들인 여행 서적을 출간하자고 제안하는 출판사까지 나타났다. 어느 날 문득 돌아보니 아미는 블로그에 여행지 그림을 올리기 시작한 지 삼 년

만에 국적을 막론한 구독자 수십만 명을 거느리고 블로그 구석구석에 다국적 여행 관련 업체의 광고 배너를 줄줄이 매단 유명 블로거가 되어 있었던 것이다.

그가 춘천에 체류하게 된 것도 뜻하지 않은 일이었다. 도쿄에 여행을 갔다가 한국인 유학생을 만났고 그것을 계기로 한국에 여행을 왔다. 유학생이 추천해주었던 대로 서울과 경주와 제주를 여행했다. 그곳들을 그린 아미의 그림은 블로그 방문자들로부터 폭발적인 인기를 얻었다. 사실 어느 정도 예상한 반응이었다. 그 자신이 그림을 그릴 때 이미 그곳들에 크게 매료된 상태였기 때문이다. 아미는 한국을 떠나기 전에 딱 한 군데만 더 가보리라 생각했다. 여행지를 추천해준 그 유학생의 고향. 아무 정보도 없는 그곳에 왠지 가보고 싶었다. 그곳이 바로 춘천이었다.

"새벽에 소양강 다리를 걸어서 건너본 적 있어?"

미래가 없다고 대꾸하자 아미는 저 혼자만 아는 비밀을 털어놓듯이 갑자기 목소리를 낮추었다.

"거기에 춘천의 특산품이 있어."

그것은 물안개였다. 다리를 건너기 전에는 그도 알지 못했다. 다리 한가운데, 다시 말해 강 한복판에 이른바 안개의 구역이 있다는 것을 말이다. 한참을 강만 내려다보며 걷다가 문득 앞을 보았더니 시야가 이미 부예져 있었다. 무시무시한 안개였다. 제 손바닥을 눈앞에 대고 흔들어도 아무것도 보이지 않았다. 아래를 내려다보았다. 두 다리가 허벅지부터 안개에 잠겨 있어 제가 스스로 걷는 것인지 몸이 저절로 떠다니는 것인지 헷갈릴 지경이었다. 뒤를 돌아보았다. 방금 지나온 길이 안개 속으로 사라지고 없었다. 돌아가기에는 너무 늦었다. 앞이나 뒤나 안개에 포위되어 있기는 매한가지인지라 그는 계속 앞으로 나아갔다. 뜻밖에도 무섭다는 생각은 들지 않았다. 안개가 점점 짙어졌다. 그 정도가 최고조에 이르러 이제 더 이상은 짙어질 수 없으리라 판단하는 순간에조차 계속 짙어졌다. 그 대목을 묘사할 때 아미는 눈을 감았다. 안개 입자가 어찌나 촘촘한지 옷이 다 젖는 것 같았다고, 걷고 있는 것이 아니라 마치 헤엄을 치고 있는 것 같았다고, 앞은 전혀 보이지 않고 사방에서 강물 냄새가 진동하는데, 이상하게 그 안에 갇혀 있는 것이 그렇게도 따뜻하고 포근할 수가 없었다고.

"마치 고향에 와 있는 것 같은 기분이었어."

"고향?"

"응, 여행지가 아니라 고향."

아미는 덧붙였다. 여행은 본디 그곳에서 태어나야 했으나 어쩌다 보니 태어나지 못한 또 다른 고향을 찾아다니는 일이라는, 늘 믿고 싶었던 그 말을 춘천에서 비로소 믿게 되었다고. 그래서 춘천에 눌러앉게 되었다고 말이다.

미래는 그날 아미와 나눈 대화를 아직도 생생하게 기억할 수 있었다. 대화 내용이 특별해서가 아니었다. 각자 언어가 다르고 상대방의 언어에 서툰데도 어찌된 일인지 그 순간에는 서로의 말을 완벽하게 이해하고 있다는 느낌을 받았기 때문이다.

　아미는 봉의산 아래쪽에 자리한 가정집의 방 하나를 월세로 얻었다고 했다. 낮에는 산책을 하고 음악을 들었다. 밤에는 글을 쓰고 그림을 그렸다. 다시 말해 하루 이십사 시간 중에서 이십사 시간을 원하는 일을 하면서 보냈다. 게다가 집주인 가족은 늘 다정했고 음식은 항상 입맛에 맞았으며 인터넷은 빠르기가 심지어 생각의 속도보다도 빨랐으니 세상에 신이 존재하는 것은 물론이요 신이 자신의 편임을 믿을 수밖에 없는 날들이었다. 그러던 어느 날 누군가 그의 방문을 두드렸다. 집주인의 친척이라는 소녀가 그에게 대뜸 눈을 보러 왔다고 말했다. 당신의 눈이 무척 아름답다고 들었는데 좀 보여줄 수 있겠느냐는 것이었다.

　그것이 시작이었다. 그날 이후 며칠 간격으로 집주인의 친척, 집주인 자녀의 친구, 이웃 사람들, 그들과 어떤 식으로든 관련이 있는 사람들에 이르기까지 다양한 이들이 오로지 아미의 눈을 보기 위해 그의 방문을 두드렸다. 그래서 허리춤에 만보기를 찬 미래가 자신의 방 창문 앞에 서 있었을 때에도 놀라지 않았던 것이다. 자신을 만나러 온 줄 알았다고, 그녀도 자신의 눈을 보러 왔겠거니 생각했다고 그는 말했다.

　아닌 게 아니라 아미가 이야기를 하는 내내 미래는 그의 눈을 관찰하고 있었다. 시선이 저절로 그리 갔다. 과연 크고 아름다운 눈이었다. 그러나 그보다 더 강렬하게 미래의 눈길을 끈 것은 그의 눈썹이었다. 색이 짙고 숱이 풍성한 데다 유선형으로 우아하게 이어지는 모양새가 흡사 새끼 물고기 두 마리가 그의 이마 위에서 앞서거니 뒤서거니 헤엄치고 있는 것 같았다. 그녀는 무심코 중얼거렸다.

"아미."

"응?"

"우리말로 아름다운 눈썹이라는 뜻이야."

흥미롭다는 듯 아미가 눈을 크게 떴다. 그의 아름다운 눈썹이 덩달아 실룩거렸다.

"아름다운 낱말이구나."

"응."

"프랑스 말로는 친구를 뜻하지."

"프랑스 말도 할 줄 알아?"

그때 아미가 무어라 대답했는지는 기억나지 않았다. 어쨌거나 그날 두 사람은 친구가 되었다. 아미의 진짜 이름이 무엇이었는지는 기억나지 않았다. 어쩌면 한 번도 들어본 적이 없을지도 몰랐다. 미래는 아미에 대해 많은 것을 알고 있었지만 그보다 더 많은 것을 잊어버렸다. 아미에 얽힌 많은 추억을 가지고 있었지만 동시에 형편없는 기억력을 소유하고 있었다. 그래서 가끔 자문해야 했다. 그는 누구인가. 그는 실제로 존재했던 인물일까. 무엇이 그와

201
김미월 ·· 만보 걷기

나의 관계를 증명해줄 수 있을까. 머빈이 우리를 기억한다는 것? 그러니까 우리가 함께 홍콩으로 여행을 가서 그곳에 머물고 있던 머빈을 만났다는 것? 머빈에 제이드까지 모두 넷이서 데이트를 한 적이 있다는 것?

그날의 데이트에서 미래가 기억하는 것은 머빈이 무척 수다스러운 사람이라는 것이었다. 그는 아미에게 끊임없이 어디서 어떻게 미래를 만났는지 물었다. 그런 다음 미래에게는 끊임없이 만보기에 대해 물었다. 하루에 만 보 이상 걷는 것이 건강에 좋다는 말은 알아들을 수 있다. 그렇지만 만보기가 있어야 만 보를 걸을 수 있는 것은 아니지 않느냐. 만보기 없이도 계속 걸으면 자연히 만 보 이상 걷게 되는데 왜 만보기가 필요한 것이냐. 미래가 머릿속으로 영작을 하느라 어영부영 시간을 보내는 사이 그의 질문에 잽싸게 대답한 것은 제이드였다. 그게 동기 부여라는 거야. 만보기가 없으면 만 보를 걷기가 힘들어. 하지만 만보기가 있으면 그 숫자를 채우기 위해서라도 걷게 되거든. 체중계가 있어야 살을 더 열심히 뺄 수 있는 것과 같은 이치라고. 그러고 나서도 머빈과 제이드는 한참 동안이나 더 만보기의 필요성에 대해 공방을 벌였다. 하여 미래의 기억에는 그들과 함께 홍콩에서 어디에 가고 무엇을 먹었는지보다 그들이 쉬지 않고 이야기를 하던 모습이 더 또렷하게 남았다.

그런데 그렇게 다변이었던 머빈이 오늘은 통 말이 없었다. 아마 무슨 말을 하든 아미 이야기를 빼고는 할 수 없을 것이기 때문이리라. 아미의 부재는 그렇게 존재 이상으로 강력한 힘을 발휘하고 있었다. 미래와 머빈은 존재하지 않는 아미와 함께 춘천의 이곳저곳을 돌아다녔다. 그러나 어느 곳에도 그들이 기대했던 춘천은 없었다. 먼저 명동에 갔지만 오늘따라 무슨 대형 이벤트가 열리는지 행인들이 넘쳐나고 앰프 소리가 너무 시끄러워 정신이 쏙 빠졌다. 가로등에 부착된 〈겨울 연가〉 패널은 예전 그대로였으나 수년 세월을 거쳐 색이 바랜 탓인지 낭만적이라기보다는 쓸쓸해 보였다. 배용준의 눈 위에 눈이 쌓여 있었다. 미래가 손으로 그 눈을 털어냈다. 그래도 이제는 아무도 그 앞에서 사진을 찍지 않았다. 미래는 머빈을 이끌고 공지천으로 향했다. 그에게 한겨울 호수의 처연한 아름다움과 아기자기한 그 주변 공원이 빚어내는 조화를 보여주고 싶었다. 그런데 택시에서 내리기 무섭게 눈발이 흩날리기 시작했다. 게다가 바람이 너무 세차서 한 걸음 한 걸음 내딛을 때마다 눈발에 뺨을 얻어맞는 기분이었다. 공지천을 제대로 돌아보기도 전에 두 사람 다 안색이 시퍼레졌다. 결국 이십 분 남짓 버티다 그들은 시내로 돌아가기로 했다. 그마저도 쉽지 않았다. 택시가 잡히지 않아 길 위에서 한참을 벌벌 떨어야 했던 것이다. 인파에 데고 추위에 지쳐 그들은 다소 이른 저녁을 먹기로 하고 강원대학교 후문 쪽으로 이동했다. 머빈이 휴대폰 갤러리에 저장해

온 바로 그 닭갈비를 먹을 참이었다.

다행히 미래가 가고자 했던 닭갈빗집은 옛날 그 자리에 그대로 있었다. 출입문을 열고 안으로 들어서자 달달하고 매콤한 닭갈비 양념 냄새가 기분 좋게 코를 찔렀다. 미래는 홀 내부를 둘러보았다. 오래전에 아미와 자주 오곤 했던 식당이었다. 남녀가 함께 가면 닭갈비를 먹고 나서 철판에 밥을 볶아 먹을 때 평소 관상을 잘 본다는 식당 주인이 척 보고 판단해서 그들이 연인으로 보이면 주걱으로 밥을 눌러가며 하트 모양을 만들어주고 친구처럼 보이면 별 모양을 만들어주는 것 때문에 특히 젊은 층에게 인기가 많은 곳이었다. 그러나 그새 주인이 바뀌기라도 한 것일까. 남녀가 함께 볶음밥을 먹고 있는 탁자가 여럿 있었으나 미래는 하트도 별도 찾아볼 수 없었다.

닭갈비를 먹는 내내 머빈은 맛이 환상적이라는 감탄사를 내뱉었다. 그러면서도 여독이 풀리지 않아서인지 틈만 나면 하품을 했다. 하트도 아니고 별도 아니고 그냥 규정할 수 없는 모양의 볶음밥이 그의 앞에 놓였다. 하기야 미래와 머빈의 관계는 연인도 아니고 친구도 아니고 그냥 규정할 수 없는 어떤 것이었다. 머빈이 휴대폰을 꺼내느라 배낭의 지퍼를 열었다. 윗부분의 덮개를 젖히자 가방 안쪽이 훤히 들여다보였는데 책과 서류와 세면도구와 무엇이 들었는지 모를 검정 비닐봉지가 뒤엉켜 있을 뿐 미래가 예상했던 정장 같은 것은 보이지 않았다.

"옷은 어디에 있어?"

"옷이라니? 무슨 옷을 말하는 거야?"

"한국에 사업차 출장 온 거라면서."

"응."

"출장 오는데 설마 그런 복장으로 왔단 말이야?"

머빈은 제 옷차림을 흘깃 내려다보더니 어깨를 으쓱하고는 별 대꾸 없이 볶음밥을 입으로 가져갔다. 그의 입술이 기름으로 번들거렸다. 미래는 왠지 그를 추궁하는 꼴이 되는 것 같아 입을 다물었다. 그러나 의혹이 솟구치는 것까지는 어쩔 수 없었다. 출장 이야기는 거짓말이었던 것일까. 그럼 머빈은 왜 이곳에 왔을까. 정말 순수하게 춘천 여행을 하기 위해서일까. 그보다 나를 만나고자 한 저의는 무엇일까. 오래전 그날 왜 아미를 보러 오지 않았느냐고 따져 묻기 위해서? 아니면 이곳에 살던 시절의 아미가 어땠는지 내게 듣고 싶어서?

머빈은 몰랐을 테지만 오래전 그의 첫 번째 메일을 받았을 때 미래는 이미 아미와 헤어진 상태였다. 물론 헤어졌기 때문에 그곳에 가지 않은 것은 아니었다. 가게 된다면 사람들에게 그와 진즉 헤어진 상태임을 말할 수밖에 없으리라는 것이 두려웠을 뿐이다. 그녀는 아미를 보러 갈 것도 아니면서 고민했다. 어느 쪽이 지금 이곳에 없는 그를 진정으로 기리는 방식일까. 남아 있는 사람들에게 실은 그와 헤어졌음을 알리는 쪽일까, 혹은 끝내 그 사실을 털어놓지 않고 사람들이 우리를 예전 관계 그대로 오해하게 내버려두는 것일까. 아니, 그보다도 그때 우리는 왜 헤어진 것일까.

　미래가 아미를 아직까지 잊지 못하고 있었느냐 하면 그런 것은 아니었다. 그를 지금도 사랑하는가 하면 그것도 아니었다. 다만 그녀는 자신의 인생 어느 한때 아미가 옆에 있었고 지금은 없다는 것을 떠올릴 때마다 허전했다. 자신이 아미에 대해 하나씩하나씩 어렵게 알아낸 것들이 결국 아무 짝에도 쓸모없는 것이 되어버렸다는 사실이 참담했다. 머빈을 쳐다보았다. 그는 부지런히 볶음밥을 먹고 동치미 국물을 마시고 그러다가 휴대폰으로 음식 사진을 찍었다. 미래는 음식을 먹기 전에 사진을 찍는 사람은 흔해도 음식을 먹는 도중에 사진을 찍는 사람은 처음 보는구나 하고 생각했다. 그리고 그가 묻기 전에 먼저 말하고 싶었다.

　그 시절의 아미에 대해 알고 싶어? 아미의 겉옷 주머니에는 언제나 펜이 세 개씩 들어 있었어. 똑같은 검정색 수성펜이었지만 각각 굵기가 달랐지. 지붕을 그릴 때, 구름을 그릴 때, 유모차를 그릴 때, 웃는 얼굴을 그릴 때 등등 그는 대상에 따라 펜을 바꿔가며 쓰곤 했어. 그의 펜화에 색깔이 없는 건 잘 알고 있겠지? 그는 말했어. 빨간색을 자세히 들여다보면 파란색이 언뜻 보여. 노란색을 자세히 들여다보면 어느 순간 보라색이 보이지. 난 그걸 어떻게 표현해야 할지 모르겠어. 그래서 색깔을 아예 쓰지 않는 거야. 처음에는 그의 말이 어처구니없다고 생각했어. 그런데 얼마 지나지 않아 나도 그렇게 되었지. 회색을 자세히 들여다보면 분홍색이 보이고 초록색을 자세히 보면 주홍색이 보이더라고. 직장에 가서도 마찬가지였어. 도서 원화 전시회에서 관람객들에게 그림에 쓰인 색채 기법에 대해 설명할 때마다 내가 잘 알지도 못하는 세계에 대해 뭔가 아는 척 거짓말로 떠들고 있다는 기분이 들었거든. 나중에는 이런 생각까지 하게 되었어. 나를 자세히 들여다보면 무엇이 보일까. 나는 남들 눈에 어떤 색깔로 비칠까. 그 색깔은 진짜일까.

아미와 나는 날마다 함께 춘천 시내를 걸었어. 걸어다녀야 진짜 춘천을 들여다볼 수 있다며 그는 제 고향을 소개해주듯이 이 도시의 곳곳을 내게 보여주었지. 우리는 팔호광장에 꼬마김밥과 즉석 떡볶이를 먹으러 갔고 조각공원에서 열린 야외 그림 전시회를 보러 갔고 춘천여고 운동장 한복판의 목백합을 보러 갔고 무엇보다 새벽에 소양강 다리를 건너러 가기도 했어. 그와 걸을 때마다 나는 늘 허리에 만보기를 차고 있었어. 일부러 리셋 버튼을 누르지 않아서 걸음걸이 수가 날마다 누적되었어. 내가 아미를 처음 만났을 때 만보기 숫자는 10000. 내가 그를 마지막으로 보았을 때는 99999였어. 만보기가 보여줄 수 있는 최대치의 숫자지. 그 후로는 아무리 걸어도 숫자가 올라가지 않았어. 어쩐지 그게 아미와 나만의 추억이고 역사이고 정표인 것 같아서 나는 그와 헤어진 후에도 리셋 버튼을 누르지 않았어. 그런데 말이야. 그 만보기, 지금은 어디에 처박혀 있는지도 몰라.

머빈이 불판을 휘젓던 숟가락을 탁자에 소리 나게 내려놓았다. 미래는 그가 드디어 자신에게 뭔가를 말하려고 하는 거구나 추측했다.

"그런데 이 도시에 왜 봄날의 시내라는 이름이 붙은 거야?"

또 엉뚱한 질문이었다. 그 이유를 미래가 어찌 알겠는가. 그녀는 대답 대신 물었다.

"여기 꽤 춥지? 그래서 도시 이름이 별로 와닿지 않지?"

"천만에. 나는 믿어. 그림이 정말 아름다웠으니까."

닭갈빗집을 나오며 머빈이 말했다.

"그 도시는 정말 봄날의 시내 같았어. 사랑에 빠진 이가 그린 그림 같았지."

그렇게 말하는 머빈이야말로 사랑에 빠진 이처럼 달뜬 표정이었다. 이미 실제로 본 것보다 아직 보지 않은 것을 더 믿게 만드는 그림이라니. 그것은 물론 아미가 그려서 블로그에 올린 펜화를 말하는 것일 터였다. 대체 어떤 그림이었을까. 당장 기억이 나지 않을 뿐 오래전에 미래도 본 적이 있을 것이다. 많은 것이 생략되어 있지만 그보다 더 많은 것을 상상하게 하던 아미의 그림. 그녀는 머빈에게 그 그림에 대해 자세히 물어보고 나서 내일쯤 그것에 묘사된 장소로 그를 데리고 가야겠다고 생각했다. 그에게 오늘 춘천이 보여주지 않은 또 다른 얼굴을 보여주고 싶었다. 그러니까 한겨울 잿빛 도시가 제 속에 품고 있을 따스한 봄날의 시내를.

아 참, 그나저나 오늘 밤 그를 어디서 재운다?

"저 사람들 지금 무슨 일이 있는 거야?"

미래가 숙소 걱정에 골몰해 있느라 미처 보지 못했는데 큰길에 사람들이 모여 있었다. 그들 어깨 너머로 누군가 악을 쓰는 소리가 들렸다. 미래는 그쪽으로 다가갔다. 네댓 살쯤 되어 보이는 남자아이가 제 엄마인 듯한 여자의 치마폭에 매달려 비명을 지르고 있었다. 그들 앞에 정차해 있던 승용차의 운전석에서 한 남자가 내렸다. 그가 아이의 어깨를 우악스럽게 잡아끌었다. 아이의 울음소리가 커졌다.

"시끄러워! 당장 울음 그치지 못해?"

"왜 애한테 소리를 지르고 그래요?"

"당신이 애 버릇을 이렇게 망쳐놨잖아!"

여자와 남자가 언성을 높이며 서로에게 삿대질을 했다. 그러면서도 여자는 아이를 억지로 데려가고자 하는 남자를 저지하지는 않았다. 미래는 알 수 있었다. 누구나 알 수 있을 터였다. 아이가 결국은 승용차에 오르게 되리라는 것을. 아이는 저 남자를 따라가게 될 것이고 저 여자를 당분간은 만나지 못할 것이다. 어쩌면 영영 만나지 못할지도 모른다. 그리고 아마 오늘의 기억을 평생 잊지 못할 것이다.

"가자."

머빈이 더 이상 못 보겠다는 듯 고개를 돌리더니 팔호광장 방향으로 걷기 시작했다. 말을 알아듣지는 못해도 상황은 대충 파악한 모양이었다. 미래는 그에게 전후 사정을 설명해주지 않아도 되니 다행이라고 생각했다. 등 뒤로 아이의 울음소리가 끈질기게 따라왔다.

고향에서
길을
잃었다

백영옥

•
•
•

속초로 가는 터널이 뚫린 뒤, 미시령 고개를 넘어갈 일이 없다는 걸 알고 한번 가보고 싶다는 생각이 들었습니다. 굽이진 그곳을 넘어가던 추억이 있는데 짧은 터널이 생기면서 그 구불거리는 도로가 일직선으로 펴지고, 옛길들이 삭제당하듯 사라지고, 그 길들 위에 있던 공간들이 폐쇄되는 것에 대한 안타까움이 있었거든요. 미시령휴게소는 그런 의미에서 제게 좀 특별한 공간이었고요. 그래서 속초라는 도시를 선택하게 된 것 같네요. 가장 먼저 떠올랐던 건 한때 화려했고 분주했던 어느 공간 앞에 붙은 '잠정적 휴업'이란 녹슨 팻말이었습니다.

이기에 낯설지 않은데요. 게다가 아주 '한국적인 결혼'에 대한 시선이 곳곳에서 드러나 흥미롭습니다. 처음 보는 주례의 손등에 손을 얹고 영원을 맹세하거나, 결혼식에서 준비된 음식을 제대로 맛보지 못하는 유일한 사람은 당사자들뿐이라는 아주 한국적인 아이러니를 짚어가는 과정은 얼굴 화끈할 정도로 현실적이죠. /기혼자로서 결혼 문화를 바라보는 비판 의식이 깃들어 있는 것일까요?

저도 제 결혼식에서야 주례 선생님을 처음 뵈었습니다. 말이 됩니까? 한국에선 말이 됩니다! 맨정신으로 결혼식을 즐길 수 있는 사람이 몇 명이나 될지 궁금합니다. 하지만 결혼식 사진만 보면 좋아서 죽을 것 같은 얼굴의 제가 보입니다. 그것이 엄청난 민망함과 부끄러움, 혼란스러움 때문에 생긴 스마일 증후군 환자의 미소라는 걸 아는 건 아마도 저와 제 남편뿐일 텐데, 결혼식을 마치고 호텔에 들어와 완전히 뻗은 두 사람이 호텔 천장의 샹들리에를 보며 내린 결론은 그거였어요. 결혼식은 두 번 다시 하고 싶지 않으니 웬만하면 이혼하지 말고 살자! 사실 그게 주례 선생님의 결혼 서약보다 더 실감나는 서약이었죠.

주인공의 여정은 빠른 복귀를 종용하는 상사의 문자와 전화로 내내 짜증과 불안을 안고 갑니다. 게다가 이혼의 전리품처럼 남은 녹색 재규어가 결국은 마지막 순간에 주인공의 발목을 잡아버리는 장면에서 독자들도 그녀와 마찬가지로 욕설을 퍼붓고 싶어지고요. 주인공은 과연 어떤 선택을 하게 될까요? 추암 해변으로 가서 기어이 전 남편의 마지막을 확인할까요?

저라면 추암으로 갈 것 같습니다. 읽는 사람마다 다른 답을 가지고 있겠지만요.

작가님의 마음속에 항상 자리 잡고 있는 '그곳'이 있으신가요?

한때 헌책방이 제겐 그런 곳이었습니다. 대치동, 황학동, 옥수동, 녹두거리 등등의 헌책방을 뒤지던 때가 있었어요. 유기견처럼 버려진 책들의 안치소 같은 그곳에서 되는 것 없던 제 청춘의 모습을 보기도 했죠. 그곳에서 나는 활자들이 삭아가는 냄새도 좋아했어요, 변태스럽게도. 그런데 어느 날 돌아보니 저는 헌책조차 쾌적한 알라딘 헌책방에서 사는 사람이 되어 있더군요. 제가 다니던 헌책방의 90퍼센트는 이미 사라졌습니다.

다른 소설을 통해 도시와 공간을 만나는 강렬한 여행적 체험을 한 적이 있으시죠?

하루키의 〈먼 북소리〉를 통해 체류하는 여행에 대한 인상이 깊어졌습니다. 여행기를 그다지 즐겨 읽는 편은 아니지만 어린 아들과 함께 떠난 여행을 그린 오소희 씨의 여행에세이도 아이의 키로 세상을 보게 한다는 점에서 꽤 좋았고요.

작가님의 소설 못지않게 산문을 좋아하는 독자도 많습니다. 인생은 덧셈의 이야기가 아니라 뺄셈의 이야기라는, 살아가는 게 아니라 죽어가는 것이라는 작가님의 사유는 여러 형태의 글에 깊숙이 배어 있는데요. 같은 이야기지만 산문과 소설에 담을 때 표현 방식이나 태도가 다를 것 같습니다.

사실 소설과 에세이의 차이는 없습니다. 저는 굳이 저를 '소설가'라는 카테고리에 넣고 싶은 생각도 없어요. 굳이 얘기하면 '작가'인 거죠. 예술을 하고 있다는 생각은 더더욱 없어요. 그저 뭔가 대단히 궁금해지면 이야기를 시작하긴 합니다. 가령 이런 거죠. 인생은 단 한 번뿐인데 그렇다면 내가 원하는 걸 하면서 사는 게 맞는 것 아닌가. 원하지 않는다면 버려야 하는 것 아닌가. 그것이 누군가에게 엄청난 상처를 입히는 일이라도 말이죠. 그래서 선택이란 선택하지 않은 것을 감당해내는 일이란 말을 하게 됩니다.

다시 '결혼기념일'의 첫 장면, 잘못된 길이라고 거듭 안내하는 내비게이션을 무시하고 이미 폐쇄된 미시령휴게소로 향하는 주인공의 모습이 떠오르네요. 잘못인 것을 알면서도 돌이키지 못하는 선택에 관심을 가지고 계신 걸까요?

삶을 두 번 살 수 있다면, 저는 지금처럼 살고 있진 않을 것 같아요. 지금 와서 생각해보면 그런 황당한 선택을 하지도 않았을 거고요. 살면서 이런 말 많이 하잖아요. "후회하지 않아요." 하지만 알다시피 자기 삶에 후회 없는 사람은 굳이 '후회하지 않는다'는 말을 하지 않습니다. 이 말 역시 악착 같은 자기 합리화죠.

제 소설에 유독 상실의 단어들이, 이혼, 외도, 실연, 실직, 파산, 파탄 같은 극적인 소재들이 등장하는 건 그것이 한 인간을 가장 잘 보여주는 리트머스 용지 같은 것이기 때문이에요. 그렇기에 한 번뿐인 삶에서 과연 도덕은 무엇이고 윤리는 무엇인가란 질문도 가능해집니다. 두 번 살 수 있다면 결정적인 자기 삶의 오류를 수정할 수 있는 기회란 것도 올 텐데, 인생에선 어림없는 소리죠.

나이 들수록 운명론자가 되는 걸 거부하기 위해 꽤 많이 노력했는데, 이상하게 그런 부분, 그러니까 '우연'이랄까 '운'이랄까 '인연' 같은 것에 대한 생각이 많아집니다. 경험이 쌓이면 그만큼 실패와 성공의 감각도 축적되게 마련인데 그것이 어쩌면 내 의지보다 외부적 환경이나 당시 주변에 있던 사람들에 의해 변화할 수 있다는 걸 알게 돼서인지도 모르겠습니다. 저는 요즘 '노력'이란 것조차도 실은 타고난 '재능'이 아닐까 의심하게 돼요. 흔히 노력을 의지라고 생각하는데 일관되고 끊임없는 노력이야말로 가장 '빛나는 재능'일 것이라는 의구심 말이죠.

내 의지대로 되는 게 거의 없다는 걸 알면 머리끝이 화끈해져요. 그래서 40세부터의 삶은 삶의 관성과 공허함 속에 끼어 그것을 견디는 삶이 되어버리는 게 아닌가란 생각도 듭니다. 인생이 그렇다는 걸 문득 알아버렸는데, 그럼에도 불구하고 생각보다 오래 살아야 한다는 절망감 같은 게 있어요. 그렇다면 어떻게 살아야 할 것인지에 대한 질문은 별수 없이 따라오는 것이고요. 소설이야말로 질문이죠. 제대로 된 질문이기만 하다면 그것을 찾아나가는 고통스런 과정에서 간신히 생겨나는 어렴풋한 깨달음도 있을 것이고요. 하지만 제 경우, 쓰면 쓸수록 어렵고 모르겠단 생각뿐이에요.

지금 떠나고 싶은 여행지가 있으신가요?

캐나다의 프린스 에드워드 섬에 가고 싶어요. 아주 단순한 이유입니다. 앤을 정말 좋아하거든요.

작가 인터뷰 ·· 백영옥

손흥규

· · ·

지금 어디에 계신가요?

> 제 방에 있습니다. 창을 등진 채 앉아 보이는 건 책과 노트 북뿐이에요. 아침이 왔고 비로소 저의 하루가 저물었습니다. 아침을 맞는 사물들의 수런거리는 소리가 들리네요.

2014년 4월 현재, 가장 집중하고 계신 작업이 무엇인가요?

> 지난해 연재했던 장편소설을 출간 준비 중입니다. 어떤 책 이 먼저 나올지 저도 궁금하네요.

소설가 손흥규에게 '여행'이란 어떤 존재입니까?

> 여행은 나에게 이르는 가장 멀고 확실한 길입니다.

해외든 국내든 여행 다닐 때 꼭 챙기는 특별한 필수품이 있으신가요?

> 책과 카메라.

누군가와 함께 여행을 해야 한다면 어떤 친구와 동반하고 싶으세요?

　　　배낭에 소주 두어 병 넣고 다니는 친구.

6개월 정도 터키에 머문 적이 있으시죠. 혹시 터키에서 당시 인연을 쌓았던 터키인 친구들이 한국을 방문한다면, 대한민국 도시나 지역 가운데 어디를 여행지로 추천하고 싶으신가요?

　　　글쎄요, 그저 저희 집으로 초대해 따뜻한 밥 한 끼 지어 먹여주고 싶습니다. 어디를 가든 그곳의 내면으로 들어가는 길은 풍광이 수려하거나 문화적 가치가 높거나 역사적 명성을 지닌 곳을 통하는 게 아니라, 누군가의 지붕 아래로 통하게 마련일 테니까요.

정읍이 고향이시죠. 그리고 단편 '정읍에서 울다'는 제목에서 얘기해주듯이 작가님의 고향을 배경으로 담고 있습니다. 정감 어린 사투리와 소박한 지방색이 이야기 구조와 문장 사이사이에서 따뜻한 온기를 전하더군요. 소설집 〈봉섭이 가라사대〉에는 깊은 사회의식과 함께 걸쭉한 사투리가 등장했고, 소설집 〈톰은 톰과 잤다〉에서는 왠지 작가님의 문청 시절을 들여다보는 듯한 인상을 받았지만, 정작 고향 정읍이 문장 안에 중심을 이룬 작품은 없지 않았나요? 작가님께 고향 정읍은 어떤 존재인가요?

　　　장편 〈귀신의 시대〉를 비롯해 단편소설 몇 편은 정읍을 배경으로 썼어요. 물론 정확히 지명을 밝힌 적도 있고 그렇지 않은 적도 있습니다만, 어쩌면 다른 도시를 배경으로 쓴 소설일지라도 거기에는 알게 모르게 정읍이 반쯤 섞여 들었을지도 모르지요. 저의 고향 정읍은 비밀의 도시입니다. 유소년 시절의 추억이 깃든 곳이기에 그렇고, 그 추억이 반쯤 땅에 묻힌 채 홀로 썩지 않고 빛나기 때문이기도 하지요. 그리고 여전히 제가 그 의미를 모른다는 점에서 그렇습니다. 무언가를 해석하고 이해하려 애쓰는 순간 비밀은 한 걸음 뒤로 물러서게 마련인데 아마도 그건 지금도 정읍이 살아 움직이는 도시이기 때문인 듯합니다. 정읍은 제게 사람은 나이를 먹는 존재가 아니라 사연을 쌓아가는 존재임을 알게 해주었습니다. 사연이 흘러 단풍이 물드는 곳, 거기가 바로 정읍이지요.

지난해 상복이 많으셨죠! 한 해 동안 오영수문학상과 백신애문학상을 수상했고, 이상문학상 우수작으로 '배우가 된 노인'이 선정됐습니다. 올해도 '기억을 잃은 자들의 도시'가 이상문학상 우수작 라인업에 당당히 자리하고 있습니다. '배우가 된 노인'이 씁쓸한 맛을 내는 손홍규식 유머와 깊이를 제대로 보여줬다면, '기억을 잃은 자들의 도시'는 지독하게 생경한 상황(기억상실증)과 맞닥뜨린 한 가족을 통해 낯선 상상력을 일상으로 끌어들이며 문학적 성취를 보이셨습니다. 이번 '정읍에서 울다' 역시 인생에 대한 작가적 성찰이 그 어느 때보다 뜨거운 감동을 불러일으키죠. 그런데 문예지에 발표하지 않으면 문학상 후보에서 제외되는 것으로 알고 있는데, 출판사로 먼저 작품을 보내며 조금 아쉽지는 않으셨나요?

특정한 모티프, 이 경우에는 '정읍'이라는 모티프로 소설을 쓰는 일이 생각처럼 쉽지는 않았습니다. 제가 선택했지만 여행, 도시라는 한정된 범주 내에서 다루어야 한다는 사실이 제한으로 작용했으니까요. 하지만 그런 제한은 문장과 이야기의 밀도를 강요한다는 점에서 긍정적이기도 했어요. 자발적으로 쓴 소설이란 처음부터 없는 건지도 몰라요. 소설이란 게 늘 어떤 궁지에 몰려서 혹은 스스로를 궁지에 몰아넣고 써야 하는 거라면 이번에 제대로 궁지로 몰아넣어 주셨으니 외려 제가 감사할 일이죠.

물음표를 유독 아껴서 사용하시더라고요. 특별한 이유라도 있으신가요?

대체로 모든 문장부호에 인색한 편입니다. 단어가 그렇듯이 문장부호도 하나의 발화거든요. 단어는 마음에 안 들면 대체할 수 있는 다른 단어를 찾을 수 있지만 문장부호는 그런 호환이 어렵잖아요. 특히 이 소설에서는 물음표로는 담을 수 없는 어감을 살리기 위해 고심했어요. 부부의 대화는 대부분 묻는 말과 대답하는 말로 이루어졌지만 묻는 말에는 물음 너머의 의미가 담겨야 하고 대답하는 말에도 대답 너머의 의미가 담겨야 해요. 물음표를 사용하면 물음 너머를 나타내기가 어려웠습니다. 차라리 물음표를 삭제했을 때 마땅히 물음표가 있어야 할 자리였기 때문에 반쯤은 물음의 흔적이 남게 마련이고 또한 물음표가 없기 때문에 물음 너머를 생각해볼 수도 있을 것 같았지요.

장편 〈이슬람 정육점〉과 소설집 〈톰은 톰과 잤다〉의 동명 표제작, 또 지난해 많은 찬사를 받은 단편 '배우가 된 노인'을 손홍규 작가의 대표작으로 꼽는 독자들이 많습니다. 올해로 등단 14년째 되는 손홍규 작가님께서 가장 아끼는 작품은 무엇인가요?

저는 단편 '사람의 신화'가 가장 애틋해요. 그 소설에는 제가 지금 걷는 길, 걸어야 할 길, 그 모든 이정표가 담겼어요. 제 소설은 모두 거기에서 비롯되었고, 설령 그것과 무척 다른 소설이 나온다 해도 그 소설의 또 다른 변주라는 건 부인할 수 없을 겁니다. 사람과 신화. 이 두 단어는 제가 소설을 쓰는 화두예요. 사람은 사연의 존재로서, 신화는 존재의 형식으로서. 강탈당한 신화를 사람에게 되돌려주어 원래 사람은 그렇게 참혹하게 존재하여 숭고한 존재였음을 되새기는 일이 제 소설 쓰기라고 할 수 있으니까요.

올 초 딸아이의 아빠가 되셨습니다. 4월 현재 100일도 되지 않은 딸의 아버지가 됐다는 사실이 작가님의 소설 세계에 어떤 영향을 미치게 될까요?

어느 시인 선배가 저한테 '아이가 부처님이야'라고 말씀하시더군요. 지금까지는 그런 말을 아무렇지도 않게 단호하게 할 수 있는 저를 상상할 수 없었습니다. 제가 좋아하는 문장 가운데 하나가 주노 디아스의 장편 〈오스카 와오의 짧고 놀라운 삶〉에서 아이를 보며 "애야, 너는 하느님이 도미니카 사람이라는 증거란다"라고 말하는 문장인데요, 아무쪼록 저 역시 딸아이를 보면서 그런 말을 속삭이는 사람이 될 수 있기를 바랄 뿐입니다. 아이는 상상 너머를 일깨우는 존재인 것 같아요.

소설 쓸 때 특정한 버릇 같은 게 있으신가요? 밤낮이 바뀌어 생활하신다는 얘기를 들었습니다만.

소설을 쓰다 보면 날이 새요. 날이 새면 잠이 찾아와야 하건만 그건 소설이 잘되고 있느냐 아니냐에 따라 다릅니다. 대체로 잘 안 되는 편이라 불면의 밤을 지새고 나면 불면의 낮이 옵니다. 잠이 들어도 잠이 든 게 아니므로 - 잘 안 되는데 어찌 편히 잘 수 있나요 - 한 편의 소설을 완성할 때까지 여일하게 불면입니다. 불면도 버릇이라면 버릇이겠지요.

5월에 터키를 오랜만에 다시 방문하시죠? 장편 〈이슬람 정육점〉이 터키어로
출간된 것이 계기가 되었다고 들었습니다.

　　이스탄불에서 열리는 탄피나르 문학축제에 참가합니다.
한국문학번역원의 후원으로 참가하는데 지난해 11월 터키
에서 출간된 〈이슬람 정육점〉 덕분에 초청을 받은 것 같아
요. 세계 각지에서 초청받은 작가들과 함께 행사를 치르지
만 구체적인 건 저도 잘 모릅니다. 기회가 된다면 행사를
치른 뒤 예전에 체류하는 동안 방문하지 못했던 터키 동
부 지역과 흑해 연안 지역을 둘러보고 싶습니다.

도서 판매량이 예전만 못하고, 매스미디어에 의해 베스트셀러가 좌지우지되
며, 종이책이 사라질 것이라는 예견이 출몰하는 시대에 살고 있지만, 여전히
문학에 몸담으려는 젊은 후배들이 많습니다. 대학에서 소설 창작을 가르치고
계신데, 소설을 쓰고자 몰두하는 청춘들에게 어떤 충고와 격려를 해주시나
요?

　　문학은 누군가 죽인다고 해서 그럴 수 있는 건 아니라고
생각합니다. 문학이 죽음을 맞이하는 순간은 현실과 타협
하는 순간이겠지요. 문학은 오로지 미래하고만 결탁해요.
문학의 미래는 바로 지금 이 순간 문학을 자신의 삶으로
받아들이고 온몸으로 밀고 나가는 청년들이죠. 문학의 운
명은 그들 손에 달렸어요. 사실을 말하자면 문학은 별 가
망이 없습니다. 더 나은 일이 많고 인간의 진보에 기여하
는 더 귀중한 일이 많아요. 가능하다면 문학에 발목이 붙

들리기 전에 탈출하라 권하고 싶습니다만 제가 그런 충고를 하지 않는 이유는 원래 문학은 그런 말에 귀 기울이지 않는 고집불통들이 하는 일이라서요.

이기호

·
·
·

이기호 작가님의 소설에는 시쳇말로 '웃픈' 현실 속 에피소드가 자주 등장합니다. 천연덕스런 입담 속에서도 어딘지 쓸쓸하거나 슬픈 논조가 드러나고 마는데, 기본적으로 이기호 작가님은 비관론자인지 낙관론자인지 궁금합니다.

현실보다도, 현실을 받아들이는 태도가 문제인데, 그걸 사디즘과 마조히즘으로 바라보면 저는 후자 쪽이 맞는 것 같아요. 겁도 많고 강단도 별로 없어서, 맞는 쪽을 택합니다. 맞다 보면 스스로가 희극이 되는 순간이 오지요. 그때 우리가 처한 현실도 저절로 드러난다고 믿고 있습니다. 유머의 본질은 어쨌든 마조히즘이라는 것.

고향이 원주이십니다. '말과 말 사이―원주통신2' 역시 원주에서 나고 자란 청춘, 사랑과 성이 가장 중요한 시절의 친구들 이야기죠. 대학 시절 고향을 떠나신 걸로 알고 있고 현재는 광주에서 자리 잡고 계신데, 이기호 작가님께 고향 원주는 어떤 의미인가요?

지지리 꼴도 보기 싫은 곳이었는데, 이젠 헤어질 수도 없는 오랜 연인이 되어버린 느낌이에요.

강원도 촌사람이 지역색 뚜렷한 전남 광주에서 자리 잡기가 굉장히 힘들지 않았을까 싶습니다. 광주대학교에서 비정규직 소설가가 아닌 정규직 교수님으로 생활하고 계신데, 어려움은 없으셨나요?

'이마트'만 있으면 요즈음은 거기가 대구이든 부산이든 울산이든 다 똑같은 것 같아요. 아무 어려움이나 고난도 없었고요, 다 똑같아졌다는 게 큰 문제라는 생각을 하고 있습니다. 광주에 사는 젊은 친구들이 사투리를 쓰지 않아서 당황했습니다.

'말과 말 사이-원주통신2'는 이기호 작가님이 2006년 묶어낸 두 번째 소설집 《갈팡질팡 내 이럴 줄 알았지》에 들어 있는 단편 '원주통신'의 연장선상에 있는 작품입니다. 성장기를 함께한 고향 원주를 추억하는 단편인데, 두 편 모두 동창생이 등장하죠. 첫 번째 이야기에서 '롬-살롱 토지'를 운영하는 동창 용두와의 어처구니없는 에피소드가 정말 그럴싸하게 느껴졌던 것처럼, 이번 작품에서도 이기호 작가님껜 소위 '불알친구'라 할 만큼 애틋한 동무들이 있을 것 같다는 확신이 들 정도입니다. 소설 속에 등장하는 재덕, 승희, 그리고 누구보다 형자 같은 동기들이 있으신가요? 행여 없다면 어떤 인물에서 모티프를 얻으셨는지 궁금합니다.

그런 친구들이 있었지만, 대부분은 만들어진 인물이고요, 거기에서 다시 생략되고 축약된 친구들이지요. 소설은, 다른 작가들도 마찬가지겠지만, 대부분 작가 개인의 삶에서 나오는 게 맞는 것 같아요. 쓰인 부분보다 쓰이지 않은 부분 때문에 허구가 되고 서사의 이름을 갖게 된다는 걸 요즈음 더 확연하게 깨닫고 있습니다. 저에 대해서 잘 아는 사람들이 제 소설을 읽지 않기를, 그것을 바라면서 소설을 쓰고 있습니다.

'말과 말 사이-원주통신2' 속 화자의 시선은 다소 여성 비하적인 면모가 엿보이거든요. 소설이지만 작가님 가치관에 대한 오해의 소지도 있을 수 있는데, 남자 독자들이 폭소를 터뜨릴 문장에서도 여성 독자들은 '짓궂다' 혹은 '과하다'는 찌푸린 반응을 보이겠다는 염려도 들었습니다. '여성 비하'라는 독자 혹은 네티즌의 반응을 얻는다면 어떠실 것 같습니까?

이 소설 속 '화자'도 만들어진 인물이니까, 저에겐 이런 인물이 꼭 필요했습니다. 이건 어쨌든 '말'에 대한 이야기니까요. 욕을 먹어도 어쩔 수 없지만, 왜 굳이 이런 '화자'가 필요했는지, 한 번 더 생각해주기를 바랄 뿐이죠.

지금 어디서 무얼 하고 계세요?

새벽 한 시쯤 되었고요, 막 사월이 시작되었네요. 광주의 작업실에 나와 앉아 있는데 백목련은 벌써 떨어지기 시작했고, 가로등 아래 벚꽃이 피어 있는 게 보이네요. 벚꽃을 보니 왠지 더 피곤해지는 심정이에요. 벚꽃 필 때마다 꼭 사고를 치곤 했거든요.

소설 쓰실 때 특정한 버릇 같은 게 있으신가요?

버릇은 아니고, 장소를 자주 바꿔가면서 씁니다. 작업실도 여러 번 바꾸고, 고시원도 여러 곳 전전했습니다.

2014년 4월 현재, 집중하고 계신 작업이 있다면 소개해주십시오. 지난해 소설집 〈김박사는 누구인가〉를 내고 하신 인터뷰에서 장편을 마무리 중이라고 들었습니다만.

며칠 전 오랫동안 끌었던 장편 원고를 출판사에 넘겼습니다. 오늘 할 일을 내일로 미루라는 신조를 지키느라 4년 내내 내일 쓰지, 내일 쓰지, 했던 원고인지라 갑자기 내일이 사라진 기분입니다.

다른 작가의 소설을 통해 낯선 도시와 공간이 친근해진 경험이 있으셨나요?

서울에서 처음 생활할 때, 주로 소설 속에 등장한 지명들을 찾아다녔던 기억이 있네요. 소설로 서울 지리를 익힌 셈인데, 구효서나 윤대녕, 이순원 선생 같은 분들의 작품이 내겐 사회과부도 같은 존재였어요. 1994년이었던가, 구효서 선생의 '낯선 여름'이라는 소설을 읽고 한동안 광화문 세종문화회관 앞 벤치에 앉아 있던 기억도 있습니다. 소설 속 외부 정경 묘사들이 인물들의 내면 묘사와 촘촘히 연결되어 있다는 것을 알게 된 것도 그즈음이었던 것 같아요.

문단에서 동갑내기 박형서, 백가흠 작가님을 비롯해 특별히 친한 소설가가 계시죠? 어떤 공감대가 더 친한 관계를 만들어주었나요?

친한 소설가 별로 없습니다. 박형서와 백가흠 같은 친구들을 만나면 예전엔 주로 여자 연예인 이야기를 했는데, 요즈음은 TV를 잘 안 봐서 만나면 침묵만 지키다가 돌아옵니다. 소설 이야기는 서로 하지 않고요, 부동산이나 펀드 같은 것도 모릅니다. 그런 걸 모르는 게 우리의 공감대겠죠.

이기호 작가님에게 여행이란?

여행은 좀 징글징글합니다. 계속 여행처럼 살아왔어요. 자
주 이사를 했고, 삶이 그냥 꼭 MT 같았어요. 주민등록 초
본을 떼어보니 주소지만 17번이 바뀌었더라고요. 그래서
어디로 떠나는 것을 몹시 싫어했는데, 결혼을 하고 아이들
이 태어난 이후부턴 갑자기, 이상스럽게, 자꾸, 없는 이유
를 만들어서, 다시 여러 군데를 돌아다니고 있습니다. 저에
게 여행이란, 그냥 저로부터 멀어지는 과정이에요.

해외나 국내로 여행 다닐 때 꼭 챙기는 특별한 필수품이 있으신가요?

담배를 좀 많이 챙겨 가는 편입니다. 책 따윈 없어도 되는
데 '레종 블랙'이 없으면 이틀을 못 버텨요.

누군가와 함께 여행을 해야 한다면 어떤 분과 동반하고 싶으신가요?

에이 무슨, 이런 난처한 질문을……

세 아이의 아버지기도 하시죠. 자녀를 둔 것이 소설 쓰는 데 어떤 영향을 미
쳤을까요?

아들 둘에 막내가 딸인데…… 소설 쓰는 데 좋지 않은 영
향을 줍니다. 2년 사이에 노트북 두 대가 다시 돌아올 수
없는 먼 길로 여행을 떠나버렸습니다. 백업을 이중 삼중으
로 하는 좋은 버릇은 생겼네요.

오랫동안 광주대학교 문예창작과에서 문학을 가르치고 계신데, 소설을 쓰고
자 몰두하는 청춘들에게 어떤 충고와 격려를 해주시나요?

연애를 많이 하라고 권하는 편입니다. 사랑을 해서 다른
존재가 되어보라는 것. 소설 쓰는 친구들에겐 그게 기본이
라는 것. 그 말이 전부입니다.

윤고은

．
．．
．

작가님의 고향은 어디입니까? 물리적 공간이든 심리적 공간이든, 어떤 형태의
답변도 좋습니다.

> 언제부터인가 전 고향을 가방 속에 접어서 휴대할 수 있는
> 무언가라고 생각하고 있어요. 그 편이 좀 더 안전하고 영
> 구적인 것 같거든요. 제 고향은 그래서 지금 가방 안에 있
> 습니다.

소설을 청탁받고 제주를 선택하신 이유는 무엇인가요? 해외 도시와 달리 국
내 도시는 아주 구체적이고 반복적인 기억과 친근한 감각이 존재하는 장소일
가능성이 크니, 선택하는 과정부터 이미 소설에 큰 영향을 미쳤을 것이라고
짐작해봅니다.

> 가장 먼저 떠올린 곳이 제주였어요. 제가 생각하는 이야기
> 의 여러 요소들이 만날 수 있는 장소였죠. 무인 카페, 길,
> 여행자, 바람과 햇빛. 이런 퍼즐들이 제주에서는 길가에
> 세워진 가로등만큼이나 흔했거든요.

꼭 해보고 싶은 여행의 형태가 있나요?

한 사람의 삶을 그대로 따라가는 형태의 여행을 꿈꾸고 있어요. 태어난 도시에서부터 몇 번의 이사, 그리고 그가 죽은 도시까지 그 사람의 발자취를 그대로 따라가는 거죠. 물론 제가 좋아하는 인물에 대해서 말이에요. 40년, 50년, 혹은 그 이상 흘러간 삶을 몹시 축약한 형태로 빠르게 진행해야 되겠죠.

여행과 관련해 읽었던 다른 작가의 작품을 추천해주신다면요?

10년 전 한 출판사에서 출간한 '작가와 도시' 시리즈를 좋아했어요. 〈게으른 산책자〉, 〈휴가지의 진실〉, 〈아주 미묘한 유혹〉까지 세 권인데 각각 파리, 시드니, 피렌체를 다루고 있어요. 이 시리즈는 낭만적인 요소는 모두 걷어내고 있는 그대로의 현재 도시와 그 도시의 구성원들에 대해 이야기해요. 세 권이 끝인 걸로 알고 있는데 네 번째 책이 나온다면 당연히 읽을 거예요.

소설을 읽으면 2012년 올레길에서 일어났던 실제 살인 사건을 떠올리게 됩니다. 혹시 그 사건이 모티프가 되었나요? 도영과 케이처럼 어떤 사건의 최초 목격자가 된 경험이 있으신지도 궁금하고요.

그 사건에서 시작한 건 아니었어요. '죄책감을 나눠 가진 연인'이란 설정에서 시작했지요. 구상 단계에서 특정 사건이 떠오르긴 했지만 그런 사건으로부터 자유로운 지면은 사실 거의 없을 거예요. 제가 어떤 사건을 목격한 경험이 있다기보다는 모든 사건을 좀 더 확장시켜보면 우리 중에

최초 목격자가 아니라고 말할 수 있는 사람도 별로 없을
거란 생각을 하게 됐어요. 그러니까 공통의 죄책감 같은
것에 대해 다양한 방식으로 이야기해보고 싶었습니다.

〈도시와 나〉에 수록된 작품 '콜럼버스의 뼈'가 그랬던 것처럼 세상 곳곳에서
일어나는 사건과 뉴스 등에 민감하신 듯합니다. 넘쳐나는 세상의 많은 뉴스
중에서 어떤 것들에 반응하게 되시나요? 모든 뉴스가 이야기가 되고, 소설이
되지는 않겠지요.

제 관심이나 선택에 공식이 있는 건 아니지만 '그 이후'가
늘 궁금해요. 그래서 1면에서 밀려난 것들, 그러다가 지면
에서 화면에서 밀려나고 한마디로 '철 지난' 느낌이 드는
뉴스를 만날 때 좀 더 흥미롭더군요.

이번 소설은 제주도에 대해 사람들이 가지고 있는 온갖 환상을 정면으로 배
반합니다. 모두가 동경하는 그 아름다운 섬에서 그토록 잔혹한 이야기를 읽어
내신 이유가 궁금합니다. 가장 아름다운 곳에서 가장 추하고 공포스러운 것
을 읽어내는 소설가의 감식안인가요? 삶의 이면을 바라보게 하고 싶은 의도일
까요?

아름다운 섬에서도 잔혹한 사건은 일어나니까요. 그리고
충격이 더 크게 다가오죠. 어두운 배경으로만 제주를 선택
한 건 아니에요. 오히려 치유의 공간으로 선택한 것이 더
커요. 자신을 괴롭혔던 사건과 정면으로 마주 보고 서는
게 치유의 첫걸음이라고 생각하니까요. '불편한 기억, 아픈
기억도 짐짝처럼 옮겨놓을 수 있다면?'이란 가정을 해볼
때 제주의 거센 바람이 그 역할을 할 수 있을 거라고 생각

했어요.

도영과 케이의 이야기는 어쩌면 극복에 관한 이야기가 아닐까 생각해봅니다. 감당할 수 없을 정도로 큰 상처에 직면하고, 애써 피하려 했다가도 다시금 상처 앞에 서게 되며, 마침내 시간과 함께 극복해가는 과정에 대한 고찰이랄까요? 지울 수 없는 상처를 대하는 작가님의 자세는 어떤지도 궁금해집니다.

이 이야기를 시작할 때 가장 강렬하게 사로잡혔던 이미지는 바람이 집을 밀어서 옮기는 것이었어요. 직각의 기둥들이 사선으로 기울어지고 조금씩 집의 위치가 움직이는 것 같은, 그런 이미지요. 그 집이 어떤 기억이라면 집을 밀어낸 다음 그 자리를 햇빛으로 소독해야겠다고 생각했죠. 전 어떤 방향으로든 움직이고 싶어 해요.

최근 몇몇 인터뷰를 통해 "이제 소설이 가지고 있는 희망이나 치유의 기능에 관심을 가지게 된다"고 말씀하셨지요. 그럼에도 불구하고 '오두막' 역시 세상과 인간, 삶에 대한 공포가 드리워져 있는 듯해서 다시금 놀랐습니다. 추억은커녕 재난과도 같았던 여행이 등장하는 것이나 싱크홀에 대한 직접적인 언급 등 장편 〈밤의 여행자들〉을 연상시키는 부분이 있기도 하고요. 세상을 바라보는 작가님의 시선은 희극보다는 비극 쪽일까요?

불안한 쪽이에요. 불안이란 요소는 희극에도 비극에도 다 존재할 수 있죠. 카페에서 글을 쓰다가도 습관적으로 도로변에서 제가 앉아 있는 자리까지의 거리가 얼마나 되는지 가늠해보곤 해요. 갑자기 도로변의 차가 카페 안으로 돌진할지도 모른다는 생각을 하게 되는 거죠. 일상과 재난 사이에 큰 간극이 있다고 생각하지 않거든요. 마찬가지로 절망과 희망 사이에도, 포기와 치유 사이에도 큰 간극이 있다고 생각하진 않아요. 아주 작은, 한 줌의 차이가 있다고 생각하고, 전 그 한 줌의 경계가 궁금해요.

최근 새롭게 관심을 갖게 된 것이 있다면요?

생존 키트. 구상 중인 소설에 등장하거든요. 아주 익숙한 거예요 사실. 우리가 가끔 묻던 질문 있잖아요. 무인도에 가져갈 세 가지는? 생존 키트란 그런 거죠.

여러 매체를 통해서 '지금 가장 주목할 만한 젊은 작가'로 스포트라이트를 받고 계시죠. 젊은 작가, 미래가 밝은 작가, 여류 작가, 심지어는 아름다운 작가 등등 많은 수식어가 작가님을 따라다닙니다. 작가로서 어떤 표현과 수식을 들었을 때 가장 반가우신가요?

언급해주신 표현들 중엔 '미래가 밝은 작가'가 몹시 탐나네요. 미래가 밝다는 건 정말 좋은 거잖아요. 사실 가장 기쁜 건 제가 글로 누군가에게 영향을 미쳤다는 걸 알게 될 때예요. 제가 수식어 자체가 되는 상상도 즐거워요. 이를테면 '윤고은식 파스타'라든지 하는 문장을 듣게 된다면 전 그 파스타가 대체 무엇인지 엄청 궁금해질 것 같거든요. 그 파스타가 뭐든 간에 일단 반갑겠고요. 저로서는 아무래도 그렇겠죠!

함정임

.
.
.

작가님의 고향은 어디인가요?

제게 이런 질문은 선뜻 대답하기 곤란한 문제입니다. 호적
상 고향은 서울이고, 원적지로는 호남평야 지대인 김제입
니다. 특히 제 몸이 세상에 처음 던져진 공간인 후자는 K
시라는 익명으로 제 소설에 여러 차례 호출되었고 그만큼
낯선 곳이었습니다. 지금도 마찬가지입니다. 그리고 언제
어디에서나 제 마음이 향하는 곳은 경주와 파리입니다. 고
도古都를 향한 신앙에 가까운 사랑과 경의敬意입니다.

이번 소설을 청탁받고 부산을 선택하신 이유는 무엇인가요? 작품 속 무대인
부산 해운대는 작가님이 지금 생활하고 계신 곳이기도 합니다.

부산은 직장 때문에 옮겨온 곳입니다. 이곳은 항도의 개
방성(이국성)과 피난민이 새겨놓은 삶의 곡절들이 21세기
라는 새로운 패러다임 속에 혼용되어 있습니다. 지리적으
로 한국 최대의 항구 도시이자 역사적으로 동란기 임시
수도라는 정체성을 가지고 있습니다. 지리와 역사는 언어

와 공간만큼이나 제가 좋아하는 항목입니다. 그것은 때
로 그 자체로 시이고, 그 자체로 소설이 됩니다. 층위와 이
면이 다채롭기 때문입니다. 이들은 여러 겹의 주름을 형성
하고, 주름마다 이야기가 깃들어 있습니다. 작가는 이야기
가 깃든 공간, 더하여 창조 가능한 공간에 민감하게 반응
합니다. 작가가 발견하고 오래 품어 소설화한 곳은 일반적
인 공간 개념과 구별하여 '장소 또는 장소성'으로 부를 수
있습니다. 작가마다 사랑하는 공간이 있습니다. 그것을 '토
포필리아Topophilia, 場所愛'라고 하지요. 해운대는 나에게 미
묘한 공간입니다. 과연 제가 해운대를 쓸 자격이 있는지
잘 모르겠습니다. 그러나 삶의 터전을 옮겨온 몇 년 사이,
50~60층 초고층 마천루 지대로 돌변한 해운대의 자본 현
실과 그 이면의 그늘진 골목 모퉁이에 흘러들어와 깃들거
나 사라지는 생의 표정과 움직임을 지근거리에서 조금 들
여다보았기에 소설로 쓸 수 있지 않을까 생각했습니다.

작가님도 소설 혹은 다른 종류의 예술을 통해 도시와 공간을 만나는 체험을
한 적이 있으셨겠죠?

　　　그림, 영화, 사진, 건축 등 소설 문학과 인접한 예술 장르의
작품과 작가의 무대를 찾아가곤 합니다. 이러한 행위는 그
동안 지나온 저의 거의 모든 여행 공간이라고 해도 틀리지
않을 것입니다. 예를 들면 박경리 선생의 영면처인 통영 미
륵산 자락과 '십우도十牛圖'라는 전통 벽화 작품을 찾아 경
주 근처 기림사로 부산 범어사로 오래된 사찰들을 찾아다
녔고, 종교와 예술, 건축의 종합 작품인 유럽의 대성당들
을 순례하느라 파리의 노트르담 대성당과 루앙 대성당, 랭

스 대성당, 스트라스부르 대성당, 샤르트르 대성당, 쾰른 대성당 등을 찾아다녔고, 고성古城들을 좇아 루아르 일대의 성들과 퐁텐블로 성, 샹보르 성, 해미읍성, 남한산성 등을 찾아다녔고, 인상파 화가들의 행로를 좇아 파리에서 노르망디 센 강 주변 도시들과 해안가 도시들을 자주 돌아보았고, 귀스타브 쿠르베의 족적을 좇아 프랑스 동부 프랑슈콩테 지방의 작은 마을 오르낭, 에곤 실레 그림의 실체를 엿보기 위해 체코와 오스트리아 국경 지대 체스키크룸로프에 가거나, 프리다 칼로와 디에고 리베라를 찾아 멕시코시티의 코요아칸에 가거나, 레오나르도 다 빈치의 생가와 회화와 건축을 직접 눈으로 확인하기 위해 파리의 루브르(《세례자 요한》, 〈모나리자〉, 〈암굴의 성모〉)는 물론 밀라노(《천지창조》)로, 빈치(생가)로, 앙부아즈(마지막 거처, 르 클로 뤼세)로 떠나기도 했지요. 앙리 카르티에 브레송의 사진(《생 라자르 역》)의 결정적인 장소를 찾아 생 라자르 역 광장 옆에 서 있다 오거나 빈센트 반 고흐의 그림 속 공간과 이동 공간과 묻혀 있는 영원의 거처를 따라 아를과 생 레미 들판과 오베르 쉬르 와즈를 찾아다니곤 했습니다. 이러한 행로는 앞으로도 계속될 것입니다.

빨간 자전거를 탄 소녀가 해운대 해변을 새처럼 날아가며 읊조리는 독백, 작품의 환상적인 도입 부분은 그야말로 압도적입니다. 그러나 소설을 읽다 보면 아름다운 줄로만 알았던 해운대의 이면으로 조금씩 끌려들어가게 되지요. 초고층 빌딩들 뒤에 숨겨져 있는 초라한 뒷골목, 누추한 밤 문화 같은 모습을 보게 됩니다. 어쩌면 낯설고도 남루한 부산의 모습을 그리고 싶으셨던 걸까요?

　　부산은 과거 인구 500만 명에 육박하던, 현재는 350만 명이 넘는 거대한 도시입니다. 제가 파악한 바로는 부산과 해운대는 다른 권역이라고 느껴집니다. 앞에서 제시한 것처럼 부산은 한국 최대의 항구 도시이자 동란기 임시 수도의 정체성과 함께 21세기 들어서는 부산국제영화제를 개최하는 영화의 도시이고, 국내외 비즈니스 관광 산업이 성황을 이루는 특수한 공간이지요. 기네스 기록을 깼다는 해운대해수욕장의 여름 인파와 파라솔, 세계 최대 백화점이라고 광고하는 신세계백화점, 엄청난 규모의 영화의전당, 해운대와 광안리 사이에 놓여 있는 동백섬과 그 앞 매립지에 건설된 마린시티와 센텀시티의 초고층 주거 단지, 초특급 호텔들, 고리원자력발전소와는 30km 거리…… 자본의 전시와 과시 효과가 극명한 곳입니다. 이러한 현실이 저에게 현기증을 일으켰고, 몇 번이고 스치고 지나간 장면들, 때로는 고개 돌려 오래 바라보도록 나를 이끈 균열들이 선명해지면서 소설을 쓰도록 부추겼습니다. 자본에 잠식된 해운대를 애도하고 상처투성이 소녀의 현실을 보듬어주고 싶은 보호 본능이 작용했습니다. 슬프고 아픈 현실이지만 그 안에 흐르는 정서는 애조哀調, 궁극적으로는 그럼에도 불구하고 해운대의 아름다운 정경과 무심한 듯 공명하는 마음을 전하고 싶었습니다. 서사를 이끄는 두 줄기, 소녀의 의식(독백체 또는 자유직접화법)과 G의 관찰자적 시선이 그것입니다.

소설이 사람의 이야기라고 전제했을 때 '꿈꾸는 소녀'에 등장하는 두 사람의 사연은 너무나 기구합니다. 말 못하는 외국인 소녀와 상실감을 안고 타향으로 찾아든 남자가 등장하는 이야기를 구상하게 된 계기는 무엇인가요?

작가 인터뷰 … 함정임

두 이야기의 주인공은 실제 모델이 있습니다. 소녀의 이야기는 장거리 고속도로 여행 중 우연히 라디오를 켰다가, 주파수에 맞춰 프로그램을 선택하는 과정에서 다문화가정 외국인 아내의 수기를 접하게 되었습니다. 한국 생활에서 가장 어려운 점은 무엇이었느냐는 질문에 남쪽 나라 출신인 그녀는 태생지에서는 자연스러운 일상인 '낮잠'을 못 자는 것이라고 대답했습니다. 이 잠의 문제가 제게는 매우 가슴 아프면서도 인상적으로 뇌리에 새겨졌습니다. 생래적인 것이 장애를 겪을 때 우리는 삶의 의미와 존재감을 상실하게 됩니다. 제 인생의 영화 중 하나인 파스빈더 감독의 〈불안은 영혼을 잠식한다〉에서 다루는 핵심이기도 합니다. 소녀의 에피소드와 함께 언젠가부터 해운대해수욕장의 해변로를 오갈 때 내 눈에 낯설게 들어오던 장면이 오버랩되었습니다. 해변로에 늘어선 빌딩들 중 한 건물 외벽에 '이야기'라는 글자가 창마다 새겨져 광고하고 있었습니다. 이야기를 근간으로 한 서사 예술에 종사하는 직업의식이 발동해서 그 길을 오갈 때마다 연속적으로 눈에 들어오는 이야기, 이야기, 이야기에 대해 의문을 품었습니다. 그리고 그 이야기가 새겨진 건물 뒤쪽에는 평소 자주 가는 단골식당인 금수복국집이 있는데, 학교에서 퇴근하고 가끔 늦은 저녁 식사를 하러 갈 때면 그 빌딩 1층 주차장으로 줄지어 들어오는 두서너 대의 검은 세단들과 마주치곤 했습니다. 그들은 외지인이었고 말끔하게 양복을 입은 남자들이었습니다. 그들이 신속하게 빨려 들어간 건물들 뒷골목을 따라 텐프로로 지칭되는 유혹 또는 계약들이 붉은 네온 불빛 아래 흔들리고 있음을 깨달았습니다. 해수욕장 권역의 비즈니스 숙박 업체들에서 조금 벗어나면 해운대신도시 주거 단지가 펼쳐집니다. 그런데 이 주거 단지와 인접한 사거리에는 오피스텔들이 즐비합니다. 그리고 주위에 산발적으로 박혀 있는 헤어숍들 중 주말 저녁이면 젊은 여성들로 성황인 곳들이 있습니다. 그녀들은 밤마다 꽃단장을 하고 어디로 가는 것일까요. 처음 그녀들의 현실을 목도했을 때 착잡함과 허탈감을 지울 수 없었습니다. 소설은 말 못하는 외국인 소녀의 의식(독백체)과 G의 시선으로 번갈아가며 진행되는 복수 시점입니다. 위의 장면들은 고스란히 소녀의 시점으로 구성되었습니다. 다른 하나의 장면은 G의 시점인데, 이 인물은 몇 년 전 페루에 갔을 때 만난 분에게 일어난 일을 직접 듣고 품고 있다가 이번에 서사의 근간으로 삼았습니다. 기자 출신의 포토그래퍼라는 설정은 실제 공간 모델로 삼은 해운대의 사진 전문 갤러리 카페인 '루카'와 사진 매체를 통해 소녀와 해운대의 정경을 접목시켜 보여주기 위해서 고안한 것입니다. 그리고 마지막으로 제목은 윤도현밴드의 '꿈꾸는 소녀'에서 착상한 것입니다. 이 소설을 쓰기 훨씬 전부터, 그러니까 이 노래가 발표되었을 때부터 애청하고 애창하는 곡이었고, 이 제목으로 소설을 쓰고 싶다는 생각을 오랫동안 품어왔습니다. 여러 가지 사연이 깃든 이 소설은 그래서 마치 살아 있는 생명체처럼 제겐 애틋한 작품입니다.

〈도시와 나〉에 수록된 '어떤 여름'에서 나미의 '인디언 인형처럼'이 등장한 것처럼 이번에는 동요 '고향의 봄'과 케렌 앤의 노래 'Not going anywhere'가 주요하게 등장합니다. 단순히 이야기와 맞아떨어지는 가사 외에도 복합적인 심상을 불러일으키는 도구로 음악을 즐겨 사용하시는 듯합니다.

고대 연극에서의 '코러스'나 '에코'의 역할입니다. 인물의 심상 또는 작품 전체를 감싸는 정조mood로, 소리로 또는 가사의 의미로 흘러나오고 사라지는 메아리, 움직임 같은 것입니다.

말 못하는 소녀의 독백과 G의 시선이 계속 교차되고 있기 때문일까요? 슬프도록 아픈 현실임에도 불구하고 작품을 지배하는 것은 환상적인 분위기입니다. 현실과 비현실을 넘나드는 것 같은 몽환적인 분위기는 의도된 것인가요? 작품 제목 '꿈꾸는 소녀'도 그와 무관하지 않을 것 같고요.

소설을 쓸 때 무엇(내용, 주제)을 쓸 것인가, 그리고 그것을 어떻게(형식) 쓸 것인가만큼이나 어떤 뉘앙스, 어떤 분위기, 어떤 정조가 인물과 공간에 스미고 맴돌게 할 것인가를 생각합니다. 특히 해운대 바닷가와 연결되는 미포와 달맞이언덕을 처음엔 고유한 지명(고유명)을 지우고 익명으로 그려보았습니다. 해운대를 지우고 써보면서, 세상에 알려진 아름다운 바닷가 도시들 니스나 칸, 부에노스아이레스나 샌타모니카 같은 세상의 미항美港들과 견주어보고 싶었습니다. 익명의 공간으로 쓰다 보니 환상적인 분위기가 살아나는 듯했습니다.

마지막 장면, 사진에서 자전거를 탄 소녀를 확인한 G가 바닷가로 달려나가는 장면 역시 여운을 남깁니다. 열린 결말을 의도하신 건가요?

우리는 단 한 번뿐인 순간의 생을 살아갑니다. 누구도 어쩌지 못하는 순간, 그 순간들 중 몇몇은 찰나처럼 스치고, 때로 겹치고, 스미다가 사라져갑니다. 태양은 매일 바다 위

로 떠오르고 또 그 너머로 사라집니다. 소녀가 사라진 쪽
을 아침이면 태양이 떠오르는 동쪽, 곧 달맞이언덕 쪽, 하
여 밤이면 달도 떠오르는 쪽으로 설정한 것은 붙잡고 싶은
강한 충동이 일어나는 순간 빛의 속도로 빠져나가는 자연
의 순리(흐름)를 따르고 싶었기 때문입니다.

'부산에는 함정임이 있으므로' 많은 지인들이 그곳을 찾아가겠지요. 그럴 때마
다 자의 반 타의 반 부산 안내를 도맡아 하실 거라 짐작됩니다. 언제인가 그곳
을 찾아갈 독자들을 위해 부산의 백미로 어떤 곳을 꼽으시겠습니까?

부산은 크고 작은 항구와 포구, 해운대, 이기대, 몰운대 등
언덕의 바다 전망대들이 많습니다. 해가 떠오르는 동쪽 끝
풍경과 해가 기울어가는 서쪽 끝 풍경은 매우 다른 양상
으로 펼쳐지지요. 사는 곳은 동쪽 끝 해운대이고 일터인
동아대학교는 낙동강 하구 을숙도가 내려다보이는 승학산
기슭입니다. 아침에 떠오르는 태양을 맞이하고 학교로 향
하고 늦은 오후에는 기울어가는 석양을 등지고 집으로 돌
아옵니다. 그 사이 어디에서 소설이 잉태되고 써집니다.
부산은 생각하는 것보다 규모가 크고 다채로워서 하나만
소개하기에는 괴로울 정도입니다. 그래도 하나만 소개하라
고 한다면, 일단 제가 살고 있는 달맞이언덕의 오솔길입니
다. 해운대해수욕장에서 이어지는 미포라는 작은 포구와
그 위에서 시작되는 달맞이언덕길, 그 언덕 아래 해송들
사이로 뻗어 있는 몇 갈래의 오솔길이 청사포와 구덕포,
송정까지 이어집니다. 이 길은 부산에서 경주까지 이어지
는 동해남부선의 철길(2013년 폐쇄)이 나란히 달리고 있습
니다. 국내외 지인들이 부산에 오면 꼭 한번 함께 걸어보

는 곳이 바로 이 오솔길입니다. 혹자는 이 오솔길의 일부를 문탠로드라 부르고, 또 다른 혹자는 삼포길(미포-청사포-구덕포)이라고 부릅니다. 이 글을 쓰고 있는 2014년 4월 1일 현재, 이 바닷가 길을 따라 벚꽃이 터널을 이루고 있습니다. 해운대와 광안리의 휘황찬란한 네온과 초고층 빌딩들, 영화와 쇼핑의 가짜 천국을 옆으로 비켜놓고 자연 그대로 파도 소리 들으며 해송들 사이의 흙길을 걸을 수 있습니다.

한창훈

.
.
.

지금 어디에 계신가요?

지금은 화요일 오전 10시 37분. 거문도의 집 방에 앉아 있으며 조금 전에 밖을 다녀왔습니다. 어제는 모처럼 날씨가 좋아 낚시를 다녀왔는데 밤사이 남풍이 불더니 금방이라도 비가 쏟아질 듯합니다. 오토바이를 창고에 집어넣고 있는데(비 맞으면 시동이 잘 안 걸립니다) 관광객들이 웅성거리며 지나갔고, 개가 그들을 향해 으르렁거리다가 나한테 야단을 맞았습니다. 맨날 이렇죠.

지난해 말 소설을 청탁드릴 때 작가님께선 아라온호를 타고 북극해를 항해 중이라 하셨습니다. 거문도에만 틀어박혀 계실 줄 알았던 작가님께서 해외여행 중이라 다소 놀랐던 기억이 납니다. 여전히 해외든 국내든 꼭 가보고 싶은 여행지가 있으신가요?

따로 없습니다. 그동안 못 가본 바다에 대해서는 욕심이 일곤 했는데 북극해를 다녀오고 나서 그것도 없어졌습니다. 만약 화성이나, 토성의 위성인 타이탄(이곳엔 호수가 있

답니다. 물이 아닌 메탄과 에탄이 액화된 것이지만), 시리우스
같은 곳이라면 보따리를 싸보겠습니다.

그렇다면 작가님께 '여행'은 어떤 의미입니까?
　　(어디선가 말했지만) '충동이 용서받는 행위'입니다.

고등학교 졸업 후 곧장 대학으로 진학하지 않고 제법 오랫동안 떠돌이 생활
을 하셨다는 이야기를 들었습니다. 거문도와 여수를 제외한다면 어디를 여행
지로 추천하고 싶으신지 궁금해졌습니다.
　　솔직히 말하면 여행을 즐기는 편이 아닙니다. 젊은 시절에
세상을 돌아다녔던 것은 그럴 수밖에 없었기 때문이었어
요. 당장 밥벌이를 해야 했으니까요. 좋아서 한 것이 아닙
니다. 나는 별다른 일이 없으면 한곳에 오래 머무는 성격
입니다. 장소 추천은 여행 관련 책들을 보면 어마어마하게
나와 있잖아요. 그게 없다 해도 따로 추천할 만한 곳은 없
습니다. 내가 생각하는 여행은 혼자 하는 것이고, 친구들
과 한다면 셋이 좋아요. 그리고 유명한 음식점과 명소는
절대적으로 피하기, 어느 곳에 가면 공원 같은 곳에 앉아
그냥 있기, 국밥집 아줌마 손동작을 오래 쳐다보기, 손님
들 구경하면서 소주 한 병 마시기 같은 것입니다.

고향 거문도에 머물고 계십니다. 가끔 여행 떠난 일반 독자와 이벤트로 만나기
도 하고, 동료 선후배가 찾아가 뵙는다고도 전해 들었습니다. 이번 〈그 길 끝
에 다시〉에 참여해준 이기호, 손홍규 작가도 거문도에서 한창훈 선생님과 만

났던 이야기를 즐겁게 하시더군요. 고향을 여행지로 안내한다는 것은 어떤 기분이신가요? 여러 객들 탓에 일상을 방해받거나 하진 않으신지도 궁금합니다.

친근하게 지내는 동료 작가들이 간혹 찾아오면 바닷가나 뒷산을 쏘다니며 지냅니다. 술도 많이 마시게 되죠. 특히 손홍규는 내 이삿짐 나를 때 불러서 왔기 때문에 그럴 수밖에 없었어요. 이벤트 행사와 관련하여 사람들이 오면 가이드 노릇을 합니다. 백도와 등대 같은 곳을 함께 다니며 거문도의 역사와 바다에 대해 물어오면 아는 대로 대답해주죠. 술도 같이 마시고요. 하지만 이 두 경우 외에는 몸을 사립니다. 섬은 육지와 달리 여러 가지 신경 쓰이는 데다 원하는 대로 해주다 보면 내가 죽어납니다. 이를테면 바다낚시가 그냥 되는 줄 안다니까요. 나의 즐거움은 누군가의 안내와 수고를 전제한다는 명제가 딱 맞는 곳이라서 그렇습니다. 사전 조율 없이 찾아와 만나자고 불쑥 전화를 하면 아주 괴롭습니다.

제3회 한겨레문학상 수상작이기도 한 〈홍합〉을 비롯해 작가님의 대표작에 어김없이 등장하는 것이 팍팍하면서도 웃음기 있는 섬 생활과 바다, 그리고 구성진 남도 사투리였는데요. 단편 '여수 친구'의 등장인물들에겐 섬과 바다는 물론 질박한 사투리마저 눈에 띄지 않습니다. 오랜 고향 친구와의 편한 대화에서 진한 사투리가 빠진 것은 분명 작가적 의도로 보였습니다.

사투리를 매우 중요하게 생각합니다. 특히 그 언어만이 가지는 운율과 속에 들어 있는 비유들 때문에 그렇습니다. 전 세계에서 표준어를 정해놓은 나라가 세 곳이라고 들었어요. 그들 중 두 곳은 한국과 북한. 이거 뭔가 잘못된 것 같지 않은가요. 언어는 한 지역과 시대의 특산품 같은 것입니다. 어떻게 언어에 표준의 개념이 들어갈 수 있단 말인가요. 나는 그게 통제의 한 방법으로 보입니다. 이제 작가들이 나서서 표준어 반대 운동을 벌여야 한다고 생각합니다. 그렇다고 무턱대고 쓰지는 않습니다. 이번 작품에는 처음에 사투리를 넣었다가 나중에 뺐습니다. 대화가 많지도 않은 데다 한 사람의 특이한 인생을 조망하는 이야기라서 없는 게 나을 것 같았습니다.

소설 '여수 친구'는 "이제는 이곳을 떠야 하고, 그러면 자네를 못 만날 것 같은 예감이야"라는 신 내린 친구의 전화를 받고 모처럼 고향 여수를 찾아가는 '나'의 여정을 따라 아련한 추억을 밟으며 읽어나가게 됩니다. 그런데 '나'에 대한 설명이 적어 독자의 상상을 자극하곤 합니다.

'나'는 친구 이야기를 전달하는 철저한 관찰자라서 굳이 구체적인 인물상이 필요한가 싶었습니다. 그냥, 누군가가 갑자기 이야기하는 것을 듣게 된다고 상상해보면 이해가 갈 것입니다. 이를테면 옆 테이블의 모르는 사람이, 또는 손님 따라온 동료가 자신의 친구 이야기를 한다고 말이죠.

작가님께선 실제로 학창 시절을 여수에서 보내셨지요? 최근 그 시절 옛 친구들과 만난 적이 있으신가요? 오래된 친구라는 존재가 주는 위안에 대해 어떤 생각을 갖고 계신지 궁금합니다.

여수 친구들은 통 만나지 못하고 있고 거문도 친구들은 종종 만납니다. 초등학교 동창회를 몇 년 전까지 했는데 요즘은 안 하고 있어요. 얼마 전에 고등학교 친구들 모임을 가졌습니다. 아주 친한 친구들이었는데 20년 만에 만났죠. 반가웠고 그리고 쓸쓸했습니다. 친구들 외에는 예전 동료들을 간혹 봅니다. 이를테면 〈홍합〉 책이 나오고 나서 같이 공장 일을 했던 아주머니들 술 한잔 대접했습니다. 뭐하러 그런 것까지 썼어? 술자리에서 반장 강미네는 내 등짝을 후려쳤죠. 나는 미안해서 스탠드바로 이차를 모셨습니다. 오래된 친구란 좋은 친구란 의미일 것입니다. 좋은 친구는 내 편이 되어주는 존재죠.

"그의 회복이 늦어서 우리는 늦도록 그렇게 있었다. 모처럼 만났건만 술 한잔도 못 했다. 그저 여수역에서 올라가는 기차 기적 소리만이 연거푸 들렸다"로 종결되는 '여수 친구'의 결말부는 오랜만에 만나 소주 한잔 못 나눈 마음처럼 급하고 아쉽게 옛 친구를 떠나보내게 만듭니다. 개발로 속수무책 밀려나는 신변 정리와 맞물리면서 짠한 여운을 남기는 대목인데요, 어떠한 희망적 전언도 담겨 있지 않아 더욱 쓸쓸하게 다가옵니다. 못난 독자로서 그 이후가 계속 궁금해집니다. 과연 '그'는 챔피언 신을 떠나보내고 절에서 평온한 삶을 찾았을까요? 또 '나'는 다시금 그와 만나 술 한잔 기울일 수 있었을까요?

그것은 아무도 모릅니다. 누가 알겠습니까. 미래를 모르는 덕분에 우리는 이렇게 살아가고 있습니다.

저희가 '여수 친구'를 비롯한 한창훈 작가님의 소설을 통해 남도의 정서를 느끼듯, 작가님도 다른 소설가의 작품을 통해 낯선 고장을 여행하는 듯한 체험을 하신 적이 있으신가요?

박경리의 악양, 이문구의 한내, 박상륭의 유리, 황석영의 삼포. 이렇게 말하면 굳이 작품명을 이야기하지 않아도 될 듯합니다.

누군가와 함께 여행을 해야 한다면 어떤 친구와 동반하고 싶으신가요?
　　　술에 취했을 때에도 품위가 있는 친구.

몇 해 전 신문 인터뷰에서 "바닷물이 마릅니까? 섬 얘기가 그래요"라고 이야기하신 대목이 인상적이었습니다. 작가님의 다음 소설 출간 계획이 궁금합니다.
　　　기억에 없는 말인걸요. 나는 이런 투로 말하지 않습니다. 아마 기자가 편집상 재치를 부린 것으로 보입니다. 작년에 소설집이 나왔고 새 장편은 생각도 않고 있으니 당분간은 소설 관련 출간 계획이 없습니다. 앞으로 쓰게 될 소설은, 쓰고 나면 그게 대답이 될 것입니다.

문학에 몸담으려는 젊은 후배들에게 어떤 충고와 격려를 해주시겠습니까?
　　　딱 한 가지. 인터넷과 카페에 너무 잡혀 있지 말고 거친 환경을 스스로 찾아 들어가는 배짱을 키우라는 것!

김미월

지금 어디에 계신가요? 무엇이 보이시나요?

파주 집 근처 카페에 와 있습니다. 원고를 쓰려고 노트북을 가지고 왔지요. 제 옆 탁자에는 이십대 초반으로 보이는 남녀가 앉아 있습니다. 여자는 자주 웃고 자주 고개를 끄덕입니다. 남자는 말이 많고 커피를 아주 빨리 마십니다. 그들 탁자 위 초록색 접시에 이 카페에서 서비스로 주는 초콜릿 두 조각이 놓여 있는데, 어쩐된 일인지 둘 다 손도 대지 않고 있어요. 그래서 저는 속으로 '저게 얼마나 맛있는데, 안 먹을 거면 나나 주든가' 하는 생각을, 제가 그런 생각을 하고 있다는 것을 의식하지도 못하는 사이에, 하고 있었습니다.

2014년 4월 현재, 집중하고 계신 작업이 있다면 소개해주십시오.

올해 여름부터 내년 봄까지 1년 동안 계간지에 연재할 장편소설을 막 쓰기 시작했습니다. 죽고 싶어 하는 사람들에 대한 이야기인데, 정말이지 제가 죽고 싶을 만큼 이야기가 잘 풀리지 않아서 심신이 두루 괴롭습니다.

언제 어디서든 여행 가자고 하면 자다가도 벌떡 일어나는 저지만, 사실 여행이 갖는 특별함의 핵심은 떠나기 전의 설렘에 있다고 생각합니다. 그러니까 굳이 정의하자면 여행은 '떠난 후에도 좋지만 떠나기 전이 더 좋은 것' 정도가 될까요.

없습니다. 몽골 초원에서 열흘간 제대로 씻지도 못하고 화장실도 못 가면서 지내봤더니, 여행에 꼭 특별한 필수품은 없다는 생각이 들었습니다. 그래도 대부분의 경우에는 펜과 수첩을 챙겨 갑니다. 조금 여유를 부릴 수 있는 상황이면 잎차와 차 거름망을 가지고 갑니다. 책이나 카메라는 절대 가져가지 않고 한 달 이상 머무는 것이 아니면 노트북도 가져가지 않습니다.

고향이 강릉인데 초등학교 때 떠나왔기 때문에 기억이 많지 않습니다. 다만 타지에 나가기 위해 대관령 고개를 오를 때마다 '저 너머에 무엇이 있을까' 궁금해했던 것, 그리고 타지에서 돌아오느라 다시 대관령 고개에 오를 때면 '이제 집에 다 왔네' 안도했던 것, 그런 기억들이 떠오릅니다.

실제로 작가님도 '만 보 걷기'의 주인공 미래처럼 춘천에서 머물렀던 시절이 있으시죠? 소설 속에도 잠깐 등장하는 춘천여고를 졸업하신 것으로 알고 있는데, 작가님 개인에게 춘천은 어떤 곳으로 기억되고 있나요?

> 중·고등학교를 춘천에서 졸업했고, 지금도 제 부모님이 사시는 집은 춘천에 있습니다. 그래서 명절이나 특별한 일이 있을 때면 늘 춘천에 가고요, 특별한 일이 없을 때 아무 이유 없이 가기도 합니다. 아직 춘천에 살고 있는 오래된 벗도 여러 명 있고, 그들과 나눈 추억도 춘천 시내 곳곳에 스며 있지요. 그러니 기억된다는 말은 과거형인데, 춘천은 저에게 언제나 현재형입니다. 지금 이 시간에도, 앞으로도 더 많은 새로운 기억을 만들어갈 도시입니다.

소설 속 머빈 혹은 아미처럼 외국인 친구가 있다면 그와 함께 여행하고픈 대한민국 도시나 지역이 있으실 테죠?

> 제주의 오름들을 보여주고 싶습니다. 그리고 설악산 대청봉에 함께 오르고 싶습니다. 제가 우리나라에서 본 가장 아름답고 인상적인 풍경이니까요.

아미처럼 그림 그리는 여행자를 만난 적이 있으세요?

> 아뇨, 없습니다. 다만 저 자신이 한때 여행지에서 펜화 그리는 것을 좋아했습니다. 블로그에 올리기는커녕(블로그를 갖고 있지도 않습니다) 누구에게도 보여준 적 없지만요.

소설 '만 보 걷기'는 춘천으로 짧은 여행을 떠난 서울 여자 미래와 홍콩 남자

머빈이 함께한 여정을 담고 있는데, 그들의 아련한 추억과 약간의 방황이 손에 잡히는 단편입니다. 만보기로 인연이 닿은 미래와 아미의 추억만큼이나 머빈이 어떻게 한국으로 오게 됐으며, 그는 또 어떤 생각으로 여행하고 있을지 궁금해지더라고요.

머빈은 속을 알 수 없는 캐릭터라고 생각하고 썼습니다. 제이드와 아직 연인 관계를 유지하고 있지만 제이드를 사랑하고 있기는 한지 그것도 아리송하고, 아미의 블로그에 실린 그림 때문에 춘천에 왔다고는 하지만 미래 입장에서는 그의 본심이 무엇인지도 알 수 없고요. 그래서 안 그래도 아미에 대한 마음을 완전히 정리하지 못한 미래를 더더욱 어리둥절하게 하고 혼란스럽게 만드는 인물입니다.

마지막 결말부인 춘천 길거리에서 사랑이 엮어내는 또 다른 현장(부부와 아이 간의 일상적 다툼과 실랑이)을 목격하게 되면서 현실의 쓸쓸함이 다가오는데요. 결국 모두가 판타지를 꿈꾸던 사랑은 현실과 맞닥뜨리는 순간, 지리멸렬한 일상으로밖에, 결론 나지 않는 것일까요?

작가적 암시 같은 뭔가 거창한 것을 의도하지는 않았습니다. 그저 사랑에 여러 면이 있고 인간에게 여러 층이 있듯 춘천이라는 도시에서 미래와 머빈이 맞닥뜨리는 풍경에도 이런 것 저런 것이 있을 테니, 그것들을 있는 그대로 써보고 싶었습니다. 원래는 결말을 따뜻하고 정겨운 해피엔딩으로 만들고자 했는데 어쩐된 일인지 펜이 자꾸 저를 방해하면서 이렇게 쓸쓸한 결말이 나오고 말았습니다.

꼭 가보고 싶은 여행지가 있으세요?

아직 가보지 않은 모든 여행지에 가보고 싶습니다. 유독 더 끌리는 곳을 꼽으라 하면 호주, 그리고 스리랑카에 가보고 싶습니다. 혼자 가는 여행도 나쁘지 않지만 다정한 벗과 함께 갈 수 있다면 그야말로 금상첨화겠지요.

소설을 비롯해 다른 종류의 예술 장르를 통해 여행의 뉘앙스를 체험한 적이 있으신가요?

고흐의 그림들로 만나는 오베르 쉬르 와즈, 오르한 파묵의 소설로 만나는 이스탄불, 김영갑의 사진으로 만나는 제주 등이 있겠지요. 고흐 덕분에, 파묵 덕분에, 김영갑 덕분에, 위의 장소들이 저에게는 무척 특별했습니다.

뚱딴지 같은 질문이지만, 편집자로서 김미월 작가님의 초고를 받아 들고 깜짝 놀란 의외의 부분이 있었습니다. 맞춤법·띄어쓰기가 그 어느 작가님과 비교해도 거의 완벽에 가까운 수준이라는 지점이었죠. 교정 담당자가 손을 놓아도 될 정도였는데, 국립국어원의 표기 원칙에 남다른 관심을 집중하고 계신 것인지 궁금했습니다. 사실 단편 '아무도 펼쳐보지 않는 책'을 읽으며 김미월 작가님을 출판사 편집자 출신으로 확신한 적도 있습니다만.

고등학교 때부터 친구들은 모두 영어사전을 들고 다니는데 저 혼자 국어사전을 끼고 살았을 정도로 정서법에 관심이 많았습니다. 제가 나중에 작가가 될 거라는 예감 같은 것이 있었던 것도 아닌데, 왜 그랬는지 모르겠습니다. 그리고 지금도 저 스스로 결벽증에 가까운 교정 원칙을 갖고 있다고 생각합니다. 출판사에 몸담고 있었던 기간도 2년 정도 되는데(물론 교정·교열이 편집 업무의 전부는 아니었지만) 편집자 일이 제 적성에 잘 맞는다는 생각을 하곤 했지요.

마지막으로 올해 여행 계획은 없으신가요?

계획이라기보다는 막연한 희망에 가까운데, 남도에 다녀오고 싶어요. 매화며 산수유며 꽃구경도 실컷 하고, 바닷가에서 하루 종일 빈둥거리기도 하고, 어느 조그만 암자에 머물며 '통화 불능 지역' 메시지가 뜬 휴대폰을 들여다보고 즐거워하다가…… 아, 정말 좋겠네요.